Gabriele Keiser

GARTEN-SCHLÄFER

Gabriele Keiser

GARTEN-SCHLÄFER

Der zweite Fall für Franca Mazzari

KRIMI IM GMEINER-VERLAG

Wir machen's spannend

Bibliografische Information
der Deutschen Bibliothek
Die Deutsche Bibliothek verzeichnet diese Publikation in der Deutschen Nationalbibliografie; detaillierte bibliografische Daten sind im Internet über http://dnb.ddb.de abrufbar.

Personen und Handlung sind frei erfunden.
Ähnlichkeiten mit lebenden oder toten Personen sind rein zufällig und nicht beabsichtigt.

Besuchen Sie uns im Internet:
www.gmeiner-verlag.de

Im Ehnried 5, 88605 Meßkirch
Telefon 07575/2095-0
info@gmeiner-verlag.de

1. Auflage 2008

Lektorat: Claudia Senghaas, Kirchardt
Umschlaggestaltung: U.O.R.G. Lutz Eberle, Stuttgart
unter Verwendung eines Fotos von Pixelio.de
Gesetzt aus der 10/13,8 Punkt GV Garamond
Druck: Fuldaer Verlagsanstalt, Fulda
Printed in Germany
ISBN 978-3-89977-772-7

Für meine Eltern, die mir Wurzeln und Flügel gaben

Ich bin bewohnt von einem Schrei.
Nachts flattert er aus.
Und sieht sich, mit seinen Haken,
um nach etwas zum Lieben.
Sylvia Plath, »Ariel«

Und was verschwand, wird mir zu Wirklichkeiten.
Johann Wolfgang von Goethe, »Faust«

Prolog

April 1997

»Du bist ein böses Mädchen«, raunte eine Stimme, die das Kind aus seinen Träumen aufschreckte. Es riss die Augen auf und lauschte in die Dunkelheit. Die Worte schwebten im Raum und hinterließen ein Echo, das sich beharrlich einen Weg vom Inneren des Kopfes bis tief ins Herz hinein bahnte.

Das Mädchen blieb starr auf dem Rücken liegen, bewegte nur die Augäpfel hin und her. Im Zimmer war grauschwarze Nacht. Fremde Schatten tanzten im fahlen Widerschein des Mondlichtes, das durch das einen Spalt breit geöffnete Fenster hereindrang. Weder Gardinen noch eine Jalousie schlossen die Eindrücke von draußen aus.

Einen Moment lang wusste das Mädchen nicht, ob die dunkle, raunende Stimme zu seinem Traum gehörte oder ob sie aus dem Zimmer nebenan kam. Das einzige Geräusch, das es vernahm, war das laute Klopfen seines Herzens. Dann hörte es ein schnelles Trippeln von kleinen Füßen über sich, ein Knispern und Raspeln, ein kratziges Schlurfen und Schaben, das an- und abschwoll. Dort oben die kleinen Geister waren wieder wach und veranstalteten ein Wettrennen. Ein Lächeln glitt über sein Gesicht. Gartenschläfer konnten nicht sprechen. Sie konnten keckern und muckern und zwischen Decken und Wänden hin- und herflitzen. Sie konnten sogar ziemlich laut pfeifen, aber sprechen konnten sie nicht.

Erleichtert drehte es sich auf die Seite, um weiterzuschlafen.

»Du weißt ja, dass man bösen Mädchen ordentlich den Hintern versohlen muss.«

Da war sie wieder, diese fremde, tiefe Stimme, und jetzt konnte das Kind deutlich die Richtung bestimmen, aus der die Worte kamen: Im Zimmer nebenan sprach jemand. In Mamas Schlafzimmer.

Das Mädchen schluckte hart. Sein Herz verwandelte sich augenblicklich in einen Presslufthammer, der ratternd gegen seine Brust schlug. Gedämpft antwortete eine hellere Stimme drüben im anderen Zimmer. Obwohl das Mädchen sich anstrengte, konnte es nicht verstehen, was gesagt wurde. Zu laut waren das Herzklopfen und das Rauschen des Blutes in seinen Ohren. Das leise Frauenlachen, die dunkle, fremde Männerstimme und das Geräusch der trippelnden Gartenschläfer über ihm verwoben sich zu einem Klangteppich, den es nie mehr vergessen sollte.

Vorsichtig schob es seine Hand unter der Bettdecke hervor. Die Finger griffen ins Leere. Für den Bruchteil einer Sekunde setzte sein Herz mit dem Schlagen aus.

Belli, wo bist du?

Es tastete suchend weiter bis nah an die Wand. Gott sei Dank, da war er! Die Fingerchen des Mädchens krallten sich fest in den Plüsch. Es zog den Stoffhund, dem ein Glasauge fehlte, zu sich heran. Steckte die Nase in das weiche Fell und atmete tief ein. Das Mädchen liebte diesen Geruch nach Geborgenheit, nach Märchen und geheimen Träumen. Und ein klein wenig roch Belli noch nach Mamas Parfüm, mit dem es den Stoffhund vor Tagen eingesprüht hatte. Obwohl Mama jedes Mal mit ihm schimpfte, weil das Parfüm so teuer war. Der schwache Duft legte sich wie ein Gazeschleier über den süßlichen Rauch, der jetzt zusammen mit einem zweistimmigen Lachen durch die Türritzen quoll und die Form eines hässlichen Dämons annahm. Das Ungetüm tanzte um sein Bett herum und schien das Mädchen auszulachen.

Belli fest an sich gepresst, zog es die Bettdecke über den Kopf. Es wünschte sich, dass der hässliche Geist zurückfliegen möge in das Nebenzimmer. Es mochte keine tanzenden Dämonen. Es mochte überhaupt keine Dämonen.

Nach einer Weile schlug es die Decke wieder zurück, weil es glaubte, darunter ersticken zu müssen.

»Diese Viecher da oben sind ganz schön laut«, raunte die fremde Stimme im Zimmer nebenan.

»Es ist Paarungszeit«, antwortete Mama. »Bald wird der Lärm noch größer sein.«

»Und warum legt ihr kein Gift aus?«

»Weil man das nicht darf. Gartenschläfer stehen unter Naturschutz.«

»Das wäre mir herzlich egal. Aber gut, mich geht es ja nichts an.«

Die Stimmen verebbten, gingen über in ein leises Stöhnen. Etwas knarrte, etwas wurde geschoben. Dann klirrte etwas wie Glas, das auf die Erde fiel und zerbrach.

Jedes Mal, wenn das Mädchen solche Geräusche aus Mamas Schlafzimmer hörte, dachte es an zerspringendes Glück und an schlimme Schmerzen. Wenn es dann am Morgen danach Mamas Gesicht mit den Augen nach verräterischen Spuren abtastete, waren jedoch keine Kratzer oder blauen Flecken zu sehen. Wie immer stand sie in ihrem roten Kimono mit den bestickten Rändern am Herd, um Honigmilch zu wärmen. Sie summte ein Lied, ihre Augen leuchteten. Mit beiden Händen fuhr sie sich durch die braunen Wuschellocken und sagte: »Guten Morgen, meine Zigeunerprinzessin. Na, gut geschlafen?«

Ein heftiges Atmen drang jetzt aus dem Nebenzimmer. Harte, zischende Worte fielen, deren Sinn das Kind nicht verstand. Eine unbestimmte Ahnung beschlich es, dass dieses Mal vielleicht doch alles ganz anders war. Es krallte sich an Belli fest und hoffte so sehr, dass es sich täuschte. Sicher würde Mama morgen früh wie gewöhnlich am Herd stehen, fröhlich summend, um in einem silberfarbenen Stieltopf Honigmilch zu wärmen.

Die Geräusche nebenan wurden immer lauter. Soldaten im Krieg stöhnten so, wenn sie verwundet waren. Das wusste das Kind aus dem Fernseher.

Wie erstarrt lag es da mit Belli im Arm und wagte nicht, zu blinzeln. Seine weit aufgerissenen Augen brannten ein Loch in die Dunkelheit. Wie es sich auch anstrengte, das Gefühl, dass diesmal alles anders war, ging nicht weg. Das Mädchen hatte furchtbare Angst um seine Mama. Sein Körper hörte nicht mehr auf zu zittern, sein Herz war ein furchtsames Tier, das umherirrte wie die Gartenschläfer über ihm in den Wänden und Zwischenböden.

Nur mit Mühe unterdrückte es einen Impuls, hinüberzulaufen in das andere Zimmer, um nachzuschauen, ob alles in Ordnung war, vielleicht auch, um Mama zu Hilfe zu eilen. Doch es traute sich nicht. Einmal, als es unvermittelt neben dem Bett gestanden hatte, in dem Mama mit einem fremden Mann zu ringen schien, war sie furchtbar böse geworden und hatte mit dem Kind geschimpft. Seitdem hatte es sich nie wieder getraut, zur Nachtzeit sein Bett zu verlassen. Auch wenn die Angst, dort drüben könne etwas Schlimmes passieren, noch so groß war.

Ein Klumpen saß in seinem Hals, fest und kalt wie Eis. Ein Kloß, der sich nicht hinunterschlucken ließ.

Bilder kamen auf es zugesegelt und nisteten sich in seinem Kopf ein. Hässliche Fratzen, die in böses Gelächter ausbrachen, sich aufblähten und verzerrten und es zu erdrücken drohten.

Es schluckte und schluckte. Im Raum war ein Wabern und Sirren. Silhouetten formierten sich, zerflossen im Dunkel der Nacht, um an anderer Stelle wiederaufzutauchen. Über allem lag ein drohendes Flimmern.

Weg. Nur weg von hier! Schon streckte es den Fuß unter der Bettdecke hervor, da gellte ein Schrei. Ein vielstimmiger Schrei, der sich klagend in die Länge zog.

Dann war es plötzlich still. Auch die Gartenschläfer konnte man nicht mehr hören. Die Stille war jedoch viel unheimlicher und erschreckender als die lauten Geräusche zuvor.

Mit dem Schrei war der Klumpen Eis in seinem Hals zerborsten. Es blinzelte heftig und versuchte, den schillernden Splittern nachzusehen, die auch dann noch durch die Luft tanzten, als es die Augen wieder geschlossen hatte. Es wartete eine Weile, jeden Moment damit rechnend, dass die Stimmen wieder ertönten. Aber im Nebenzimmer regte sich nichts mehr. Alles blieb ruhig, und allmählich normalisierte sich sein Herzschlag.

Irgendwann in dieser Nacht hatte es zu regnen begonnen. Das Mädchen hörte, wie die Tropfen auf Büsche und Blätter fielen. Der Regen klopfte an die Fensterscheiben, malte leise, gleichmäßige Lautmuster. Es mochte das Geräusch der Regentropfen, von deren Klang etwas Beruhigendes ausging. Durch den gekippten Fensterflügel drang der Geruch von nasser Erde zu ihm ins Zimmer.

Seine Lider wurden schwer. In das Rauschen des fallenden Regens mischte sich eine vertraute Klaviermelodie und Mamas Stimme, die ein Lied in einer fremden Sprache sang. Es war ein Lied, das Mama schon oft gesungen hatte. Hinter den geschlossenen Lidern sah es die unterschiedlichsten Blautöne – Türkis, Lapislazuli, Saphir – mit goldenen Funken darin. Ein nächtliches Sternenglitzern wie aus einem arabischen Märchen. Farben und Klänge verschlangen sich ineinander zu einer wundersamen Nachtmelodie. Gedankenfetzen, schön und schwer, lullten es ein und trugen es auf sanften Armen fort, hinein in einen wunderschönen Traum.

Am Morgen begannen die Vögel früh zu singen. Die Luft war klar und seidig. Der Regen hatte Blätter und Büsche vom Staub befreit. Der Himmel war ein blank gewaschenes Blau, von dem eine strahlende Sonne leuchtete.

Dennoch ließ das Mädchen eine innere Unruhe sofort nach dem Wachwerden aus dem Bett springen. Zuerst sah es in Mamas Schlafzimmer nach. Das leere Bett war zerwühlt, ein schwerer Geruch hing im Raum.

Auf bloßen Füßen rannte es hinunter in die Küche. Niemand stand am Herd und wärmte Milch. Das dumpfe Gefühl, dass etwas ganz und gar nicht in Ordnung war, wurde übermächtig. Mit klopfendem Herzen stieß es die Tür zum Wohnzimmer auf. Sein Blick streifte das Klavier mit dem heruntergeklappten Deckel. Der Hocker war umgefallen. Der Teppich darunter schlug Wellen.

Das Mädchen lief treppauf, treppab. Im ganzen Haus suchte es nach seiner Mutter, doch sie war nirgends zu finden. Aus seinen Augen sprangen Tränen. Alles Klagen und Heulen nützte nichts. Seine Mama war verschwunden.

Das, was ihm blieb, waren sehnsüchtige Bilder im Kopf. Und ein Loch im Herzen. Eine offene Wunde, die sich einfach nicht schließen wollte.

Erster Teil

1

Januar 2007

Karim war gegangen. Sie wusste es sofort, als ihre Hand neben sich im Bett ins Leere fasste. Panik überfiel sie. Warum tat er das? Er wusste doch, dass sie ihn brauchte. Alles fiel in sich zusammen, wenn er nicht da war. Ihr Herz begann heftig zu klopfen. Ein eiserner Ring legte sich um ihre Brust, der ihr schier die Luft zum Atmen nahm. Sie drehte sich auf den Rücken und starrte in die Dunkelheit. Tränen krochen ihre Wangen hinunter wie kleine Käfer.

Lilly verstand nicht, warum es immer so endete. Sie verstand noch nicht einmal, warum sie beide sich jedes Mal mit dieser Heftigkeit stritten. Ihre Streitereien verschlimmerten sich im gleichen Maße, wie die Anlässe nichtiger wurden. Weshalb hatten sie sich eigentlich diesmal gestritten? Wahrscheinlich war es wieder einmal darum gegangen, dass sie sich von Karim kontrolliert fühlte. Dass er ihr sagen wollte, was sie zu tun und zu lassen hatte. Etwas, das sie sich einfach nicht bieten lassen konnte.

Böse Worte waren gefallen.

Hure.

Scheißtyp.

Schlampe.

Du kotzt mich an.

Und du mich noch viel mehr.

Sie schämte sich, wenn sie darüber nachdachte, was für ein Vokabular sie sich im Umgang miteinander angewöhnt hatten. Dabei liebten sie sich doch.

Oder nicht?

Ein Wort war dem anderen gefolgt. Mit schrillen Stimmen geäußerte Vorwürfe waren wie Pingpongbälle hin und her geflogen. Ein Aufschlag heftiger als der andere. Die Gesichter in hässliche Fratzen verwandelt.

Natürlich hatte sie gewusst, dass es falsch war, so zu reden, sich so heftig anzuschreien. Doch sie hatte nichts dagegen tun können. Wie eine Welle überrollten sie manchmal Wut und Zorn, eine mächtige Woge, die nicht mehr zu stoppen war. Und zum Schluss versuchte jeder nur noch, den anderen zu übertrumpfen.

Ihr Mund war ausgedörrt. Beim Schlucken tat ihr die geschwollene Zunge mit dem kleinen Fremdkörper darin weh. Die Entzündung dauerte schon viel zu lange.

Sie lag eine Weile wach und grübelte. Vielleicht hätte sie doch nachgeben sollen? Vielleicht hatte Karim ja recht, und die Schuld lag wirklich bei ihr. Aber er wusste doch genauso gut wie sie, dass sie einander brauchten. Dass sie aufeinander angewiesen waren. Zwei Gestrandete, die sich in ihrer Verzweiflung aneinanderklammerten. Da brauchte sie sich gar nichts vorzumachen.

Was willst du nur mit diesem Karim?, höhnte eine Stimme in ihrem Inneren. *Such dir einen anderen, der mit sich im Reinen ist. Nicht so einen unfertigen, kleinen Macho, der alles besser weiß und dir vorschreiben will, was du zu tun und zu lassen hast.*

Es ist leider so, dass Mädchen dazu neigen, sich immer wieder ihren Vater als Partner auszuwählen. Die Stimme einer der Psychotanten, bei denen sie sich Hilfe erhofft hatte, hallte in ihr nach wie ein verzerrtes Echo.

Lilly hörte ihr eigenes Lachen.

Glauben Sie wirklich, ich wäre so blöd?

Das Lachen wurde immer lauter.

So blöd, mir so einen zu suchen wie den, der mich malträtiert und schikaniert hat, nur weil ich kein Junge geworden bin?

So ein Quatsch! Was diese Seelenklempner sich alles einfallen lassen. Welche Ähnlichkeit sollte wohl mein Vater mit Karim haben?

Ihr Vater war ein kleiner, weißhaariger Mann, der seinen gewölbten Bauch wie eine Trommel vor sich hertrug. Der Blick aus tief liegenden Augen unter buschigen Brauen sollte der Welt verkünden, dass er der Stärkere war.

Karim war das genaue Gegenteil. Er sah gut aus, war groß und drahtig, kein Ansatz von Fett. Außerdem hatte er dunkles Haar.

Die ketzerische Stimme in ihrem Inneren jedoch wollte nicht schweigen.

Karim tut dir nicht gut. Du solltest weg von hier. Weg von Karim, von diesem ganzen beschissenen Leben. Fang von vorn an, bevor es zu spät ist.

Vielleicht wäre es wirklich besser, sich was Neues zu suchen.

Du schaffst das ja doch nicht, meldete sich schon wieder die böse Stimme. *Wo willst du denn hin? Du hast nichts, und du kannst nichts. Scheiße bauen und dann abhauen. Den Kopf in den Sand stecken. Das ist das Einzige, was du kannst.*

Das Dröhnen in ihrem Hinterkopf verstärkte sich.

Wann hörst du endlich auf, vor allem wegzulaufen?

Diese blöden Stimmen.

Weg mit euch. Weg!

Tief in ihr war eine Sehnsucht nach Ruhe und Frieden, nach Entspannung. Nach Geborgenheit.

Ach, warum war nur alles so kompliziert? Das ganze Leben und überhaupt.

Sie schaffte es nicht allein.

»Karim!«, rief sie verzweifelt. »Karim.«

Ihre Gedanken liefen in verschiedene Richtungen davon. Einzelne Fetzen trieben in die Vergangenheit, andere in die Zukunft. In ihrem Kopf tobte ein Kampf. Da waren so viele Fragen, die ohne Antwort blieben, und der eiserne Ring in ihrem Inneren schob sich enger und enger zusammen.

Sie zog die Beine an, umklammerte sie wie ein Embryo. Sie konnte kaum noch atmen. Die Angst wurde langsam unerträglich.

Reiß dich zusammen, Lilly. Du darfst dich dieser Angst nicht hingeben. Du darfst dich nicht aufgeben!

Karim wird zurückkommen. Dann ist alles wieder gut. Es war noch jedes Mal so. Und er wird so tun, als ob nichts gewesen wäre.

Sie konzentrierte sich auf ihren Atem, versuchte, den heftigen Herzschlag, so gut es ging, zu ignorieren. Sagte sich auswendig gelernte Sätze vor.

Tief einatmen.

Ich habe keine Angst. Mir geht es gut.

Ich lasse mich nicht unterkriegen.

Sätze, die manchmal halfen.

Konzentriere dich auf etwas Schönes.

Lilly versuchte, sich in den Moment hineinzufühlen, wie es war, in Karims Armen zu liegen. Seine Nähe zu spüren, seinen schmalen Körper an den ihren gepresst, und seinen Atem an ihrem Ohr zu hören. Ihre Hand tastete streichelnd ihren Arm entlang, hoch zu den Schultern und dann nach vorn über die Brüste. Sie spürte, wie ihre Brustwarzen sich aufrichteten. Ihr Streicheln war Karims Streicheln. Ihre Hand, die jetzt auf ihrem Bauch lag und weiter ihren Körper hinabwanderte, war Karims Hand.

Eine Weile gelang es ihr, sich dem Spiel ihrer Hände hinzugeben und den nagenden Gedanken, die am Rand ihres Bewusstseins lauerten, den Zutritt zu verwehren. Die Tränen waren versiegt. Sie spürte, wie die Anspannung in ihrem Körper nachließ. Sie lag da mit geschlossenen Augen, regelmäßigem Herzschlag und mit schönen Erinnerungen im Kopf. Der Schmerz und die Unruhe waren nicht mehr als eine Ahnung. Mit diesem Gefühl glitt sie zurück in den Schlaf.

2

Der Spielplatz vor dem Mariendom lag verlassen. Die Schaukeln an den Ketten bewegten sich sacht hin und her. Kein fröhlicher Kinderlärm ertönte vom Sandkasten oder von der Rutsche. Im Garten auf der gegenüberliegenden Seite des Doms blühte ein Forsythienbusch. Es waren tatsächlich Forsythien und nicht die gelben Blüten von Winterjasmin, die den Forsythien täuschend ähnlich sehen und die eher in diese kalte Jahreszeit gepasst hätten. Dazu zwitscherten die Meisen.

Die Natur spielte verrückt. Täglich meldete der Wetterbericht viel zu hohe Temperaturen für den Monat Januar. Keine Wetterkapriolen könnten die in erschreckendem Maße zunehmende Erderwärmung entschuldigen, hieß es. Alles hausgemacht. Allein der Mensch sei an der Klimakatastrophe schuld.

In diesem Winter war noch keine einzige Schneeflocke gefallen. Wo sonst um diese Jahreszeit alles kahl und verdorrt war, blühten Rosen und Ringelblumen, sogar Veilchen mit ihren violetten Blüten hatte sie gesehen. Dies verstand, wer wollte. Veilchen waren Frühlingsboten, frühestens dem Monat März vorbehalten. Noch nie in ihrem Leben hatte Helene Kayner Veilchen im Januar gesehen. Und dieses Leben dauerte nun schon über siebzig Jahre.

Jedoch an diesem frühen Morgen war trotz Erderwärmung und Klimakatastrophe von Wärme nichts zu spüren. Nebelschwaden krochen durch die Stadt, umhüllten Gebäude, Bäume und Sträucher, und über allem lag ein undurchsichtig trüber Himmel.

Sie fand, dass es die übliche Kälte war, die ihr, wie stets um diese Jahreszeit, das Leben schwer machte. Vielleicht war es auch das trostlose Grau, das sie die Kälte in all ihren Knochen spüren ließ. Eine feuchte Kälte, die durch den Körper drang bis tief in die Seele hinein. Die teure, wollene Unterwäsche, die sie sich kürzlich geleistet hatte, nützte kaum etwas.

Ein wenig wehmütig dachte sie daran, wie sie früher als Kind die kalten Winter genossen hatte. Damals konnte sie es kaum erwarten, nach dem ersten Schneefall den Schlitten aus dem Schuppen zu holen und dick eingemummt mit Wollhandschuhen und tief ins Gesicht gezogener Mütze auf den Krahnenberg zu stapfen, wo sie sich mit den anderen Kindern zum Schlittenfahren traf. Zu viert oder fünft bildeten sie dann eine Kette, indem sie die Holzschlitten mit Kordeln aneinanderbanden. Und wenn alle bei der Talfahrt in den Schnee purzelten, gab es lautes Gelächter.

Sie war ein fröhliches Kind gewesen, das gern lachte. Nicht nur ihre Erinnerung, auch die Kinderbilder in ihrem Album bezeugten dies. Schwarz-Weiß-Fotos mit gezackten Rändern, die glückliche Augenblicke eingefangen hatten. Ein lachendes Kind mit roten Wangen inmitten einer Sommerwiese am Ufer der Nette oder auf dem neuen Fahrrad, um das alle sie beneidet hatten.

Wie flüchtig das alles war und wie lange her. Eine halbe Ewigkeit. Damals war sie eine von ihnen gewesen. Heute, da sie wusste, was es mit diesem Leben auf sich hatte, war sie zu einem Fremdling geworden. Ein trauriges, irres Schaf, das sich nicht mehr der Herde zugehörig fühlte. Eine alte Frau mit dicken Brillengläsern vor den trüben Augen und einem bitteren Geschmack auf der Zunge. Eine Frau, die sich mit dem restlichen Leben, das ihr noch verblieb, schwertat.

Seufzend lehnte sie ihren fülligen Körper gegen das massive Holzportal, das nur widerwillig nachgab. Nachdem sie den Vorraum betreten hatte, fiel hinter ihr die Tür zu und schloss die Geräusche von draußen aus. Durch eine Glastür betrat sie eine andere, stille Welt. Fahles Licht fiel durch die bunten Glasfensterscheiben. Eine Wohligkeit umfloss sie, als sie den vertrauten Duft von Weihrauch und Kerzenwachs roch. Sie war allein in der Kirche, jedoch in der Stille der hohen Räumlichkeit vermeinte sie, den leisen Widerhall von Tausenden Gebeten und Litaneien zu hören.

Der Mariendom, das war ihre Kirche. Hier konnte sie Einkehr halten. Sobald sie dieses Gebäude mit seiner bewegten und in vielen Kunstschätzen dokumentierten Geschichte betrat, spürte sie Ruhe über sich kommen. Eine Ruhe, die zumindest zeitweise die Kälte aus ihren Knochen vertrieb und die ihr Herz wieder in einem regelmäßigen Takt schlagen ließ. Sie tauchte zwei Finger in das Weihwasserbecken und bekreuzigte sich. Je weiter sie in das Innere der Kirche schritt, umso deutlicher spürte sie seine Nähe. Diese Zugehörigkeit zu Gott, dem Vater aller Lebewesen.

Ihre Gedanken flogen zurück. Kurz erinnerte sie sich daran, wie sie als junge Frau während eines Parisbesuchs die Kirche Notre-Dame betreten hatte. Wie beeindruckt sie gewesen war von der gewaltigen Dimension und Schönheit des Gotteshauses, in dem sie sich so klein und unbedeutend fühlte. Ein Mädchen, das dachte: Wenn es tatsächlich einen Gott gibt, dann ist das hier seine Wohnung. Inzwischen zweifelte sie nicht mehr an der Existenz eines Gottes. Sie hatte am eigenen Leib erfahren, wie er schützend die Hand über seine Menschenkinder hielt, nachsichtig und voller Gnade, bereit, ihre kleinen und größeren Sünden zu vergeben.

Wir sind alle Sünder und werden einst wieder Staub sein. *Gedenke, Mensch, dass du Staub bist – und zum Staub kehrst du zurück.*

Stand es nicht so in der Bibel?

Hinter sich hörte sie ein Geräusch. Kurz darauf Schritte.

»Guten Morgen, Frau Kayner«, sagte eine männliche Stimme.

Sie nickte kurz und ging ohne ein Wort an dem Mann vorbei. Sie spürte, wie der ältere Herr, den sie flüchtig kannte, sich umdrehte und ihr nachsah.

Doch sie wollte nicht gestört werden, und sie hatte auch keine Lust, sich zu unterhalten. Aus ihrem Portemonnaie nahm sie ein Fünfzigcentstück und warf es in den Opferstock. Dann zündete sie eine Kerze an. Ein Lichtchen, das für sie leuchten sollte in dieser unverständlichen Welt.

Ihre Augen wanderten zwischen dem Segen spendenden Jesus und den darunter züngelnden Kerzenflammen hin und her. Kleine Feuerblumen, dachte sie.

»Ein Licht auf deinem Wege.«

Wer hatte das gesagt? Sie sah sich um, doch in ihrer unmittelbaren Nähe war niemand zu sehen. Der Herr, der sie gegrüßt hatte, saß viel weiter hinten in sich versunken auf einer der Bänke.

Eine Weile verharrte sie hier, dann ging sie nach vorn zum Altarraum und betrachtete die Jungfrau Maria mit ihrem Kind im Strahlenkranz, umgeben von Engeln.

Sie setzte sich in die vorderste Bankreihe und faltete

andächtig die Hände. Dieser Anblick rührte sie stets aufs Neue. Maria, wie sie das Kind betrachtete, mit einem eigentümlichen Lächeln im Gesicht, das Stolz ausdrückte und vielleicht auch schon das Wissen um die späteren Schmerzen ihres einzigen Sohnes.

Auch ihr war nur ein einziges Kind vergönnt gewesen. Kein Sohn. Eine Tochter. Der Augenblick kam zurück, die übermächtige Empfindung, die sie durchströmte, als sie ihr Neugeborenes in den Armen hielt. So winzig und so zerbrechlich. Die Haut fast durchscheinend, der zarte Flaum auf dem Kopf. Damals hätte sie zerspringen können vor Glück. Es war einer jener seligen Momente, den sie ihr Leben lang nicht vergessen würde.

Sie ächzte beim Aufstehen, schwankte kurz und hielt sich an der Kirchenbank fest. Die Knie taten ihr weh. Sie sollte zum Arzt gehen. Manchmal wurden die Schmerzen schlimmer, je weiter der Tag voranschritt.

Beim Hinausgehen verharrte sie einen Augenblick vor dem Ungarnkreuz. Ihr Blick wanderte über den geschundenen Männerkörper, der über und über von Blut bedeckt war. Durch die Hände Nägel getrieben von Menschenhand. Der Kopf mit der Dornenkrone war auf die Brust gesunken. Das Gesicht schmerzentstellt.

Einen flüchtigen Moment lang dachte sie über den Lauf der Dinge nach, welche Zeitspanne und welche besonderen Ereignisse zwischen dem Kind auf dem Arm seiner Mutter und dem erwachsenen Mann am Kreuz lagen und wie sich alles veränderte. Und dann dachte sie noch, dass es einer von den Seinen war, der ihn verraten hatte.

Aber er ist um unsrer Missetat willen verwundet und um unsrer Sünde willen zerschlagen.

Gottes Sohn, seit über zweitausend Jahren tot, rührt uns noch immer durch seine Menschwerdung. Menschwerdung, heißt das nicht: Schmerzen und Verluste ertragen und erdulden können? Egal, was einem angetan wird. Bereit sein, zu vergeben und Gnade walten zu lassen.

Die Strafe liegt auf ihm, auf dass wir Frieden hätten, und durch seine Wunden sind wir geheilt.

Ein wahrhaft tröstlicher Gedanke.

Doch die Toten belasten uns nicht durch ihre plötzliche Abwesenheit, sondern durch das, was ungeklärt geblieben ist zwischen ihnen und denjenigen, die sie zurücklassen. Ist es nicht so?

Sie brauchte sich nichts vorzumachen. Sie hatte keinen Frieden, und ihre Wunden waren nicht geheilt.

Als sie das Kirchenportal aufdrückte, trafen Regentropfen, scharf wie Nadelspitzen, ihr Gesicht. Sie zog den Kragen ihres Mantels hoch und bedauerte, keinen Schirm mitgenommen zu haben. Dann musste sie unwillkürlich lächeln. Der Mensch hält so vieles aus. Was sind da schon ein paar Regentropfen?

Als sie eine Weile durch die Regenschnüre gelaufen und einigen Pfützen ausgewichen war, die aussahen wie graue, kleine Spiegel, dachte sie: Gut, dass ich nicht daran glaube, dass das Leben mit dem irdischen Dasein ein Ende nimmt.

3

Beim Aufwachen spürte sie das Zittern von innen heraus. Dumpfes Pochen kroch langsam in ihre Glieder. Die andere Betthälfte war noch immer leer. Ein Juckreiz überfiel sie. Lilly spürte, wie die Unruhe in ihr wuchs. Das anfängliche Streicheln ihrer Hände auf ihrer Haut verwandelte sich in ein schmerzhaftes Kratzen. Immer intensiver verlangte ihr Körper nach etwas, das sie ihm noch nicht geben wollte.

Ich bin stark … ich habe keine Angst …

Die Selbstbeschwörungsformeln halfen nicht mehr.

Sie spürte, wie ihr der Schweiß ausbrach. Etwas drückte hart auf ihre Brust. Weltschmerz, Selbsthass und Zorn bildeten eine explosive Mischung, die sich schließlich in der Wut auf Karim Bahn brach. Wie sie es hasste, wenn er ging, ohne etwas zu sagen. Und sie nicht wusste, wohin er gegangen war.

Scheißtyp, soll er doch bleiben, wo der Pfeffer wächst.

Sie schlug die Augen auf. Die toten Augenhöhlen des Skeletts an der gegenüberliegenden Wand waren auf sie gerichtet. Lilly starrte zurück.

Cycle of life and death supposedly …

Killers are quiet like the breath of the wind.

Von irgendwoher drang Musik. Harte, dissonante Klänge, die, zusammen mit dem Druck auf der Brust, etwas aus dem Dunkel in ihrem Innern an die Oberfläche spülten.

Ein kleines Mädchen im dünnen Hemd. Vor dem Kind stand ein großer Mann.

Sie spürte den Schwindel, der die blitzartig aufflackernden Erinnerungsfetzen begleitete.

Nicht schon wieder, bitte nicht!

Flashbacks hieß so was, hatte ihr mal eine Psychologin erklärt, eine von den Seelenklempnerinnen, die sich vergeblich an ihr abgearbeitet hatten. Die ihr versucht hatten, zu erklären, warum sie so tickte, wie sie tickte. Pff, alles Quatsch. Weil ja doch niemand eine Ahnung hatte, wie sie wirklich tickte.

Nein, nicht dran denken. Das Mädchen im dünnen Hemd war eine Märchenfigur. Sterntaler. Den Blick zum Himmel gerichtet. Damit es den Mann nicht sehen musste.

Sie wollte den Mann nie wieder sehen.

Heute, das ist das Leben. Und was gestern war, ist vorbei. Morgen, das ist deine Zukunft.

Das musst du dir immer wieder vorsagen. Wie ein Gebet!

Morgen wird alles besser. Du musst nur dran glauben. Wer glaubt, ist stark. Glaube kann Berge versetzen, so heißt es doch.

Ihre Erinnerung war ein Patchworkteppich aus verschieden gemusterten Flickstücken, die lose aneinandergeheftet waren. In den bunten Flickstücken waren Risse und Löcher, durch die ihre Vergangenheit hindurchschimmerte. Unvollständig und mit der Zeit blass geworden.

Man musste sich nicht an alles erinnern. Das war auch gut so.

Doch diese andere Stimme gab keine Ruhe. Die Stimme, die tief aus ihrem Inneren kam.

Mach dir doch nichts vor.

Das Mädchen im dünnen Hemd bist du. Das ist kein Märchen. Das ist die nackte Wahrheit!

Quatsch. Das Mädchen im Hemd ist eine Märchenfigur. Sterntaler hat alles Glück der Welt in seinem dünnen Hemdchen gesammelt.

Glück? Weißt du überhaupt, was Glück ist?

Ihr Mund war ausgetrocknet, ihre Glieder schmerzten. Sie rollte die geschwollene Zunge mit dem Metallkügelchen darin, obwohl das den Schmerz verstärkte. Bildfetzen zuckten wie helle Blitze durch ihren Kopf. Sie hielt sich die Hand vor die Augen, presste die Lider zusammen.

Nichts mehr sehen wollen.

Es nützte nichts. Obwohl sie es nicht wollte, sah sie deutlich ein kleines Mädchen, das in Hemd und Höschen Turnübungen machte.

»Die Beine auseinander, gestreckt!«

Das Mädchen bemüht sich, den Befehlen zu gehorchen, die ein Mann erteilt, den es Vater nennen soll.

»Du dummes Ding, das soll ein Spagat sein? Wann kapierst du endlich, wie das geht?«

Sätze in russischer Sprache. Das verängstigte Mädchen versucht, die Beine zu einer geraden Linie auszustrecken. Das rechte Knie gehorcht. Doch das linke Knie beult immer wieder, will nicht unten auf der Erde bleiben, weil es so wehtut. Dann trifft es der andere Schmerz mit unglaublicher Wucht. Er kommt von einem Stock, den der Mann in der Hand hält. Ein Rohrstock, der hart auf sein Knie schlägt.

»Wollen doch mal sehen, ob wir dir nicht Zucht und Ordnung beibringen können!«

Brutal zieht der Mann das Mädchen hoch, streift ihm das Höschen herunter. Der Rohrstock klatscht auf seinen nackten Hintern. Das Kind heult Rotz und Wasser. Schreit und jammert.

Mama, wo bist du?

Karim, warum bist du weggegangen?

War sie das, die eben geschrien hatte? Verdammt! Wieso musste sie immer wieder an früher denken? Das war doch längst vergessen und vorbei. Sie war in Deutschland. Nicht mehr in Kasachstan.

Aber warum hörte dann das verdammte Zittern nicht auf?

... goes 'round and 'round yet it stops with me ...

Die lauten Rhythmen der Musik, die aus einem der Nebenzimmer drangen, verschmolzen mit weiteren Erinnerungsfetzen, die sich in ihrem Kopf sammelten und dort herumwirbelten. Ihr wurde kalt, dann heiß und sofort wieder kalt. Sie zitterte und drückte die Lider so fest zusammen, dass sie Sterne im Dunkeln glühen sah. Dem Schwindel ausweichen. Diese unsägliche Unruhe abstellen. Ausschließen, alles, was dich belastet, ausschließen.

Glorious hunter of my faith I have sinned.

Sie versuchte, sich auf die Musik zu konzentrieren. Töne, die aus allen Ecken drangen und auf sie einströmten. Ihre Lippen wollten die Liedzeilen formen, doch der Gesang war schneller.

Dann begann das Hämmern und Dröhnen, das in ihren Kopf schoss und ihren Schädel zu zersprengen drohte. Ihre Zähne schienen sich selbständig zu machen. Die Hände kleine Motoren, die nicht stillstehen wollten.

Sie konnte nicht mehr ausweichen. Schweiß rann ihr in die Augen, der beim Blinzeln brannte wie Feuer. Alles tat ihr weh. Das Herz, der Körper, die Seele.

Mühsam stand sie von ihrem Bett auf und schleppte sich ins Bad. Dort hatte sie deponiert, was sie in solchen Momenten brauchte.

Sie öffnete das schmale, silberne Briefchen und konzentrierte sich auf ihre Aufgabe. Auf dieses einzige Mittel, welches das Chaos in ihrem Kopf und in ihrem Körper überlisten konnte. Das Mittel, das den Schmerz und das Zittern wegzauberte.

Es war das letzte *Pac*. Sie musste bald für Nachschub sorgen. Wieder im Bett, suchte sie ihren Arm ab. Fand eine Vene. Setzte die Nadelspitze an. Drückte. Injizierte eine Dosis Glück.

Jaaaa. Das tat gut. So gut. Wie eine heiße Welle floss das Zeug durch ihre Adern, durchdrang ihren Körper bis an die äußersten Spitzen. Sponn einen weichen Kokon, der sie einhüllte und vor der Welt dort draußen schützte.

Echt der Wahnsinn, dieses Gefühl.

Entspannt lehnte sie sich zurück. Hier war sie sicher. Niemand konnte ihr mehr etwas antun. Sie behielt das

Skelett an der Wand im Auge, das mit einem Mal zu tanzen begann.

Der Tod ist dein Freund, hast du das nicht gewusst?

Ein seliges Lächeln machte sich auf ihrem Gesicht breit.

Sie schloss die Augen, war nur noch schwebende Materie. Alles um sie herum löste sich auf. Farben, Formen, Geräusche. Ihre Glieder wurden schwer und gleichzeitig weich. Weich und angenehm war sie in ihrer Zwischenwelt gelandet, in der nichts mehr zählte außer diesem Kick.

Ein geiles Gefühl, tausend Mal besser als Sex.

Was brauchte sie Karim, wenn sie Dope hatte?

Behaglich räkelte sie sich in ihrem Bett. Sie roch weder den bitteren Schweiß, der in der Bettwäsche haftete, noch nahm sie die Flecken wahr, die das Laken übersäten. Was aber am wichtigsten war: Die Angst war weg. Die Drecksangst, die ihr das Leben verpestete.

Wohlig kuschelte sie sich in die schmutzige, zerschlissene Bettdecke wie in die Arme einer liebenden Mutter.

4

Konzentriert blickte er auf den Bildschirm und knetete sich die Hände warm. Zunächst kaufte er seine Standardausrüstung, um sich für den Kampf zu wappnen. Die AK-47 kostete siebenhundertfünfzig Dollar. Reeller Preis. Immerhin feuerte das Ding sechshundert Schuss pro Minute. Pistolen, Schrotflinten, Granaten gehörten ebenfalls zur Ausstattung. Die Kevlarweste war notwendig, wollte man nicht ungeschützt in den Kampf ziehen.

Nun konnte es losgehen. Stephans rechte Hand begann auf die Maus einzutrommeln, die linke hackte auf die Tastatur. Sein Kämpfer bewegte sich behände um eine Ecke herum, flitzte zur nächsten Hauswand und verfolgte den Gegner. Stephan zielte. Doch bevor er schießen konnte, schlug neben ihm eine Blendgranate ein. Er versuchte, sich noch mit einer schnellen Drehung zu schützen. Aber es war zu spät.

Mist! Ich seh nichts mehr.

Wild fing er an, zu ballern, doch er konnte nichts erkennen, weder wo seine Ziele waren, noch ob er genügend gedeckt war. Da nützte auch die Kevlarweste nichts. Aus. Er wurde derbe weggefetzt.

Scheiße!

In der nächsten Runde würde er es besser machen. Wozu hatte er seine Fähigkeiten im Messerstechen perfektioniert? Das Töten mit Pistole oder MG hatte zwar durchaus seinen Reiz, aber er schwor auf gute Handarbeit. Die war beim Kampf mit dem Messer wesentlich mehr gefordert als beim Abknallen mit einer Schusswaffe. Da kam es viel mehr auf seine Geschicklichkeit an.

Er beschloss, ein wenig zu cheaten und mit einem Trick durch die Wand zu laufen. Er war es schließlich, der das Spiel bestimmte. Nur er allein.

Nun schlich er sich mit dem Messer in der Hand von

hinten an den anderen heran. Blitzschnell stach er zu. Der andere krümmte sich vor Schmerz.

Immer schön rein in die Eier!

Stephan spürte, wie er von einem Rausch erfasst wurde. Wie Adrenalin in ihm hochschoss, als er stach und stach.

Der war erledigt und würde nicht mehr aufstehen. Der nicht mehr.

Da war noch einer. Wo kam der denn plötzlich her?

Na warte, Freundchen. Der andere duckte sich.

Hältst dich wohl für besonders schlau, ja? Aber dich krieg ich auch noch!

Diesmal war Stephan auf seine Deckung bedacht. Schließlich hatte er den anderen so weit. Der war so angeditscht, dass er absolut keine Chance mehr hatte. Wie er versuchte, seine Niederlage hinauszuzögern. Lachhaft.

Nützt dir alles nichts mehr, Freundchen!

Wieder mutierte Stephans Hand zur Waffe. Blut spritzte, als der Mann auf dem Bildschirm endlich zusammenbrach.

»Sauber!«, rief Stephan laut aus. »Geil.«

Er machte eine Pause und ging die Treppe hinunter in die Küche, um sich etwas zu trinken zu holen. Im Flur wich er seinem Spiegelbild aus. Seit diese furchtbare Akne sein Gesicht entstellte, mochte er sich gar nicht mehr ansehen. Und alle Mittelchen, die er bisher ausprobiert hatte, hatten nichts genützt. Die Pickel blühten, entzündeten sich und bildeten dicke Eiterknubbel. Und wenn man sie ausdrückte, hinterließen sie tiefe Krater in der Haut.

Seine Mutter war schon früh aus dem Haus gegangen. Er hatte ihr gesagt, dass er erst zur dritten Stunde in die Schule musste. Aber das hätte er sich sparen können. Es interessierte sie sowieso nicht, wann er Schule hatte und ob irgendwelche Stunden ausfielen.

Früher, ja, da hatte sie ganz genau Bescheid gewusst. Da hatte er ihr nie etwas vormachen können. Nach dem Unterricht hatte sie stets mit dem Essen auf ihn gewartet und sich an den Tisch gesetzt, um sich mit ihm über Gott und die Welt zu unterhalten. Einfach nur ein bisschen reden. Wie es so war mit den anderen Kindern und den Lehrern. Das hatte ihm gefallen. Für seine Hefte hatte sie sich auch interessiert, die sah sie sich aufmerksam an. Er hatte sie ihr gern gezeigt. Auf seine guten Noten war er stolz gewesen.

Doch in letzter Zeit hatte sich seine Mutter verändert. Jetzt redete sie fast nur noch mit ihm, wenn sie was zu meckern hatte.

Er vermutete, dass sie einen Liebhaber hatte. Neulich hatte er einen Typen am Telefon, der ziemlich erschrocken war, als er, Stephan, den Hörer abnahm. Dann wollte er ihm erzählen, er sei ein Golfpartner seiner Mutter. Aber die Art, wie er ihren Vornamen aussprach, Irmela, hatte Bände gesprochen. Stephan lachte in sich hinein. Als ob er sich von so einem Typen verarschen ließe.

Auf einmal hörte er Geräusche. Ob seine Mutter schon zurück war? Vielleicht war sie versetzt worden. Ein hämisches Grinsen schlich sich in sein Gesicht. Würde ihr recht geschehen.

»Boah, richtig toll hier«, sagte eine Frau mit Babypiepsstimme. »Und es ist wirklich keiner da?«

Dann erkannte er die laute, brummige Stimme seines Vaters. »Keine Angst, niemand zu Hause. Wir sind ganz ungestört, Mausi.«

Mausi. Vaters Tussen hießen immer Mausi. Da gab's auch kein Vertun.

Stephan presste die Lippen zusammen und verhielt sich still. Sie gingen an der Küche vorbei. Seine Finger tasteten über seine Wangen. Kratzten an eitrigen Pickeln, bis es wehtat. Er hörte die beiden die Treppe hochgehen. Vorsichtig schlich er ihnen nach. Nun war er doch mit seinem Spiegelbild konfrontiert. Scheiße, wie ein Streuselkuchen sah er aus. »Mach dir nichts draus«, hatte seine Mutter beiläufig gesagt, »das ist normal bei Jugendlichen und geht wieder weg. Spätestens, wenn du Opa bist.«

Haha. Darüber konnte auch nur sie lachen.

Der Pickel, den er aufgekratzt hatte, brannte. Mist. Wahrscheinlich hinterließ er wieder eine kratertiefe Narbe.

Sein Vater und diese Mausi verschwanden im Schlafzimmer.

Ob Mutter wirklich nicht merkte, dass in ihrem Bett eine fremde Frau gepoppt wurde? Er konnte das einfach nicht glauben. So was roch man doch. Vielleicht wollte seine Mutter das aber auch gar nicht merken. Weil sie zu sehr mit sich selbst und ihrem Typen beschäftigt war.

Manchmal fragte er sich, weshalb seine Eltern sich nicht schon längst getrennt hatten, wo doch jeder seine eigenen Wege ging. Aber die hielten ihn offenbar für blöd, so wie sie es fertigbrachten, in seiner Gegenwart auf heile Familie zu machen.

Dabei hasste er nichts mehr als solch scheinheiliges Getue.

Er schloss die Tür seines Zimmers hinter sich. Eigentlich wäre es jetzt an der Zeit, sich für die Schule fertig zu machen. Noch eine kleine Runde wollte er spielen. Vorsorglich schloss er ab und setzte sich wieder an den Computer.

Schnell begann er, in die Tasten zu hämmern, und war sofort wieder von dem Geschehen auf dem Bildschirm gefangen.

Du bist fällig und du auch gleich! Brauchst gar nicht abzuhauen. Nutzt dir alles nichts.

Weg mit dem Geschmeiß! Die musste man alle abknallen. Gnadenlos vernichten. So was hatte kein Recht zu leben.

Wütend ballerte er mit der Kalaschnikow los. Ra-ta-ta ... wie die Fliegen fielen die.

Er fühlte sich absolut im Recht, denn er gehörte zu den Guten, die die Bösen vernichteten. Die mussten einfach weg. Das war das Gesetz der Welt.

Alles lief in der immergleichen Reihenfolge ab: Die Beute auswählen. Antäuschen. Verfolgen. Vernichten. Wer nicht selbst zerstörte, wurde zerstört.

Er fand es toll, dass die Grafiken sich sehr verbessert hatten. Vorbei waren die Zeiten, in denen man zweidimensionale Figuren oder pixelige Monster bekämpfte. Die hier waren echten Menschen täuschend ähnlich. Killermaschinen, die loszogen, um zu töten. Damit das

Blut, das floss, ebenfalls echt aussah, hatte er ein Bloodpatch installiert.

Längst war dies seine Welt geworden. Eine Welt, sauber eingeteilt in Gut und Böse, die ihm mitunter realer vorkam als die Welt draußen vor dem Fenster.

Hier bestimmte er, was Sache war. In den Weiten des Cyberspace gewann er jede Schlacht.

Manchmal beschlich ihn der Gedanke, dass dies nicht alles sein konnte, dieses Kämpfen in der virtuellen Welt, und dass es noch ein anderes Leben geben musste, an dem er bisher nur wenig teilhatte.

Eine Hitzewelle schoss in seinen Schoß, als er an Davina dachte. Gleichzeitig erinnerte er sich voller Scham daran, wie sie ihn mit einem merkwürdigen Blick angesehen hatte und ihn eiskalt abblitzen ließ.

Verdammt, dieses Kribbeln in den Fingerkuppen, als er wie zufällig über ihre Brust gestrichen hatte, das würde er gern noch einmal erleben. Das Gefühl ihrer Nippel zwischen seinen Lippen hatte er sich nur vorgestellt. Wie das wohl in Wirklichkeit war?

Ach, was machte er sich einen Kopf! Davina konnte ihm gestohlen bleiben! Schließlich gab es noch andere Weiber auf der Welt. Die hatte doch sowieso nichts drauf. Schaute einen nur immer an mit ihren schwarz umrandeten Traueraugen, grinste dämlich und zuckte zusammen, wenn man mal nett zu ihr war.

Was Mario wohl an der fand? Obwohl, der war ja nicht besonders wählerisch.

Super-Mario. Ha! Hielt sich für den King und war nichts anderes als ein armseliger Spaghettifresser mit null Peilung. Ein Grinsen erschien in Stephans Gesicht.

Schließlich wusste niemand so gut wie er, wie wenig der in der Hose hatte. Aber den großen Macker markieren.

Mist, jetzt hatte er nicht aufgepasst! Der Typ dort war ihm durch die Lappen gegangen. Aber dieser andere, den würde er kriegen. Da war er wieder. Nichts wie hinterher und dann: abknallen.

Stephans Finger tanzten auf der Tastatur, während die Rechte die Maus hin und her schob. Nun ließ er sich durch nichts mehr ablenken. Hochkonzentriert verfolgte er seinen Feind. Zielte auf ihn. Drückte ab.

Ha, getroffen! Jetzt kannst du kein Unheil mehr anrichten. Du nicht mehr.

Mitleidlos sah er auf das blutüberströmte Bündel auf der Erde. Dann wanderte sein Blick auf die Uhr.

Scheiße, schon so spät.

Die vierte Stunde hatte bereits angefangen. Eigentlich hatte er überhaupt keine Lust. Er fragte sich sowieso, was er in der Schule sollte. Die meisten Lehrer wollten eh nur die Bosse spielen. Wer nach ihrem Mund redete, wurde mit guten Noten belohnt. Andere, die sich eigene Gedanken machten, hatten keine Chance. Früher hatte er dieses Spiel mitgespielt, doch mittlerweile sah er nicht mehr ein, wieso. Dem Mathelehrer hatte er bereits den Krieg erklärt. Dass er dafür im nächsten Zeugnis bestraft werden würde, war klar. Auch egal. Das, was er in der Schule lernte, war derart unwichtig, dass es schon wehtat. Was wirklich im Leben zählte, brachten sie einem dort sowieso nicht bei.

Auf das Ballern hatte er keine Lust mehr. Er überlegte kurz und horchte nach draußen. Im Haus war es ruhig. Offenbar war sein Vater mitsamt seiner Tussi wieder abgezogen.

Er war erregt. Seine Körpermitte fühlte sich sehr hart an. Kurz überlegte er, ob er sich einen Porno ansehen sollte. Aber eigentlich hatte er keine Lust, sich einen runterzuholen.

Die Russenhure fiel ihm ein. Hatte Mario nicht gesagt, »für einen Schuss kannst du mit der alles machen«?

Zweiter Teil

1

Ein dicker Mann in einem weißen Anzug und Hut rempelte sie an. Sprach offenbar eine Entschuldigung in einer fremden Sprache. Er hob die Schultern, schob den Hut zurück und lächelte bedauernd. Das Lächeln grub Fältchen in die braun gebrannte Haut um die Augen. Freundliche Fältchen.

»Schon gut«, sagte Franca Mazzari und zwang sich, zurückzulächeln. Obwohl sie den Dicken liebend gern angeblafft hätte. Aber sie war ja ein zivilisierter Mensch, der seine Gefühlswallungen im Griff hatte.

Durch das lange Warten war sie ungeduldig geworden. Warten, diesem Umstand hatte sie noch nie etwas abgewinnen können. Und je länger er andauerte, umso ungehaltener wurde sie. Auch deshalb, weil sie an all die verlorene Zeit und an ihren überquellenden Schreibtisch im Koblenzer Polizeipräsidium dachte.

Sie war pünktlich hier gewesen. Doch so groß und unübersichtlich hatte sie den Frankfurter Flughafen nicht in Erinnerung gehabt. Hier brauchte man ja einen Navigator, um sich zurechtzufinden. Unschlüssig war sie durch Menschenmengen hindurch die endlos langen Gänge entlanggehetzt, die ihr zunehmend wie unüberwindliche Labyrinthe vorkamen, stets die Augen auf entsprechende Hinweistafeln gerichtet. Doch die Wegweiser schienen immer wieder in die Irre zu führen.

Unzählige fremdartig aussehende Menschen waren

an ihr vorbeigelaufen. Schweiß, Parfüm und allerhand scharfe Ausdünstungen waren ihr in die Nase gestiegen. Kleinkinder plärrten auf den Armen ihrer Mütter, die sie mit zischelnden Lauten zu beruhigen versuchten.

Schweißgebadet und gerade noch rechtzeitig war Franca schließlich am richtigen Ausgang angelangt. Und nun hatte das Flugzeug Verspätung. All die Hetzerei war umsonst gewesen.

Eine kleine Ewigkeit schon stand sie sich hier hinter der Absperrung die Beine in den Bauch, den Blick stoisch auf die geschlossene Glastür gerichtet, hinter der hoffentlich bald ihre Tochter Georgina auftauchen würde.

»Wie geht's denn deiner Kleinen?«, hatte ihr Kollege Bernhard Hinterhuber gefragt, als Franca ihm mitteilte, dass sie ihre Tochter vom Frankfurter Flughafen abholen wolle.

»Kleine ist gut. Die geht einem an die Kehle, wenn sie so bezeichnet wird«, hatte Franca gelächelt. »Mit knapp sechzehn ist man schließlich schon erwachsen. Zumindest denkt man das.«

Franca war äußerst gespannt auf das Wiedersehen mit ihrer Tochter. Neun Monate war Georgina in Seattle gewesen. In diesem Alter eine verdammt lange Zeitspanne. Ob sie sich sehr verändert hatte? Natürlich hatten sie öfter miteinander telefoniert. Auch waren unzählige E-Mails und etliche Fotos über den Ozean hin- und hergeflogen, auf denen sie gut hatte beobachten können, wie sich ihr kleines Mädchen mit den großen Kulleraugen in eine junge Frau verwandelte.

Franca war es nicht leichtgefallen, Georgina ziehen

zu lassen. Schließlich war sie erst fünfzehn gewesen und mitten in der Pubertät. Doch Georgina hatte schon immer einen starken Willen gehabt und sich gegen alle Widerstände durchzusetzen verstanden. Durch nichts war sie davon abzubringen gewesen, der Heimatstadt ihres Vaters einen längeren Besuch abzustatten. Woraufhin Franca schließlich mehr oder weniger freiwillig ihre Zustimmung gegeben hatte.

Francas Blick war fest auf die Schwingtür gerichtet, aus der mit einem Mal immer mehr Menschen strömten. Nun musste sie bald kommen! Ihr Herz begann ein paar Takte höher zu schlagen. Jeden einzelnen Fluggast nahm Franca in Augenschein, doch Georgina war nirgends zu entdecken.

Eigentlich hatte Franca vorgehabt, Georgina in Seattle zu besuchen. Sie liebte diese wunderschöne Stadt am Puget Sound, in der sie einige Male zu Gast gewesen war, als sie noch mit David verheiratet gewesen war. Ebenso fest eingeplant war ein Abstecher zu ihrer Jugendfreundin Alexandra, die in Portland lebte. Der Flug war bereits gebucht, alles war arrangiert, und dann war im letzten Moment etwas dazwischengekommen. Ein Arbeitskollege erkrankte schwer und fiel für längere Zeit aus. Franca musste ihren Flug stornieren. Sie war unentbehrlich geworden. Wieder mal.

Polizistenleben. Man konnte sich einfach nichts vornehmen.

»Hi Mammi«, sagte plötzlich eine vertraute Stimme hinter ihr. Sie fuhr herum.

»Gina … wo kommst du denn her? Ich hab doch die ganze Zeit …« Sie beendete den Satz nicht, fiel ihrem

Mädchen in die Arme und drückte sie ganz fest an sich. Gott, was war sie hübsch. Groß, schlank und eine Haut wie Mokkasahne. So richtig zum Anbeißen. »Ach, ist das schön, dass du wieder da bist.« Franca schnupperte. Georgina roch fremd. Offenbar ein neues Parfüm. Verstohlen betrachtete sie ihre Tochter von oben bis unten. Vor der Abreise waren Mutter und Tochter fast gleich groß gewesen. Nun war Georgina ein Stück höher geschossen. Fast lag es Franca auf den Lippen, dieses »Kind, was bist du groß geworden!« Doch sie schluckte die Worte schnell hinunter. Sie selbst hatte es niemals leiden können, wenn die Erwachsenen früher so etwas zu ihr gesagt hatten.

»Ich freu mich auch, Mammi.« Georgina verzog das Gesicht zu einem breiten Lächeln, das sich in ihren dunklen Kulleraugen festsetzte.

Während sie sich Richtung Gepäckausgabe bewegten, begann Georgina zu erzählen. » Mammi, Seattle ist ja so eine schöne Stadt. *A wonderful city. Really.* Und *Madrona* ist der schönste Stadtteil überhaupt. Warst du mal da, wenn die Magnolien blühen? Im Frühling ist jedes Haus eingerahmt von weißrosa Blüten. Und dieser Duft.«

Franca nickte lächelnd. Eine Reihe angenehmer Erinnerungen flackerte durch ihr Gehirn. Auch dieses Kauderwelsch aus englischen und deutschen Sprachfetzen hatten sie und David sich irgendwann angeeignet. Das blieb wohl nicht aus, wenn man längere Zeit mit zwei Sprachen jonglierte.

»Ich hab Tante Debbie und Kylie versprochen, bald wiederzukommen. *Next year, maybe*. Vielleicht kann ich später da auch studieren. Debbie hat mir angeboten, dass ich auch dann bei ihr wohnen kann. Das ist doch super, oder?« Georgina strahlte.

»Wie ging's denn mit Debbie? Habt ihr euch einigermaßen vertragen?« Franca hatte die anfänglichen Auseinandersetzungen um das allzu behütende Wesen ihrer Schwägerin nicht vergessen.

Georgina grinste breit. »Wir kamen gut miteinander klar. Debbie ist ganz okay. Anfangs war sie ziemlich anstrengend. *A real pain in the arse.*« Sie lachte laut. »Aber dann haben wir uns aneinander gewöhnt, und sie hat nicht mehr so sehr gegluckt. Aber sie kann's einfach nicht lassen, mich vor allen Gefahren der Welt beschützen zu wollen. Schlimmer als die eigene Mutter.«

»Wirklich schlimmer als ich?«, fragte Franca lachend.

»Viel schlimmer«, bestätigte Georgina und rollte lachend mit den Augen.

Inzwischen waren sie am Laufband angekommen, auf dem die ersten Gepäckstücke bereits rundliefen.

»Da ist ja dein Koffer schon!«, rief Franca und wuchtete einen braunen Lederkoffer mit abgeschabten Rändern vom Gepäckband. Es war Francas Lederkoffer, mit dem sie selbst seinerzeit nach Seattle gereist war. Entsprechend mitgenommen sah er aus. Aber er tat offensichtlich noch immer gute Dienste.

»Meine Güte, ist der schwer«, ächzte sie. »Was hast du denn da alles drin?«

»Das da gehört auch noch mir.« Georgina griff nach einer großen, prall gefüllten schwarzen Reisetasche. »In neun Monaten sammelt sich ganz schön was an. Und ich wollte ja auch jedem von euch was mitbringen.«

»Na ja, das wär doch nicht nötig gewesen«, sagte Franca.

»Doch, es ist nötig gewesen. Und du wärst ziemlich beleidigt, wenn ich nicht wenigstens eine Kleinigkeit für dich dabeihätte.« Georgina sah ihre Mutter tadelnd an. »Lüg jetzt nicht, ich kenn dich doch.«

Franca unterdrückte ein Grinsen.

Mutter und Tochter marschierten mit den Gepäckstücken los. Während sie nebeneinanderher zum Parkhaus gingen, streifte Franca Georgina immer wieder mit bewundernden Blicken. Ihre Tochter ging sehr aufrecht, dadurch wirkte sie stolz und selbstbewusst. Das Haar trug sie kurz geschnitten. Die Rastazöpfchen mit den eingeflochtenen Glasperlen hatte sie sich abschneiden lassen. Ihre natürliche Krause hatte sich in Locken verwandelt, die ihr weich ins Gesicht fielen. Mit ihren großen braunen Augen und dem fein geschnittenen Profil erinnerte sie ein wenig an Halle Berry, das dunkelhäutige Bond-Girl.

Am Parkscheinautomaten stellten sie kurz die Gepäckstücke ab.

»Ich habe schon befürchtet, es wäre wieder was dazwischengekommen und du könntest mich nicht abholen«, sagte Georgina unvermittelt, während Franca das passende Kleingeld suchte.

Franca ruckte herum. »Na, hör mal. Das lass ich mir doch nicht nehmen, meine Tochter vom Flughafen abzuholen. Immerhin warst du ein Dreivierteljahr lang weg.«

»Es wäre ja nicht das erste Mal gewesen …«

Wie auf ein Stichwort hin begann Francas Handy zu

klingeln. Georgina rollte mit den Augen und verzog die Lippen zu einer Schmollschnute.

»Was gibt's?«, fragte Franca ahnungsschwanger, nachdem sie die Dienstnummer ihres Kollegen auf dem Display erkannt hatte.

»Franca, bist du noch in Frankfurt?«, erkundigte sich Bernhard Hinterhuber.

»Allerdings«, sagte sie mit einem schrägen Seitenblick auf ihre Tochter. »Georgina ist gerade erst gelandet. Das Flugzeug hatte Verspätung. Wir sind jetzt auf dem Weg ins Parkhaus.« Sie hätte am liebsten hinzugefügt: »Und ich sag dir gleich: Ich lass mich von dir nicht hetzen und mir schon gar nicht den Abend mit meiner Tochter verderben.« Doch diese Gedanken behielt sie für sich.

»Das heißt, du könntest in etwa einer Stunde hier sein.«

»Was gibt's denn?«, fragte sie verhalten.

»Wir haben eine Leiche. Ein junger Mann. Im Andernacher Schlossgarten.«

Andernach, dachte sie. Dort befand sich die Rhein-Mosel-Fachklinik, das größte psychiatrische Krankenhaus der Umgebung.

»Hinweis auf Suizid?«, fragte sie sachlich. Verbunden mit der vagen Hoffnung, dass ihre Anwesenheit nicht unbedingt erforderlich sei.

»Ganz sicher nicht«, antwortete Hinterhuber.

»Ist es wirklich nötig, dass ich komme?« Sie wagte kaum, in Richtung ihrer Tochter zu blicken. »Du weißt doch, wie lange ich Georgina nicht gesehen habe. Wenn ich sie jetzt stehen lasse, komme ich mir endgültig wie eine Rabenmutter vor«, startete sie einen halbherzigen Verteidigungsversuch.

Sätze schwirrten ihr durch den Kopf. »Immer geht dein Dienst vor. Nie hast du Zeit für mich.« All die Vorwürfe, die sie sich hatte anhören müssen, sowohl von ihrem Mann als auch von ihrer Tochter, lebten in diesem Moment wieder auf. Zumindest in dieser Hinsicht war es einfacher gewesen, die Tochter im Ausland zu wissen. Da musste man sich nicht ständig dafür rechtfertigen, dass es Freizeit für eine Polizistin nicht wirklich gab.

»Ich möchte, dass du dir das hier ansiehst«, sagte Hinterhuber. »Ein junger Mann. Abgestochen in einem wahren Blutrausch. Overkill.« Dann holte er Luft. »Den Genitalbereich hat's am schlimmsten erwischt.«

»Oh.«

Sie wusste natürlich, wie wichtig Ersteindrücke waren. Nicht umsonst sagte man, die Tat sei das Spiegelbild des Täters. Und dies konnte man nun einmal am besten beurteilen, wenn man sich den Tatort im Ursprungszustand ansah. So wertvoll Bilder und Videoaufnahmen für die Rekonstruktion auch waren, sie konnten nie den unmittelbaren Eindruck ersetzen.

Dennoch fühlte sie sich hin und her gerissen. Wie eine brennende Wunde spürte sie Georginas Blick in ihrem Nacken. Ein Blick, der ihr sagte: »Wusste ich's doch. Kaum bin ich zu Hause, geht der alte Trott von vorne los. Es hat sich überhaupt nichts verändert.«

»Hubi, ich …«

»Ich weiß, was du sagen willst, Franca«, fiel ihr Hinterhuber ins Wort. »Aber mir wäre wirklich wohler, wenn du dir das Gemetzel hier so schnell wie möglich ansehen könntest.« Seine Stimme klang noch immer freundlich, wenn auch eine Spur ungeduldig. »Ich hab veranlasst, dass niemand hier vorerst was verändert, also drück ein bisschen auf die Tube, ja?«

»Gut. Ich komme«, sagte sie und stellte seufzend das Handy aus. Insgeheim klammerte sie sich an eine frühere Bemerkung von ihm, die ihr sehr geschmeichelt hatte: »Ich gebe neidlos zu, dass Frauen den besseren Blick haben für Einzelheiten im Nahfeld.«

»Na, hab ich's nicht gesagt. Bin wohl wie immer etwas unpassend.« Georginas gekränkter Ton, den Franca so gut kannte. Immer diese Ambivalenzkonflikte. Sie hatte so fest vorgehabt, sich ihrem Mädchen zu widmen. Wenigstens an diesem wichtigen Tag.

»Ach, Gina. Ich ...«

»Sag jetzt nichts!«, befahl Georgina, die so energisch mit ihren langen Beinen ausschritt, dass Franca Mühe hatte, sich ihr anzupassen. »Stopp, hier geht's lang!«, rief Franca, als Georgina einfach geradeaus weiterlief.

»Warum ist es denn so wichtig, dass du kommst?«, fragte Georgina schließlich mit einem vorsichtigen Seitenblick auf ihre Mutter. »Gibt's denn niemand anderen bei deinen Cops, der für dich einspringen kann? Ich meine, ich versuche ja, zu verstehen ...«

»Wir sind ein Team«, sagte Franca. »Der eine muss sich auf den anderen verlassen können. Umgekehrt würde ich genauso handeln, egal, was familiär anliegt. Das ist leider in unserem Beruf so.« Sie dachte daran, dass sie ihn einmal an seinem Hochzeitstag direkt vom Kaffeetisch weggeholt hatte. Und er selbstverständlich gekommen war. »Außerdem baut Hubi auf meine weibliche Intuition.«

»Na, dann bist du ja genau die Richtige.« Georgina begann, unverschämt zu grinsen. »Meine Mutter mit der Intuition einer Wildgans.«

»Hey, werd bloß nicht frech!« Franca versetzte Georgina einen Stups, worauf diese loskicherte. Erleichtert stellte Franca fest, dass das Eis gebrochen war. Vielleicht gehörte es zu Georginas Reifeprozess, das Unabänderliche akzeptieren zu lernen.

»Gina, ich verspreche dir, dass wir uns so bald wie möglich gemütlich zusammensetzen. Dann koch ich uns was Schönes und …«

»Ist doch schon gut, Mammi. Wir haben ja jetzt erst mal eine Stunde während der Fahrt zum Quatschen. Und dann hab ich auch noch einen Daddy. Ich hoffe doch stark, dem kommt nicht auch ein Patient dazwischen, der sich nicht abwimmeln lässt.«

Sie hatten den Parkplatz erreicht. »Der gute, alte Alfa lebt ja noch!«, rief Georgina aus.

»Ja, ich hänge sehr an ihm, obwohl er schon ziemlich viele Macken hat«, sagte Franca, während sie den Kofferraum öffnete. Beide Gepäckstücke zusammen passten nicht hinein. Die Reisetasche beförderte sie kurzerhand auf den Rücksitz.

»Weil das Auto Opas Traum war, ich weiß.«

In Georginas Gesicht machte sich ein Lächeln breit. Franca lächelte warm zurück und setzte sich auf die Fahrerseite. Georgina hatte ihren Großvater nicht mehr kennengelernt. Er war lange vor ihrer Geburt gestorben. Aber Franca hatte ihrer Tochter so viele liebevolle

Erinnerungen vermittelt, dass diese sich ein plastisches Bild von ihm machen konnte.

»Danke für dein Verständnis«, sagte sie leise und tätschelte Georginas Knie.

»Nun fahr schon los, damit du rechtzeitig bei deiner Leiche bist«, gab sie zurück.

Franca trat aufs Gas, schlängelte sich durch die vielen Kurven des Parkhauses und fädelte sich auf die Autobahn Richtung Köln ein.

»So, und jetzt wirst du gnadenlos zugetextet und musst dir alles komprimiert in einer Stunde anhören, wofür wir sonst den ganzen Abend gehabt hätten.« Georgina grinste spitzbübisch. »Du wirst dir alle Katzen-, Hunde- und Verwandtengeschichten anhören. Wie Heather auf Aunties gutem Sofa Junge gekriegt hat. Wie alle geweint haben, als man die Kleinen weggeben musste. Und wie toll Kylie im Sport und in der Schule ist, wie viele Abzeichen und Preise sie gewonnen hat und überhaupt ...«, deklamierte Georgina mit theatralisch erhobener Stimme. »Das hast du jetzt davon.«

Während sie über die Autobahn in Richtung Koblenz fuhr, tauchte Franca zusammen mit ihrer Tochter ein in einen Teil ihrer eigenen Vergangenheit. Nur manchmal unterbrach sie Georginas Redefluss mit kurzen Nachfragen. Auch, um zu signalisieren, dass sie genau zuhörte. Die Menschen und auch die Haustiere, von denen Georgina erzählte, waren ihr zum großen Teil bekannt. Doch war diese Welt seit der Trennung von David in etwas weitere Ferne gerückt. Vergessen hatte sie sie nicht. Das Wichtigste aber, das sie aus Georginas Erzählungen heraushörte, war, dass es ihrer Tochter gut gegangen war. Sie war liebevoll umsorgt worden. Sie hatte wichtige Erfahrungen gewonnen. Nicht zuletzt die Erfahrung, dass es auch woanders auf der Welt sehr schön sein kann, wenn dort nette Menschen lebten, die es gut mit einem meinten. Zumal Menschen vom eigenen Fleisch und Blut.

Insgeheim war sie stolz auf ihre Tochter, die trotz aller Widerstände das Abenteuer des Suchens auf sich genommen hatte, um weit weg vom sicheren Zuhause an Sehfähigkeit und an Persönlichkeit zu reifen.

»Gina, es ist so schön, dich wiederzuhaben. Du glaubst gar nicht, wie sehr ich dich vermisst habe«, sagte sie, als Georgina kurz in ihrem Redestrom innehielt.

»Ich hab dich ja auch vermisst – überhaupt, das alles hier. Deutschland ... Hier ist meine Heimat.« Sie war eine Weile still. Franca dachte schon, sie sei eingeschlafen. Der Jetlag machte ihr sicher zu schaffen.

»Mammi, in Seattle war es zwar superschön. Aber es fühlt sich so gut an, wieder zu Hause zu sein«, murmelte ihre Tochter. *»It's really tearing off my heart.«*

Franca spürte, wie ein Ziehen ihren Körper durchlief, das sich in der Herzgegend festsetzte. Sie presste die Lippen zusammen. Eine einzelne Träne brach sich Bahn und lief ihr die Wange hinunter. Die unterschiedlichsten Empfindungen trafen in diesem Moment zusammen. Glück und Schmerz und Freude und Wehmut, das alles durchströmte ihr Innerstes, als ihr Blick das Profil ihrer Tochter streifte. Georgina waren nun endgültig die Augen zugefallen.

Ach, mein Mädchen, wie hast du mir gefehlt!

2

Das Haus war voller Erinnerungen, die an den Wänden klebten und in den Ecken nisteten. Es lag an ihr, sie hervorzulocken. Sie hatte die Macht. »Man muss nur wollen und sich genug anstrengen, dann gelingt einem alles«, hörte Davina Frau Kirchner, ihre Sportlehrerin, sagen. Sie trug den weinroten Kimono ihrer Mutter, den sie ganz hinten in ihrem Schrank aufbewahrte. Ebenso wie das weiße, durchsichtige Kleid mit den Trompetenärmeln. Aus der kleinen Kiste unter ihrem Bett nahm sie ein schmales Tuch mit braunem Batikmuster heraus und wickelte es um ihre Handgelenke. Es roch leicht nach Moder und nach altem Parfüm. Es war das Band, das ihre Mutter im Haar getragen hatte. Das Band, das auch jetzt als Bindeglied dienen sollte.

»Du musst deinen Kopf überlisten, dann kannst du auch die schwierigste Übung«, hörte sie wieder Frau Kirchners Stimme. Sie war bereit. Was im Sportunterricht geklappt hatte, würde ihr ganz sicher auch jetzt gelingen.

Auf dem schwarzen Tuch vor ihr lag ein mattsilbernes Amulett, das Hexenauge. Sie nahm es in die Hand und strich sanft mit der Daumenkuppe über dessen reliefartige Erhöhungen. Ihr Herz klopfte in leiser Erregung. Mit der Athame hatte sie einen Bannkreis gezogen, um die magische Kraft zu bündeln. Sie blickte auf das Amulett, das an eine Fledermaus erinnerte. Unter ihrem zärtlichen Streicheln breitete sich Wärme aus, die durch ihre Hand floss und bis tief in ihr Innerstes vordrang. Ihre Lider begannen zu flattern.

»Sprich mit mir, bitte«, sagte sie laut in die Stille des Raums hinein. Mit äußerster Konzentration versuchte sie, die undeutlichen Bilder festzuhalten, Momentaufnahmen, die kurz aufleuchteten und ihr wieder zu entgleiten drohten, kaum dass sie sie wahrgenommen hatte.

Tiefer schauen, als es mit dem Verstand möglich ist. Das war ihr Ziel.

Sie starrte in die Flamme der Kerze im Silberleuchter, die auf dem schwarzen Tuch wie auf einem Altar stand. Die Flamme spiegelte sich flackernd im Glas des gerahmten Fotos, das eine lachende, junge Frau mit braunen Wuschellocken zeigte, die ihr bis auf die Schultern fielen.

Davinas Herz klopfte in leiser Erregung, die sich nach und nach zur Euphorie steigerte.

Die Tür hatte Davina vorsorglich abgeschlossen. Ihr Zimmer war ihr Refugium, zu dem sie niemandem Zutritt gewährte. Ihr Nest, ihre Höhle. Ein Raum, in dem sie mit sich und der Vergangenheit allein sein wollte.

Der Duft von Räucherkohle lag schwer in dem dämmrigen Raum.

Zum wiederholten Male sprach sie mit geschlossenen Augen die magischen Worte, die wie eine Melodie aus einer fernen Zeit klangen: »Komm zurück, du, die du mir so nahe warst. Böser Wind hat dich fortgetrieben in unendliche Weiten. Komm zurück, du, mein Hunger, mein Durst, mein Honig, mein Wasser, mein Brot … Du, die du mir nah bist an allen Tagen und doch so fern …« Murmelnd reihte sie Wortketten aneinander, in die sie all ihre positive Energie legte.

»Man muss den Wunsch materialisieren«, hatte Mario gesagt und hinzugefügt: »Nicht jeder hat die Gabe einer solch starken Vorstellungskraft, aber du kannst ja mal versuchen, ob es dir gelingt. Man braucht eben schon einiges an Erfahrung. Das Hexenauge ist wichtig. Aber das Ganze kann nur gelingen, wenn du dich vollkommen mit Herz und Seele auf diese eine Sache einlässt.«

Mit schräg geneigtem Kopf lauschte sie dem Widerhall ihrer Worte, wiederholte sie noch einmal wie ein Gebet und spürte, wie sie eine betäubende Wirkung entfalteten.

»Komm zurück, du, die du mir so nahe warst …« Ihre Brust bebte, ihr Atem ging flach.

Mit einem Mal begann die Luft zu sirren. Ein undeutliches Bild schwebte heran. Es entstanden immer mehr Bilder, zunächst grobkörnig und schattenhaft, dann immer klarer werdend zeichneten sich Konturen ab. Bild reihte sich an Bild und fügte sich zu einem Film zusammen, von dem Davina regelrecht gefangen genommen wurde.

Vor einem hellen Hintergrund stehen Menschen um ein Karussell mit einem Goldrandhimmel herum. Es riecht nach gebrannten Mandeln und Zuckerwatte. Jemand setzt ein Kind auf ein bunt bemaltes Pferdchen. Das Kind ist Davina.

Sie ist noch klein, trägt eine weiße Strumpfhose, schwarze Lackschuhe und ein rotes Mäntelchen. Auf ihrem Rücken kringeln sich dunkle Locken. Und um ihren Hals hängt ein Lebkuchenherz an einem roten Band. Die Hände, die sie hochgehoben haben, lassen sie los. Ängstlich krallt das Kind seine Händchen in die hölzerne Pferdemähne. Musik ertönt, und das Pferdchen beginnt, im Kreis zu traben.

Hoppe, hoppe Reiter, wenn er fällt, dann schreit er.

Das Kind erschrickt furchtbar und verzieht das Gesicht, als es seine Mama nicht mehr sieht. Alle möglichen Leute stehen um das Karussell herum, große und kleine, Erwachsene und Kinder. Aber seine Mama ist verschwunden.

»Mama, wo bist du?«

Tränen kullern über sein Gesicht. Es schluchzt laut auf.

Da, da ist sie wieder. Die Mama ist gar nicht weg. Das Kind hat sie nur nicht gesehen, weil es im Kreis geritten ist. Mama steht immer noch an der gleichen Stelle und winkt ihrer kleinen Tochter lachend zu. Die bunten Glasperlenschnüre an ihren Armen rutschen auf und ab, und ihre braunen Augen fragen: »Na, ist das nicht schön?«

Sofort vergeht das Weinen und macht einem fröhlichen Lachen Platz. Das Kind sitzt auf dem Rücken des weißen Pferdes mit den schwarz gemalten Augen, das weiter im Kreis tanzt. Im Rhythmus der Leierkastenmelodie wippt das Pferdchen auf und ab. Das Kind muss nicht traurig sein. Mama ist ganz nah bei ihm. Nach jeder Runde taucht sie auf, verschwindet und ist sofort wieder da. Es ist wie beim Schließen der Augen, wenn sich die Welt kurz im Dunkeln verflüchtigt in der Gewissheit, dass sie beim Öffnen der Lider hell erleuchtet zurückkommt, unverändert und genau so wie zuvor.

Ein Schatten huschte durch das Zimmer. Die Erinnerung, die eben noch so konkret war, verschwamm und löste sich auf wie ein zu nass gemaltes Aquarell. Plötzlich vernahm sie deutlich eine Stimme: »Meine kleine Zigeunerprinzessin! Wo bist du? Hallo! Hörst du mich?«

Davina hielt den Atem an. Blut pochte in ihren Ohren wie das dumpfe Schlagen einer fernen Trommel. Sie war hier, hier in diesem Zimmer. Fast körperlich spürte sie die Anwesenheit ihrer Mutter. Und Davina war kein Kind mehr. Sie saß nicht auf dem Karussellpferdchen. Klar und deutlich hatte sie die Stimme gehört. Es war die Stimme ihrer Mutter, dessen war sie sich ganz sicher. Niemand sonst nannte sie Zigeunerprinzessin.

»Mama. Hier bin ich. Hier!«, rief Davina laut. Es tat so gut, die vertraute Stimme zu hören.

Etwas in ihr triumphierte. Sie hatte es geschafft! Es war ihr gelungen, den Kontakt herzustellen. Es dauerte eine Weile, bis sie vollständig begriff, was das bedeutete. Sie brauchte Mario nicht! Sie hatte sich von seinem Einfluss befreit.

Eine Euphorie überflutete sie, verdrängte ihre Traurigkeit und ihre Hilflosigkeit, alles, was sie belastet hatte.

Sie schloss die Augen und tauchte zurück in die Vergangenheit. Sie war wieder Kind. Ein Kind in weißen Strumpfhosen, schwarzen Lackschuhen und mit einem Lebkuchenherz um den Hals, auf dem mit Zuckerguss »Ich hab dich lieb« geschrieben steht. Ein Mädchen, das geborgen in der Gegenwart lebt und noch nicht weiß, was das Wort Zukunft bedeutet. Es rutscht von dem hölzernen Pferderücken direkt in die Arme seiner Mutter.

»War das schön?«, fragt Mama dicht an ihrem Ohr. Davina nickt und schmiegt sich an sie.

Vergangenheit und Gegenwart waren eins.

»Das Beste, was uns der liebe Gott mitgegeben hat, ist unsere Phantasie.« Deutlich erklang die Stimme ihrer Mutter im Zimmer. »Wer Phantasie hat, ist niemals allein.«

Worte, denen ein tröstliches Echo nachhallte.

Genauso schnell, wie es aufgetaucht war, war das Bild ihrer Mutter auch schon wieder verschwunden. Aber ihre Berührung konnte Davina noch deutlich spüren. Ebenso die Wärme von Mamas Armen um ihren zierlichen Kinderkörper.

Ein seliges Lächeln huschte über ihr Gesicht. Sie schloss die Augen. Ihre Erinnerung produzierte noch mehr Episoden von früher. Oder war es ihre Phantasie? Egal. Jedenfalls sah sie sich jetzt zusammen mit ihrer Mutter auf einer blühenden Gänseblümchenwiese.

Mama ist jung und schön. Sie hält sie an der Hand. Zusammen mit Feen und Elfen tanzen sie einen Reigen. Mama trägt ein dünnes, weißes Kleid, durch das ihre braune Haut hindurchschimmert. In ihrem dunklen Wuschelhaar flattert ein gebatiktes Band. Das Lächeln vertieft sich. Auf ihrem Gesicht liegt ein strahlender Glanz, ihre Augen funkeln. Sie singt ein Lied. Davina summt mit. Immer schneller drehen sie sich. Es ist wie im Märchen. Die Sonne scheint von einem blauen Himmel, über den Schäfchenwolken hinwegziehen, und alles ist gut. Davina hält Mamas Hand fest in der ihren. Aus den Sphären erklingt Musik, die ihren Gesang begleitet. Sie fliegen. Sie schweben davon. Immer höher hinauf in den Schäfchenwolkenhimmel. Mutter und Tochter sind nicht mehr von dieser Welt. Sie gehören ins Zauberreich.

Davina schlug die Augen auf und jubelte. Es war ihr gelungen! Sie hatte es gewusst. Sie fühlte die Wärme, die aus ihrem Innern herausdrängte. Wärme, Freude. Das pure, das große Glück.

Und alles, was Mario gesagt hatte, war nicht wahr.

3

Sie parkte den Alfa vor der Stadtmauer, die einen Teil des Krankenhauses umgrenzte, und stieg aus. Etliche Polizeifahrzeuge blockierten die Straßeneinfahrt und warfen blaue Lichtblitze gegen die trutzigen Mauern der Burgruine. Der Leichenwagen mit geöffneter Heckklappe stand ebenfalls schon da. Sie schritt unter einem Torbogen hindurch, von dem ein Schild in drei Sprachen verkündete, dass es sich um das Koblenzer Tor handelte. Vom nahen Fluss her wehte ein kühler Wind.

Der Schlossgarten war großräumig abgeriegelt, der schmale Eingang mit einem rot-weißen Plastikband versperrt. Einem der Schutzpolizisten, der Franca aufhalten wollte, zeigte sie ihren Ausweis. Nach einem kurzen, prüfenden Blick nickte er und wies mit dem Daumen nach hinten.

Von der ehemaligen Zwingburg war nicht mehr allzu viel übrig. Nur eine Pallasmauer mit leeren Fensterhöhlen, die den Pulverturm und den Bergfried miteinander verband. Im Laufe seiner Geschichte hatte der Bergfried mit seinen markanten Erkern und dem Tuffsteinfries die unterschiedlichsten Funktionen inne. Diente er einstmals als Gefängnis und später als Jugendherberge, so konnten sich heute in dem geschichtsträchtigen Gebäude heiratswillige Paare das Jawort geben. Dass der Park um das Burggelände Schlossgarten genannt wurde, gehörte zu den Andernacher Eigentümlichkeiten.

Sie kannte die Parkanlage von einem früheren, allerdings erfreulicheren Besuch her. An einem lauen Sommerabend war sie hierher zu einer Musical-Aufführung eingeladen worden. Damals war der Schlossgarten voller Leben gewesen. Die auftretenden Künstler in ihren schillernden Kostümen hatten sie begeistert. Aber noch mehr hatte sie der Mann an ihrer Seite beeindruckt, mit dem sie danach eine heiße Nacht verbrachte. Zu einer verschwiegenen Ecke am Laacher See war er mit ihr gefahren, sie badeten nackt, der Mond warf einen Abglanz aufs Wasser. Und die Hitze der Nacht entfachte eine Leidenschaft in ihr, die sie und den Mann an ihrer Seite verzauberte. Beiden war klar, dass es sich um eine einmalige Angelegenheit handelte. Solch eine Nacht war nicht wiederholbar. Aber dadurch, dass sie sich fest ins Gedächtnis eingebrannt hatte, war sie wie ein glänzender Stern, den man gut aufbewahrte und bei Bedarf hervorholen und aufpolieren konnte.

Sie schob die ablenkenden Gedanken beiseite, um

sich auf ihre nicht ganz so angenehme Aufgabe zu konzentrieren.

Inzwischen dämmerte es. Lichter waren eingeschaltet worden und beleuchteten eine Rosenrabatte mit rosa und roten Blüten. Franca konnte sich nicht erinnern, dass je im Januar die Rosen geblüht hätten. In einem kahlen Busch hingen grüne, leergepickte Vogelfutternetze. An drei schlanken, metallenen Fahnenstangen spielte klirrend der Wind mit den Aufhängungen. Rechter Hand vor drei Parkbänken kauerte Frankenstein in seinem weißen Schutzanzug.

Sie ging geradewegs auf ihn zu. »Schon was gefunden?«, fragte sie den Kollegen von der Kriminaltechnik.

Er sah kurz auf, hob grüßend die Hand und sagte: »Chipstüten, Bierdosen, Zigarettenkippen, all so'n Kram. Was die Leut' halt so fallen lassen.« Sein Gebiss schimmerte blendend weiß.

»Wann hast du dir denn die Zähne machen lassen?«, fragte sie erstaunt. Frank Steins schadhafte Zähne waren lange Zeit Tagesgespräch im Koblenzer Präsidium gewesen. Im Vertrauen hatte er ihr einmal seine Angst vorm Zahnarzt gebeichtet. Die schien er nun überwunden zu haben.

»Letzte Woche. War ja auch bitter nötig.« Er lächelte gequält. »Du glaubst gar nicht, wie die einen foltern für solche Beißerchen.« Er bleckte sein Strahlegebiss. »Sieht aber gut aus, was?«

»Das kannst du laut sagen. Steht dir hervorragend. Du solltest dich als Model für Zahnpasta-Reklame bewerben.«

»Nun übertreib mal nicht«, sagte er und hob abwehrend die Hände. »Übrigens wirst du schon sehnsüchtig erwartet von deinem Hubi.« Mit dem Daumen zeigte er auf eine tiefer gelegene Stelle, ein trockengelegter Wassergraben, über den eine steinerne Brücke führte.

Suchend sah sie sich um. »Wie komme ich denn da runter?«, wollte sie wissen.

»Da hinten ist eine Treppe.« Mit seiner Hand deutete er in Richtung Stadtmauer.

Sie drehte sich nochmal zu ihm um. »Gibt's außer diesem Kram wirklich nichts Brauchbares?« Mit dem Finger wies sie auf die Mülltüte, die geöffnet vor Frankenstein stand.

»Am liebsten wär dir die Tatwaffe, ich weiß. Aber damit kann ich leider nicht dienen«, antwortete Frankenstein mit seinem Zahnpastalächeln. »Zumindest noch nicht. Aber du weißt ja, dass wir zäh sind und so schnell nicht aufgeben.«

Sie lief über das Gras und ging die schmalen Stufen hinab, die hinunter in den ehemaligen Wassergraben führten. Der lange Norbert trat unter der Brücke hervor. Auch er trug einen weißen Overall. Als er Franca sah, winkte er ihr zu.

Unter dem äußeren rechten der drei steinernen Rundbögen stand Hinterhuber. Er trug einen braunen Wildlederjanker mit Hirschhornknöpfen und unterhielt sich mit einem ihr unbekannten, jungen Mann mit kurzen blonden Haaren.

Vor ihnen auf dem sandigen Boden lag ein Bündel, auf dem die Farben Schwarz und Rot dominierten. Overkill, hatte Hinterhuber gesagt. Dieses Wort, das niemand sonst von den Kollegen für solch eine Tat benutzte, war in einem Seminar gefallen, das sie zusammen mit Hinterhuber besucht hatte. Overkill bedeutete mehr als töten. Vernichten. Blinde Wut war dabei im Spiel. Oder Hass. Jedenfalls starke Emotionen bei ausgeschaltetem Gehirn. Entsprechend unschön war das Ergebnis. Mit einem mulmigen Gefühl im Bauch, die Hände tief in ihrer Jackentasche vergraben, schritt sie langsam auf die Gruppe zu.

»Hallo, Franca. Da bist du ja endlich.« Hinterhuber, der augenblicklich in seiner Gestik innehielt, sah sie an, und sie meinte, einen kleinen Vorwurf in seinen Augen hinter der Goldrandbrille zu lesen.

»Tut mir leid, es ging nicht schneller«, sagte sie in seine Richtung, während sie grüßend nickte und dem jungen, blonden Mann die Hand hinstreckte. »Franca Mazzari. Kripo Koblenz.«

»Oliver Reimers«, erwiderte er mit einem Lächeln, das ihn außerordentlich attraktiv wirken ließ. Zudem hatte er einen angenehmen Händedruck. Weich und trotzdem fest. Sie mochte Männer mit gepflegten Händen.

»Ich bin ein Kollege aus Andernach.«

Sie musterte ihn unauffällig. Sein Körper, schlank und drahtig, sah aus, als ob er regelmäßig im Fitnessstudio in Form gehalten würde. Er trug schicke, gut geschnittene Jeans und eine Lederjacke, darunter ein schwarzes Hemd mit dezenten Streifen. Selten hatte sie einen so gut gekleideten Polizisten gesehen.

»Oliver sagt, sie haben in letzter Zeit ziemlichen Ärger mit einigen Jugendlichen hier. Vielleicht gibt's einen Zusammenhang.« Hinterhubers Blick streifte den toten Jungen.

»Inwiefern?«, fragte Franca und dachte, dass das Werk hier nach Bestrafung aussah. Oder nach Rache. Nach unermesslicher Wut, nach jemandem, der die Kontrolle über sich verloren hatte.

»Mutwilliges Zerstören. Randale. Alles, was man sich so einfallen lässt, wenn man nicht weiß, wohin mit sich und seinen überschüssigen Kräften.« Oliver Reimers fixierte sie, ein Blick, der ihr durch und durch ging. »Drogen und Alkohol tun dann das Übrige.«

»Sind hierbei Drogen im Spiel?«, fragte Franca.

Nicht nur in Polizeikreisen wurde offen darüber geredet, dass Andernach einer der regionalen Brennpunkte für harte Drogen war und in der Heroin-Szene eine traurige Spitzenstellung einnahm. In der Kleinstadt am Rhein wurde bisweilen mehr Heroin konsumiert als im wesentlich größeren Koblenz. Das Problem war hinreichend bekannt, und man versuchte, mehr oder weniger effektiv, die Lage in den Griff zu bekommen.

Oliver Reimers hob einen kleinen Plastikbeutel hoch, in dem mehrere schmale silberne Streifen glänzten. Offenbar Konsumportionen Heroin.

»Wir vermuten, dass der Tote das Zeug hier vertickt hat. Diese *Pac* hatte er in den Socken stecken. Er sieht aber nicht aus wie ein Junkie.«

»Hatte er Geld bei sich?«

»Nein. Da war kein Portemonnaie.«

»Hm. Dann könnte er also auch beklaut worden sein. Ist er denn auf der Szene schon mal aufgefallen?«

Oliver Reimers schüttelte den Kopf. »Aber das will

ja nichts heißen. Die wachsen schneller nach, als wir gucken können. Raffen wir einen weg, tauchen zwei neue auf.«

Franca hob den Blick. Der Platz unter der Brücke lag sehr versteckt und war wegen der hohen Mauer von der Straße aus nicht einsehbar. Eigentlich ideal zum Verkauf von Drogen. Trotzdem war Vorsicht geboten. Man durfte sich nicht sofort von dem Offensichtlichen leiten lassen. Das Verbrechen konnte auch einen ganz anderen Hintergrund haben.

»Vielleicht hat er nicht gespritzt. Aber das hier sieht nach Eigengebrauch aus.« Hinterhuber hatte eine Plastiktüte in der Hand, in der ein blauer Tabakbeutel mit braunem Schriftzug lag. »Die übliche Tütenmischung.«

»Kiffen gehört unter Jugendlichen fast schon zum guten Ton«, bemerkte Oliver Reimers mit einem Achselzucken.

Franca fiel auf, dass er ein klein wenig aussah wie Brad Pitt, besonders wenn er seinen Mund zu einem mokanten Lächeln verzog, wie jetzt. Vielleicht sprach er aus eigener Erfahrung. Es durfte noch nicht allzu lange her sein, dass er zu den Jugendlichen gezählt hatte. Er war braun gebrannt, als hätte er gerade einen Urlaub im Süden verbracht. Unter seinem Hemd schimmerte ein Silberkettchen, das aussah wie ein gedrehtes Seil. Normalerweise mochte sie es nicht, wenn Männer Schmuck trugen, aber an ihm wirkte das Kettchen apart.

»Ihr meint also, ein Delikt im Zusammenhang mit der Drogenszene kann nicht ausgeschlossen werden?

Dann wäre es ja ganz sinnvoll, sich mal Ihre Rauschgiftdatei anzusehen, Herr Reimers«, sagte Franca.

»Oliver. Wir duzen uns eigentlich alle.« Er sah sie mit seinen blauen Augen an, und Franca dachte, verdammt, wenn du mich weiter so ansiehst, schmelze ich noch dahin.

»Wir können uns gern später bei uns in der Inspektion treffen, wenn ihr mit allem fertig seid.«

»Schön.« Franca hielt die Luft an und streifte mit einem kurzen Blick das schwarze Bündel zu ihren Füßen, das sie bisher vermieden hatte, allzu genau anzusehen. »Wer hat ihn eigentlich gemeldet?«

»Holländische Touristen von einer Schiffsreise, die kurz in Andernach angelegt haben. Ihre Personalien wurden aufgenommen. Das Schiff ist schon wieder abgefahren.«

»Die werden unsere Bäckerjungenstadt wohl in nicht so guter Erinnerung behalten«, bemerkte Oliver trocken.

»Hat niemand von den Anwohnern was bemerkt?«

Hinterhuber schüttelte den Kopf. »Das da drüben ist ein Wohnheim. Die Kollegen haben angefangen, alles abzuklappern. Bis jetzt ohne Ergebnis.«

Franca gab sich einen Ruck und ging neben dem Toten in die Knie. Obwohl es augenblicklich in ihrem Magen zu rumoren begann, zwang sie sich, genau hinzusehen. Ein Junge, der auf seinem Weg zum Mann jäh gestoppt worden war. Der Kopf lag zur Seite gedreht. Das war gut so. So brauchte sie ihm erst einmal nicht ins Gesicht zu sehen. Er war ganz in Schwarz gekleidet, trug ein langärmeliges T-Shirt, auf dem chinesische Schriftzeichen gedruckt waren. Das Armgelenk schmückte ein breites Lederband mit Nieten. An seinen Fingern steckten mehrere Silberringe, darunter einer mit einem Totenkopf.

Die Jeans sahen neu aus. Wenn sie nicht alles täuschte, handelte es sich um teure Markenjeans. Ähnlich denen, die Oliver Reimers trug. Unter dem Toten lag eine Lederjacke, die vor Reißverschlüssen und Nieten nur so starrte.

»Das Zip-Jacket hier ist vom Feinsten«, sagte Oliver. »So was kostet ein kleines Vermögen.« Als er Francas skeptischen Blick bemerkte, fügte er hinzu: »Der Junge hier war kein Armer. Der trägt ausschließlich Markenklamotten.«

»Könnten ja auch Fakes sein, wie man sie überall bekommt«, warf Franca ein.

Oliver schüttelte den Kopf. »Es gibt da bestimmte Merkmale. Beispielsweise kann man das an den sehr gut verarbeiteten Nähten erkennen. Die Klamotten hier sind echt. Und die Stiefel, das sind Doc Martens. Auch keine Billigware.«

Na, der schien sich ja gut auszukennen.

Francas Blick wanderte die Hosenbeine hinauf zum Lendenbereich. In der Körpermitte des jungen Mannes bildeten die zerschnittene schwarze Kleidung, Hautfetzen und geronnenes Blut ein absurdes Muster. Sie dachte an verdorbenes Hackfleisch und spürte schon wieder, wie ihr die Galle hochkam. Schnell erhob sie sich, ging ein paar Schritte zur Seite und atmete ein paar Mal tief durch.

In solchen Augenblicken verfluchte sie ihren Beruf.

Weil er sie mit Bildern konfrontierte, denen man sich normalerweise nicht freiwillig aussetzte.

Sie schluckte und schluckte, sah zu dem Toten hin und wieder weg. Kontrollierte ihren Atem und betrachtete die Umgebung, den in Lichtschein getauchten Dämmer. Scheinwerfer beleuchteten die Reste von Historie, einer Geschichte, die ihr unbekannt war. Wer mochte die Burg gebaut haben? Wem hatte sie als Wohnung, als Schutz gedient? Wer hatte sie zerstört? Der Zerstörungsakt schien jedenfalls schon ziemlich lange her zu sein.

»Die Schnitte gehen durch die Kleidung hindurch«, katapultierte Hinterhuber sie aus ihren Ablenkungsversuchen heraus. Sie wusste, was er damit meinte: Es war nicht so einfach, mit einem Messer Kleidung zu durchdringen. Man brauchte ziemlich viel Kraft. Gepaart mit starker Emotion.

»Habt ihr schon mal daran gedacht, dass das hier auch eine Beziehungstat sein könnte?«

»Du meinst, aus dem Homosexuellenmilieu?«, fragte Hinterhuber.

»Zum Beispiel. Es könnte aber auch sein, dass jemand unsere Gedanken in eine falsche Richtung lenken möchte, und wir fallen prompt darauf herein.« Im Laufe ihres Berufslebens hatte sie gelernt, vorschnellen Schlüssen zu misstrauen und sich ein selbständiges Denken zu bewahren, das gerne auch ein wenig unkonventionell sein durfte.

»Junkies sind in der Regel nicht so schlau«, sagte Oliver Reimers. »Die brauchen kein Motiv. Wenn die einen ordentlichen Affen schieben, dann bringen die für fünf Euro ihre eigene Oma um. Alles schon passiert. Würde mich jedenfalls nicht wundern, wenn dann so ein Gemetzel dabei herauskäme wie hier.«

Franca hätte ihm gern gesagt, dass das nicht der erste Mord im Zusammenhang mit Drogen war, bei dem sie ermittelte. Doch sie schwieg.

Sie ging um den Toten herum und betrachtete dessen Gesicht, das unversehrt war. Es wirkte nicht verzerrt, sondern entspannt. Irgendwie überrascht. Die halb offenen Augen schienen durch sie hindurchzusehen, geradewegs in eine andere Welt.

Er musste ein hübscher Junge gewesen sein, mit einem südländischen Gesicht, das sie ein klein wenig an ihren Vater erinnerte.

»Ist er Deutscher?«, fragte sie.

»Dem Ausweis nach ja. Mario Reschkamp, achtzehn Jahre alt. Geboren und wohnhaft in Andernach.« Hinterhuber hielt ihr den Personalausweis des Jungen hin. Sie betrachtete das Foto. Nettes, vielleicht ein wenig überhebliches Lächeln. Kurze, schwarze Haare, die vom Kopf abstanden wie weiche Stacheln. Die Mädchen würden ihn vermissen. Oder die Jungs, falls er schwul gewesen war.

Hinterhuber gab den Männern vom Beerdigungsinstitut ein Zeichen. »Sie können ihn jetzt mitnehmen.«

»Nach Bonn in die Rechtsmedizin?«, fragte einer der beiden Totenträger, die wartend etwas abseits gestanden hatten. Hinterhuber nickte.

Aus den Augenwinkeln beobachtete Franca, wie die beiden Männer den Toten in die Zinkwanne legten. Dort, wo er gelegen hatte, hatte sich der Sandboden stellenweise dunkel gefärbt.

»Ich denke, wir sollten jetzt die Familie benachrichtigen«, sagte Hinterhuber. »Kommst du mit?«

4

Mit schlurfenden Schritten ging sie zur Spüle und ließ Wasser in einen Stieltopf laufen, setzte den Topf auf den Herd und schaltete die Elektroplatte ein. Sie ärgerte sich über den leeren Joghurtbecher, der samt dem benutzten Löffel auf dem Tisch stand, und noch mehr über die leere Bananenschale daneben. Wann würde Davina endlich lernen, dass sie nicht alles stehen und liegen lassen konnte? Das Mittagessen hatte sie wie üblich verweigert. Sie aß viel zu wenig, doch wehe, man sprach sie darauf an. Dann wurde aus ihrer Enkelin ein kleiner Springteufel mit wutblitzenden Augen.

Wie sehr sie dabei ihrer Mutter glich.

Helene nahm den Joghurtbecher, stopfte die Bananenschale hinein und warf beides in den Müll. Den Löffel steckte sie in die Spülmaschine.

Früher hatten sie sich oft wegen solcher Dinge gestritten. Doch Helene hatte sich inzwischen abgewöhnt, irgendwelche Kommentare abzugeben. Um jeglichen Disput zu vermeiden, erledigte sie die Hausarbeit allein und räumte die liegen gebliebenen Dinge weg, obwohl sie sich nach wie vor darüber ärgerte. Zu viel Kraft kosteten sie diese lautstark geführten Auseinandersetzungen, die früher bei ihnen an der Tagesordnung gewesen waren. Ein normales Gespräch mit ihrer Enkelin war schon lange nicht mehr möglich.

Sie ging zum Schrank und nahm eine Tasse und einen Teebeutel heraus. Dabei fiel ihr Blick auf das Foto im Glasrahmen, das neben dem Radio auf dem kleinen Küchenregal stand. Eine Frau in einem weißen Kleid und Glasperlenschnüren um den Hals, die an einem Baumstamm lehnte und sie mit träumerischen Augen anblickte. Helene spürte ihr Herz. Ein brennender Schmerz machte sich hinter ihren Augen breit. Ihre Hände begannen zu zittern. Seit wann stand das da? Beim Mittagessenkochen hatte sie es jedenfalls noch nicht bemerkt.

Sie nahm das Bild und verstaute es kurzerhand im Wohnzimmerschrank hinter dem Goldrandgeschirr, das schon lange nicht mehr benutzt worden war. Patricias Anblick ertrug sie nicht. Genügte es nicht, dass ihr ihre Tochter ständig im Kopf herumspukte?

Das Wasser kochte. Helene goss es über den Teebeutel und ging ins Wohnzimmer.

Mit der Tasse in der Hand blieb sie eine Weile im Türrahmen stehen und blickte nach draußen in den verwilderten Garten, in dem zwischen kahlen, hochgeschossenen Hartriegelzweigen und tief hängenden Ästen der Fliederbüsche vereinzelte Rosen blühten. Sie hatte aufgehört, sich über die blühenden Rosen im Januar zu wundern. Ihr Anblick war normal geworden. Aber die unbewältigten Aufgaben, die im Garten anstanden, drückten sie. Die Sträucher mussten gestutzt, die dürren Ranken der verblühten Blumen geschnitten werden. Überhaupt müsste mal gründlich für Ordnung gesorgt werden dort draußen.

Von oben drangen Geräusche zu ihr herunter. Sie setzte sich in den Sessel, trank vorsichtig einen Schluck. Der Tee war noch zu heiß. Sie stellte die Tasse auf die Häkeldecke, die auf dem Couchtisch lag.

Die Eichenmöbel im Wohnzimmer hatten sie und Hans zusammen ausgesucht. Lange hatten sie dafür gespart. Sie erinnerte sich noch genau, wie sie geliefert und aufgebaut worden waren. Und wie ihr schönes Zuhause sie mit Stolz erfüllt hatte. Wenn ihr damals jemand prophezeit hätte, wie ihr Leben heute aussähe, hätte sie ihn ausgelacht. Jeder ist seines Glückes Schmied, ist es nicht so? Damals hatte sie an solche Sprüche geglaubt.

Sie nahm die Brille ab und rieb sich die brennenden Augen. Heute wusste sie es besser. Schöne Möbel machten noch lange kein glückliches Zuhause. Sie seufzte tief. Verlor sich in ihren Gedanken. Eine richtige Familie, das war immer ihr Traum gewesen. Eine Familie, bestehend aus Vater, Mutter und Kindern. Menschen, die gerne beieinander waren und sich aufeinander verlassen konnten, in guten wie in bösen Tagen. Und was war geschehen? Der Mann gestorben, die Tochter – ihr einziges Kind, obwohl sie gerne mehr gehabt hätte – auf und davon, und sie lebte allein mit ihrer Enkelin in diesem Haus. Was für ein Leben! Von einem freundlichen Umgang miteinander konnte schon lange keine Rede mehr sein.

Vielleicht war sie viel zu alt, um solch einer schwierigen Aufgabe Herr zu werden, ein mutterloses Kind großzuziehen. Aber was hätte sie denn machen sollen, als die Ereignisse über sie hereinbrachen? Erst der schleichende Tod von Hans. Jahrelang hatte sie ihren kranken Mann gepflegt, der ihr stets eine Stütze gewesen war. Eine Aufgabe, die sie an die Grenzen ihrer Belastbarkeit geführt hatte. Kaum hatte sie sich mit Hans' Tod abgefunden, da war ihre Tochter plötzlich spurlos verschwunden. Am Ende stand sie nun allein da mit ihrer Enkelin.

Manchmal fragte sie sich, was Gott ihr noch alles auferlegen wollte.

Davina war ein Kind, das sie maßlos überforderte. Dabei hatte sie sich redlich Mühe gegeben. Aber Davina war vom gleichen Schlag wie ihre Mutter. Renitent. Uneinsichtig. Provokativ. Mit Vernunft war ihr überhaupt nicht beizukommen.

Helene verstand so vieles nicht. Was in dem Kopf des Kindes vor sich ging, war ihr ein Rätsel. Wenn sie versuchte, vernünftig mit Davina zu reden, schaute sie sie nur stumm mit ihren großen hellblauen Augen an, um die sie sich schwarze Ränder gemalt hatte. Oder sie ließ ein Donnerwetter los. Sie war einfach unberechenbar. Man wusste nie, woran man bei ihr war. Sie war das Ebenbild ihrer Mutter. Innerlich wie äußerlich. Bis auf die blauen Augen. Weiß der Teufel, von wem sie die hatte. Helene hatte von jeher vergeblich nach Spuren ihres eigenen Wesens in diesen beiden Menschen gesucht.

Sie nahm die Teetasse in ihre Hand und nippte daran. Jetzt hatte der Tee genau die richtige Temperatur. Sie spürte, wie die warme Flüssigkeit ihre Kehle hinunterrann. Ein angenehmes Gefühl.

Von oben war ein Rumpeln zu hören, als ob jemand Möbel verrückte. Helene hätte nur zu gern gewusst, was Davina dort so Geheimnisvolles trieb, doch ihre Enkelin hatte ihr verboten, das Zimmer zu betreten. Der penetrante Geruch, der durchs Haus strömte, wenn sie dieses Räucherzeugs anzündete, regte sie auf. Vielleicht sollte sie sich doch nicht alles gefallen lassen. Es war ja schließlich ihr Haus.

Helene lehnte sich in ihrem Sessel zurück und schloss die Augen. Früher war es ihr öfter gelungen, dass sich ihre Sorgen bei einer in Ruhe genossenen Tasse Tee verflüchtigten. Doch in letzter Zeit war dies immer seltener der Fall.

Insgeheim hatte sie sich an die Hoffnung geklammert, nach Patricias Weggang würde alles leichter. Aber es war nur noch schwerer geworden.

Die Tasse war leer. Die Brust schmerzte. Sie ächzte beim Aufstehen. Es nützte nichts, solchen unseligen Gedanken nachzuhängen. Die Fenster mussten geputzt werden, die Wäsche gewaschen und gebügelt. Das waren die Aufgaben, denen sie sich jetzt widmen sollte.

5

»*Erklär mir, Liebe*«, sagt Mama und schaut Davina mit diesem komischen Blick an, der immer in ihren Augen liegt, wenn sie beginnt, ein Gedicht aufzusagen oder aus ihren Büchern zu zitieren. Sie sitzt im Schneidersitz auf der Decke, spielt mit dem Band des Strohhutes, dessen Enden lose herunterhängen. Sie neigt sich vor, pflückt eine Pusteblume, die sie Davina vor den Mund hält. Davina spitzt die Lippen, bläst und beobachtet, wie die kleinen Schirmchen davonsegeln.

Mama lächelt. Der Rand ihres Sonnenhutes malt helldunkle Schattenmuster auf ihr Gesicht. Sie schließt die Augen und spricht leise vor sich hin. »… *Sternblumen bläst der Sommer an und aus, / von Flocken blind erhebst du dein Gesicht, / du lachst und weinst und gehst an dir zugrund, / was soll dir noch geschehen –*«

Mama schlägt die Augen wieder auf und sieht Davina an. Mit diesem traumumflorten, halb abwesenden Blick. »Ist das nicht ein wunderwunderschönes Gedicht?«, haucht sie.

Davina nickt. Obwohl sie die Zeilen nicht richtig versteht. Aber es klingt schön, wenn Mama ein Gedicht aufsagt. Nur das mit den Sternblumen hat sie verstanden. Sternblumen, das waren Pusteblumen. Sie hört gern zu. Versucht, so gut es geht, den Sinn zu erraten. Mama kennt viele Gedichte. Manche hat sie schon so oft aufgesagt, dass Davina sie wiedererkennt. Wie das von der Wolke hoch droben am Himmel oder das von den zwei Segelbooten, die nebeneinander im Wasser schwimmen. Mama hat viele Bücher in ihrem Schrank stehen. Bücher sind ihr Heiligtum, hatte sie mal gesagt. Worauf Oma sie ganz komisch ansah und »du und deine Heiligtümer« murmelte. Oma liest nur ihre Frauenzeitschriften mit roten Herzen und schönen Menschen drauf und vielen Kreuzworträtseln drin, die Mama »deine Bildungsblätter« nennt. Im gleichen, leicht abfälligen Tonfall, wie Oma Mamas Heiligtümer bezeichnet. Das sind die alltäglichen kleinen Kämpfe zwischen Mutter und Tochter, nichts Besonderes.

Die Luft ist warm. Ein leichter Wind weht, der wie ein zartes Streicheln auf der Haut ist.

Drüben, unterhalb der Apfelplantage, sieht man die wuchtigen Türme von Maria Laach zwischen den Bäumen. Mama hat Davina erzählt, dass im Kloster Mönche wohnen, die schwarze Kutten tragen. Und dass es dort ein Paradies gibt, in dem die Mönche spazieren gehen. Irgendwann wird Mama ihr dieses Paradies zeigen. Das hat sie versprochen. Und was man verspricht, das muss man halten.

Ihr geheimer Platz liegt halb hinter einer Baumgruppe versteckt, am oberen Ende eines Hügels. Hierhin gehen sie manchmal sonntags, wenn schönes Wetter ist. Mama und Davina. Niemand sonst weiß von diesem Platz.

Unten, zwischen geraden, schlanken Baumgruppen, leuchtet der See wie ein glatter, blauer Spiegel. Eingerahmt von bläulich schimmernden Bergkegeln.

Um sie herum Grashalme, zwischen denen Gänseblümchen blühen. Bienen summen. Und wenn Davina den Kopf zurücklegt, sieht sie das Himmelsblau. Wolken segeln darin. Wolken wie Schäfchen, dazwischen eine große Wolke. Das ist der Schäfer, der auf seine Herde aufpasst.

»Dort, ungeheuer oben, das Himmelsmeer«, sagt Mama und sticht mit dem Zeigefinger in die Luft. »Die Unendlichkeit. Dort gibt es keinerlei Begrenzung.«

Davina versucht sich vorzustellen, was das bedeutet: Unendlichkeit. Aber so sehr sie sich auch diese

Unendlichkeit vor Augen führen will – es gelingt ihr nicht. Andauernd stößt sie an Grenzen. An Ränder. An Enden.

Mamas Glasperlenschnüre, die sie um die Arme geschlungen trägt, klirren leise. »Hier ist es schön, nicht wahr?«, sagt sie.

»Hmm«, murmelt Davina und dreht sich auf den Bauch. Sie legt das Gesicht auf ihren nackten Arm. Mama krault ihren Rücken, klettert mit den Fingern höher in ihren Nacken, in dem sich feuchte Härchen kringeln. Vor Wonne kriegt sie eine Gänsehaut. Wohlig beginnt sie zu brummen und wünscht sich, dass Mama nie mehr mit dem Fingerspiel aufhört. Da drückt sie ihr einen sanften Kuss auf die Haut. Mama hat ganz weiche Lippen. »Wir haben's gut miteinander, mein Püppchen, nicht wahr?«, flüstert sie an Davinas Ohr. Manchmal nennt sie sie Püppchen, obwohl Davina das nicht so gern mag. Zigeunerprinzessin mag sie lieber. Oder Prinzessin Brambilla, wie die Heldin einer der Geschichten heißt, die Mama ihr manchmal vorliest. Das klingt nach Edelsteingefunkel und Märchen und schönem Zauberreich.

»Komm, du Faulpelz, nicht immer im Gras liegen.« Mama streckt ihre Hände aus und zieht sie lachend hoch, dreht Davina im Kreis. Sie trägt das weiße Kleid, das in der Sonne fast durchsichtig wirkt und durch das man ihre Brustspitzen sieht. Die bunten Glasperlenketten, die um ihren Hals und um ihre Arme schaukeln, senden geheimnisvolle Blitze.

Mama ist eine Zauberfee.

Wie Davina ist sie barfuß. Sie ist viel jünger als andere

Mütter, zumindest kommt es Davina so vor. Sie spürt das Gras unter ihren nackten Füßen kitzeln. Als sie im Kreis herumgewirbelt wird, lacht sie.

»Bald fahren wir nach Rügen. Das ist eine Insel mitten im Meer. Dort sind die Felsen weiß und der Himmel so blau wie die vielen Blumen, die dort wachsen«, sagt Mama ihr zuzwinkernd. »Und so blau wie deine Augen.«

»Wann ist bald?«, will Davina wissen. Sie hat noch nie eine längere Reise unternommen.

Mama lacht. »Du kannst es wohl gar nicht erwarten, was?«

Später pflückt Mama einen Strauß Gänseblümchen und bastelt eine Kette daraus. In die zarten grünen Stängel ritzt sie einen Schlitz, dicht unterhalb der Blüte, durch den sie den Stängel des nächsten Gänseblümchens durchschiebt. Ihr wuscheliges, braunes Haar fällt ihr ins Gesicht. Davina fasst ihr in die dunklen Locken, zieht ein bisschen daran. Mama wendet den Kopf, sieht sie an und lacht wieder. »Das macht dir Spaß, was?«, fragt sie, und Davina nickt verschmitzt. Alles, was Mama und sie gemeinsam unternehmen, macht Spaß.

Das Kränzchen ist fertig. Sie legt es Davina um den Kopf. »Gänseblümchen sind ganz besondere Blumen«, sagt Mama mit einem geheimnisvollen Lächeln. »Kleine Blumen mit Gold im Herzen und Silber auf dem Kleid!«

Das Kränzchen passt genau. »Steht dir gut«, sagt Mama und nennt Davina Daisy-Darling. Daisy heißt Gänseblümchen, erklärt sie ihr. Mama lässt sich dauernd irgendwelche Namen für sie einfallen. »Wofür hat man denn seine Phantasie?«

Sie lässt sich zurück auf die Decke gleiten, streckt die Arme von sich und sieht Davina an. Die Sonne scheint ihr ins Gesicht, sie kneift die Lider zusammen.

»Komm her zu mir.«

Davina legt sich ganz nah neben sie und fühlt ihre Wärme, als Mama die Arme um sie schlingt und sie festhält. Sie und Mama bilden eine Einheit. Etwas, das unzerstörbar ist.

Mama summt eine leise Melodie an Davinas Ohr. Davina kennt das Lied, Mama spielt es oft auf dem Klavier. Es geht darin um Freiheit. Das hat sie ihr mal erklärt. Weil Freiheit etwas ganz Wichtiges ist, das einem niemand wegnehmen darf. Es ist ein schönes Lied. Davina weiß, dass Mama jetzt lächelt, auch wenn sie es nicht sehen kann.

Sie kuschelt sich noch enger an ihre Mama, als ob sie in sie hineinkriechen wollte. Sie will sich immer an diesen Moment erinnern. Sie und Mama allein im Gras. Oben der blaue Himmel, der sich unten im See spiegelt.

Da fällt ein Schatten auf sie beide. Eine Männerstimme sagt: »Hallo Patti, da bist du ja.«

Mama lässt Davina los und richtet sich auf. Lächelt den Mann an. Sie gurrt und spricht freundlich mit dem Mann, der sich neben sie setzt und den Arm um ihre Schulter legt.

Wieso weiß der fremde Mann von diesem Platz? Das ist doch ihr Geheimnis. Davina sucht Mamas Blick.

Aber Mama sieht sie nicht mehr. Es ist, als ob Davina gar nicht mehr da sei. Als ob sie verschmolzen sei mit der Luft, dem Himmelsblau und dem Grünweiß der Gänseblümchenwiese.

6

Sie standen vor einem schmucklosen Mehrfamilienhaus, das direkt an einer stark befahrenen Straße lag. Im ungepflegten Vorgarten blühten zwischen verdorrtem Unkraut und vertrockneten Asternbüschen orangefarbene Ringelblumen. Der Summer ertönte. Franca drückte die Tür auf, die leicht klemmte. Die geriffelte Glasfüllung hatte einen Sprung. Die Luft im Flur war muffig, der Boden mit rissigem und von zahlreichen großen und kleinen Flecken übersätem Linoleum ausgelegt. In einer Ecke lag zusammengeknäultes Papier.

Hintereinander gingen sie die abgetretenen Treppenstufen hinauf. Hinterhuber folgte Franca in den dritten Stock. Ein Mädchen, vielleicht sechzehn oder siebzehn Jahre alt, stand in der halb geöffneten Tür. Das Mädchen hatte dicke Balken um die braunen Augen gemalt. Braune Augen wie die des Toten. Ihr Haar, das blond gefärbt war, schimmerte an den Wurzeln dunkel und wurde nachlässig mit einem Gummiband zusammengehalten. Einige Strähnen hatten sich gelöst. Ihr Gesicht war gerötet. Sie sah aus, als ob man sie gerade bei etwas Wichtigem gestört hätte.

»Sind wir hier richtig bei Reschkamp?«

»Steht doch dran, oder?«

Rotzige Göre, der die Abwehrhaltung überdeutlich ins Gesicht geschrieben stand.

Franca überlegte kurz, ob sie sie duzen oder siezen sollte. Sie entschloss sich zum »Sie«. Vielleicht machte es sie zugänglicher, wenn sie wie eine Erwachsene behandelt wurde.

»Könnten wir Ihren Vater oder Ihre Mutter sprechen?«

Das Mädchen grinste schief.

Im Hintergrund war ein Geräusch zu hören. Franca versuchte, an ihr vorbeizusehen, doch der Flur lag im Dunkeln. Das Mädchen kniff die Augen zusammen. »Es ist niemand da«, sagte sie mit abweisendem Gesichtsausdruck. »Und ich muss jetzt …«

Hinterhuber konnte gerade noch verhindern, dass sie ihnen die Tür vor der Nase zuknallte, indem er blitzschnell seinen Fuß in den Türspalt schob.

»Moment!«, rief er aufgebracht. »So geht's nun doch nicht.«

Das Mädchen kaute auf den Lippen, auf denen ein Rest rosa Lippenstift klebte. »Ich hab Ihnen doch gesagt, dass niemand da ist.«

»Wir kommen von der Kripo Koblenz.« Franca hielt ihr den in Plastik eingeschweißten Dienstausweis entgegen. »Kriminalhauptkommissarin Franca Mazzari. Und das ist mein Kollege Bernhard Hinterhuber.« Franca bemühte sich um einen verbindlichen Tonfall.

Die Kleine wurde zunehmend unsicher. »Kripo?« Ihr Lidschlag flatterte. Francas Blick huschte über ihre dürre Gestalt. Die Jeans saßen knapp auf ihren Hüften und waren zerschlissen und durchlöchert, wie es modern war. Das T-Shirt bedeckte kaum den Bauchnabel.

»Dürften wir jetzt reinkommen?« Franca steckte ihren Ausweis wieder weg.

»Ich weiß nicht.« Das Mädchen blieb unschlüssig in der Tür stehen und drehte kurz den Kopf nach hinten.

»Es geht um Ihren Bruder.«

»Mario?« Sie zog die dunklen Brauen zusammen. »Hat er was ausgefressen? Oder was …« Sie stoppte, als ob sie Angst hätte, weiterzureden.

»Das würden wir gern drinnen besprechen.«

»Nein. Ich lass niemand rein«, sagte sie bestimmt. Aber der Zwiespalt, in dem sie sich offensichtlich befand, spiegelte sich in ihrem Gesicht. »Es geht wirklich nicht«, wiederholte sie nachdrücklich.

»Dann sagen Sie uns, wo wir Ihre Eltern finden.«

»Sie können ruhig du zu mir sagen. Ich bin erst sechzehn.« Sie trat von einem Bein auf das andere. »Eltern hab ich keine. Nur eine Mutter. Die arbeitet bei einer Reinigungsfirma. Ich glaube, jetzt gerade sind sie bei Bergemann. Ein Bürogebäude unten am Hafen.«

»Sagst du uns deinen Namen?«

»Gianna«, sagte das Mädchen.

Franca hörte den italienischen Tonfall und horchte auf. »Wie Gianna Nannini?«

Das Mädchen sah sie missbilligend an. »Mein Vater war Italiener«, sagte sie mit zusammengekniffenen Augen. »Viel mehr als diesen blöden Namen hat er mir nicht hinterlassen.«

Diesmal gelang es ihr, die Tür zuzuknallen.

»Na, das ist doch wohl …« Hinterhuber ging einen Schritt vor und hämmerte an die Tür. »So ein freches Luder.«

»Komm, lass mal«, lenkte Franca ein. »Sie hat uns doch gesagt, was wir wissen wollten.«

7

Es ist dunkel, und sie haben ein Feuer gemacht. Das Mädchen liebt Lagerfeuer, und es mag es, wenn die verbrennenden Zweige knacken und Funken sprühen. Mutter legt die Hand auf den Arm des Mannes neben ihr und fordert ihn auf, Gitarre zu spielen.

»Nur wenn du dazu singst, Patti«, sagt er. »Aber erst muss Davinas Würstchen fertig werden.« Wie ein Cowboy im Film hat der Mann ein Würstchen auf einen Haselnusszweig gespießt, den er ins Feuer hält und stetig dreht. Davina mag den Mann nicht. Er ist groß und bullig und hat nur wenige Stoppelhaare. Sie findet ihn hässlich.

Mama hat ihren Kopf an die breite Schulter des hässlichen Mannes gelegt. Der Widerschein des Feuers beleuchtet ihr Gesicht. Davina hätte lieber allein mit ihr hier am Lagerfeuer gesessen.

»So. Ein Würstchen für die Zigeunerprinzessin.«

Davina zuckt zusammen. Was bildet der sich bloß ein? Zigeunerprinzessin. So darf nur Mama sie nennen.

»Na, was ist? Willst du es nicht nehmen?« Der Mann hält Davina den Haselnusszweig hin.

Sie nimmt ihn entgegen und lässt ihn sofort mitsamt dem Würstchen fallen. »Upps«, sagte sie und sieht den Mann mit bedauernder Miene an. »Das Würstchen ist mir runtergefallen.«

»Du bist aber auch ungeschickt«, schimpft der Mann. Das Gesicht, das er dabei macht, lässt ihn noch hässlicher wirken.

»Was regst du dich auf, Heiner«, sagt ihre Mutter mit leicht belegter Stimme und streicht mit fahrigen Bewegungen ihre Locken zurück. »Du kannst ihr doch ein neues braten.« Dann lacht sie giggelnd. So lacht sie, wenn sie getrunken hat. Vielleicht kommt es auch von den Tabletten, die sie in ihrem Nachtschränkchen hortet. Davina hat ein paar Mal beobachtet, wie sie ins Schlafzimmer ging und ins Nachtschränkchen griff. Dorthin, wo die Tabletten lagen.

»Ich hab keinen Hunger«, sagt Davina.

»Du hast doch noch gar nichts gegessen«, erwidert ihre Mutter und spießt mit unsicherer Hand erneut ein Würstchen auf einen Stecken, den sie ins Feuer hält. »Du musst essen, damit du groß und stark wirst.«

»So wie deine Mama.« Der Mann lacht. Es ist ein falsches Lachen. Davina hört es genau.

Fett trieft und läuft zischend ins Feuer. Es dauert nicht lang, und das Würstchen hat eine braune, fast schwarz verbrannte Kruste. »Nun iss schon.«

Gehorsam nimmt Davina das Würstchen entgegen und beißt ein Stück ab. Es ist so heiß, dass sie sich die Zunge daran verbrennt.

Der Mann nimmt die Gitarre und spielt ein Lied. Mama beginnt zu singen. Sie werfen sich Blicke zu und achten nicht mehr auf Davina, die neben ihnen sitzt und ins Feuer starrt. Niemand bemerkt, dass sie das halb gegessene Würstchen abermals fallen lässt.

»*Take the ribbon from your hair*«, singt Mama mit ihrer melodischen Stimme. »*Shake it loose and let it fall, laying soft against your skin, like the shadows on the wall.*«

Davina bewegt lautlos die Lippen. Sie hat das Lied schon so oft gehört, dass sie den Klang der Worte auswendig kennt. Obwohl sie den Sinn nicht versteht. Aber es ist ein Lied, das ihr gut gefällt.

Auch der hässliche Mann kennt den Text, er fällt in das Lied ein. Sie singen zweistimmig. Widerwillig muss Davina sich eingestehen, dass es schön klingt, die dunkle Männerstimme und die melodische Frauenstimme. Ihre Mutter legt den Kopf in den Nacken. »*Come and lay down by my side 'till the early morning light. All I'm taking is your time. Help me make it through the night.*«

Der Mann sieht ihrer Mutter tief in die Augen, während er singt, und Mama hat nur noch Augen für diesen Mann. Sie singt das Lied für ihn. Davina blinzelt ins Feuer. Ihr zieht es die Brust zusammen.

Was bildet sich dieser hässliche Mann bloß ein? Das Lied hat ihre Mama schon für viele Männer gesungen. Davina überlegt, ob sie ihm das sagen soll.

8

Sie schritten über endlos lange Flure. Niemand begegnete ihnen. Hinter der nächsten Ecke hörten sie leise, schabende Geräusche.

Eine Frau mit Kopftuch und im rosa Kittel wischte mit ausgreifenden Bewegungen den Boden, wobei sie eine glänzend feuchte Spur hinterließ.

»Guten Abend«, sagte Franca. »Wir suchen Frau Reschkamp. Können Sie uns sagen, wo sie ist?«

Die junge Frau, offenbar Türkin, hielt einen Moment inne und musterte Franca und Hinterhuber von oben bis unten. »Polizei?«, fragte sie und riss die ohnehin großen Augen noch weiter auf. »Frau oben. Dritte Etage. Aufzug ist dort. Aber Treppe ist besser für Fitbleiben. Da hinten.«

»Danke«, sagte Franca. Hinterhuber und sie setzten sich in Bewegung.

»Gleich um Ecke!«, rief ihnen die Türkin hinterher.

»Sieht man uns jetzt schon an der Nasenspitze an, dass wir Bullen sind, oder woher wusste die das?« Hinterhuber strich sich die dunklen Locken zurück.

»Vielleicht bekommt Frau Reschkamp öfter Besuch von den Kollegen«, mutmaßte Franca. »Wäre zumindest eine Erklärung.« Leicht amüsiert fügte sie hinzu: »Ist es nicht erstaunlich, wie sich die Türkin um unsere Fitness sorgt?«

»Als ob wir nicht schon genug Fitness hätten«, brummte Hinterhuber.

Schon als sie die Treppe hochstiegen, sahen sie sie. Eine kleine, rundliche Frau im gleichen rosa Kittel wie die Türkin. Doch während die Bewegungen der Türkin schwungvoll gewesen waren, schien Frau Reschkamp von einer unsichtbaren Last gebeugt. Ihre Schultern hingen herunter, ihre Bewegungen waren träge. Gerade fischte sie umständlich einen triefenden Lappen aus einem Putzeimer, in dem weißer Schaum schwamm. Neben ihr stand ein blauer Reinigungswagen mit allerhand Gerätschaften.

»Frau Reschkamp?«, fragte Hinterhuber.

Die Frau hielt in ihrer Tätigkeit inne, richtete sich auf und blickte erschrocken. Ihre Gesichtsfarbe war blass, fast weiß, wie die von Menschen, die sich wenig im Freien aufhielten.

»Könnten wir Sie einen Moment sprechen?«

»Ich weiß nicht.« Sie ließ den Lappen auf den Boden klatschen, bückte sich und befestigte ihn an einem Aluminiumstiel. Mit hektischen Bewegungen schob sie den feuchten Mopp hin und her, Bewegungen, die ganz anders waren als noch einen Moment zuvor, als sie sich unbeobachtet gefühlt haben musste. Die Hände steckten in überdimensional wirkenden rosafarbenen Gummihandschuhen.

»Ich bin spät dran. Außerdem sieht man es nicht gern, wenn ich ...«, stammelte sie, ohne den Satz zu vollenden. Sie hielt den Blick gesenkt, während sie immer weiterwischte.

Eine Frau, die es gewohnt ist, sich zu ducken, dachte Franca.

»Es geht um Ihren Sohn Mario.« Hinterhuber hielt ihr seinen Ausweis hin.

»Was ist mit Mario? Hat er …« Wieder sprach sie den Satz nicht zu Ende. Sie wirkte nervös, ganz so, als ob sie mit einer schlimmen Nachricht rechnen würde.

Hinterhuber kratzte sich am Kinn. Es gab ein schabendes Geräusch. »Wir haben Ihren Sohn heute Nachmittag gefunden«, sagte er nach kurzem Zögern. »Im Andernacher Schlossgarten. Er ist tot.«

»Nein.« Abrupt hielt die Frau in ihrer Tätigkeit inne. Ungläubig riss sie die Augen auf, sah von einem zum anderen, und begann heftig den Kopf zu schütteln.

»Es tut uns sehr leid, Frau Reschkamp«, sagte Franca.

Ein Schrei ertönte, der durch Mark und Bein ging. Dann kippte die Frau um. Beim Fallen riss sie den Reinigungswagen mit sich. Es gab ein Riesengepolter. Der Eimer schwappte über, die Reinigungsflüssigkeit verteilte sich und hinterließ Schaumbäche auf dem Fußboden.

»Frau Reschkamp …« Franca beugte sich über sie, während Hinterhuber den Putzwagen wieder aufrichtete.

Sie schlug die Augen auf. Blinzelte. Ein glasiger, flehender Blick. »Das ist nicht wahr. Sagen Sie, dass das nicht wahr ist … bitte«, flüsterte sie tonlos.

»Kommen Sie, ich helfe Ihnen auf.« Franca griff ihr beherzt unter die Arme. Sie registrierte, wie leicht die kleine Frau war. Ein Mädchen, noch nicht ganz erwachsen, mit tief eingekerbten Sorgenfalten um die Augen.

Als sie stand, strichen ihre Hände mechanisch mit den Gummihandschuhen den Kittel glatt, der nun zahlreiche feuchte Flecken aufwies.

»Geht es wieder?«, fragte Franca und sah sich nach einer Sitzgelegenheit um. Am hinteren Ende des Flurs standen mehrere kleine Sessel. Die Frau nickte. Franca wollte ihr ihren Arm reichen, doch sie steuerte bereits auf die Sitzgruppe zu. Hinterhuber folgte den beiden Frauen.

»Wollen Sie sich einen Moment setzen?«

»Eigentlich müsste ich …«, begann Frau Reschkamp zögerlich, »hier achtet man genau auf die Zeit.« Noch während sie sprach, ließ sie sich auf einen der Sessel fallen. Sie starrte vor sich hin. Dann hob sie den Blick und sah Franca mit weit offenen Augen an, in denen die nackte Angst stand. »Was ist mit meinem Jungen passiert?«, fragte sie schließlich tonlos.

»Er wurde erstochen«, antwortete Hinterhuber.

»Erstochen? Aber … wer hat ihm das angetan?« Ihre Stimme war nicht mehr als ein Flüstern.

Franca vermochte dem flehenden Blick kaum standzuhalten. Doch dann schien eine Verwandlung mit der Frau vor sich zu gehen. Sie richtete sich auf und streifte mit einer entschlossenen Bewegung die Gummihandschuhe ab. Ihre Hände waren überproportional groß und passten nicht recht zu ihrer kleinen Statur. Metzgerhände, dachte Franca. Rot und rissig. Brüchige Fingernägel mit Resten von rosafarbenem Lack.

»Wann haben Sie Ihren Sohn zuletzt gesehen?«, fragte Hinterhuber.

Die Frau sah ihn an, als ob sie seine Frage nicht recht verstünde.

»Wir würden gern mehr über Mario erfahren«, sagte Franca leise. »Je eher wir Anhaltspunkte haben, umso schneller können wir mit konkreten Ermittlungen beginnen.«

Die Frau blinzelte. Ihre Haut war grobporig und teigig. Die Wimpern um die kleinen Augen waren kurz und gerade. Als Schönheit konnte man sie nicht gerade bezeichnen.

»Was war er für ein Junge?«, fragte Franca, nachdem Frau Reschkamp noch immer schwieg.

»Ja, also ...« Sie presste derart fest die Lippen zusammen, dass ihr Mund einen Moment lang nur noch ein lippenloser Strich war. Dann holte sie tief Luft und begann mit zittriger Stimme zu sprechen.

»Mario war ein niedlicher kleiner Knirps mit einem dunklen Lockenkopf. Ein hübsches Kind, jeder auf der Straße sprach mich auf ihn an.« Sie seufzte tief. »Er hing sehr an seinem Vater. Aber der hat uns verlassen. Da war Mario sieben Jahre alt. Und Gianna gerade mal fünf. Mario war nie ein guter Schüler, er war immer so ein Klassenclown, der mit irgendwelchen Hampeleien auf sich aufmerksam machen wollte. Dauernd riefen mich die Lehrer an, um mir ihr Leid zu klagen. Aber ich hatte selbst genug mit mir zu tun. Ich musste doch die Familie ernähren und konnte mich nicht richtig um den Jungen kümmern. Ja, und später wurde das immer schlimmer. Er wurde aufsässig und schwänzte die Schule. Da war er so zwölf, dreizehn. Pubertät eben, dachte ich. Wahrscheinlich fehlte ihm der Vater. Aber was sollte ich denn machen? Ich konnte ja keinen neuen Mann herzaubern. Ich dachte, das wächst sich aus. Wenn er älter wird, wird er schon vernünftig.«

Während sie sprach, füllten sich ihre Augen mit Tränen.

»Eine Zeit lang hat es auch ganz gut geklappt. Dann wollte er aufs Gymnasium wechseln. Na gut, hab ich gedacht, wenn er unbedingt will. Soll er sich mal anstrengen. Aber dann ging's wieder los. Schule schwänzen, immer nur am Computer sitzen, schlechte Noten. Da hab ich gesagt, jetzt ist Schluss, und hab ihm eine Lehrstelle besorgt. Automechaniker werden immer gebraucht, hab ich gesagt. Ist ja alles so schwierig heutzutage, da kann man von Glück sagen, wenn man überhaupt eine Lehrstelle kriegt.« Wieder presste sie die Lippen zu einem Strich zusammen und schüttelte mehrmals den Kopf. »Ich hab gedacht, dass er bald genug verdient und auch mal was zur Haushaltskasse beitragen kann ... Und jetzt steh ich wieder allein da.«

Tränen begannen über die teigigen Wangen zu laufen. Franca wollte sie nicht unterbrechen. Das Abschiednehmen von verwaisten Familienangehörigen begann oft damit, noch einmal das Leben des Toten an sich vorüberziehen zu lassen. Und manchmal konnte man aus dem Gesagten etwas Wichtiges heraushören.

»Diese Mechanikerlehre hat ihm nicht gefallen, das

weiß ich wohl. Schon nach kurzer Zeit hat er gemeint: ›Da geh ich nicht mehr hin.‹ Aber uns hat man früher auch gesagt: ›Lehrjahre sind keine Herrenjahre.‹ Und andere Berufe sind auch kein Zuckerschlecken. Jeden Tag gab's Diskussionen. Jeden Tag.«

Sie schob eine Hand in die Tasche ihres Kittels, zog ein Papiertaschentuch heraus und schnäuzte sich.

»Wer waren seine Freunde?«, fragte Franca behutsam, um das Gespräch in eine andere Richtung zu lenken.

»Das weiß ich nicht. Er ist öfter zum Computerspielen weggegangen. Keine Ahnung, wohin. Manchmal blieb er die ganze Nacht fort.«

»Sie wissen nicht, wo Ihr Sohn die Nächte verbracht hat?«, hakte Franca nach.

Frau Reschkamp senkte den Kopf und schwieg.

»Was war mit Mädchen?«, fragte Franca weiter. »Mario war ein hübscher Junge. Da war er doch sicher umschwärmt?«

»Das mag schon sein.« Die Frau hob die Schultern und ließ sie wieder fallen. Dabei hielt sie die Arme fest an den Körper gepresst. Das Papiertaschentuch verschwand ganz in der großen Hand. »Er hat zwar öfter mal was von Mädchen erzählt, aber ich hab nie eins bei uns gesehen.«

»Wissen Sie, wie die Mädchen hießen?«

Sie überlegte einen Moment, dann schüttelte sie den Kopf. »Ich kann mich beim besten Willen nicht erinnern.«

»Und die Jungs?«, meldete sich Hinterhuber zu Wort. Franca wusste, worauf er hinauswollte.

Die Frau blickte unverwandt in ihren Schoß. Wieder kam die Antwort sehr zögerlich. »Ja, da hat schon mal jemand angerufen. Aber wie die hießen …«

Franca suchte Hinterhubers Blick. Der hob kurz die Schultern und nickte.

Nun sah Frau Reschkamp hoch. »Ich meine, ich war ja oft nicht zu Hause. Außer diesem Job hier kellnere ich noch an den Wochenenden, sonst kämen wir nicht über die Runden.« Es klang ein wenig trotzig, so, als ob sie sich verteidigen wollte.

»Hat er wirklich überhaupt nichts erzählt?«, fragte Franca, die sich immer mehr wunderte. »Oder Ihre Tochter? Hat die nicht mal Namen genannt?«

Wieder schlug ihr Gegenüber die Augen nieder, hob die Hand und wischte mit dem zerknäulten Taschentuch über die Augen.

»Ich versteh das alles nicht«, flüsterte sie und schüttelte immer wieder den Kopf.

»Hatte Mario mit Drogen zu tun?«, fragte Hinterhuber.

»Drogen?« Frau Reschkamp hob die Augenbrauen und sah ihn irritiert an. »Wie meinen Sie das?«

»Hat er Haschisch geraucht?«

»Er hat Zigaretten geraucht. Selbst gedrehte. Aber … ob das Haschisch war?« Sie stockte, als ob ihr dieser Gedanke gerade zum ersten Mal gekommen wäre. »Nein, das glaube ich nicht. Das hätte ich doch gemerkt. Riecht das nicht komisch?«

»Würzig-süßlich«, antwortete Hinterhuber. »Schon ein wenig anders als normaler Tabak.«

Frau Reschkamp schüttelte langsam den Kopf.

»Nein«, sagte sie bestimmt, »es roch wie ganz normaler Rauch.«

»Ihr Sohn war sehr gut gekleidet«, sagte Franca. »Die Kleider, die er trug, waren nicht billig.«

»Ja, auf seine Kleidung hat er immer sehr geachtet.« Sie unterstrich die Aussage mit einem heftigen Nicken. »Aber er hat dafür nicht viel Geld ausgegeben. Wo sollte er das denn herhaben? Wir mussten doch an allen Ecken und Enden sparen. Und er ist immer gut mit dem ausgekommen, was er hatte. Angebettelt hat er mich jedenfalls nicht. Im Gegensatz zu seiner Schwester, die andauernd irgendeinen neuen Fummel haben will.«

Als sie aufstand, schwankte sie ein wenig. »Ich muss jetzt wieder an die Arbeit, sonst kriege ich furchtbaren Ärger.«

»Sie wollen wirklich hier weiterarbeiten?«, fragte Franca ungläubig.

Die Frau nickte heftig. »Wer soll denn sonst den Dreck wegmachen?«

»Was hast du für einen Eindruck?«, fragte Franca, als sie wieder am Auto angelangt waren.

»Schwer zu sagen«, meinte Hinterhuber. »Erst fällt sie in Ohnmacht und dann will sie unbedingt weiterputzen.«

»Na ja«, sagte Franca nachdenklich, »sie ist in einer Ausnahmesituation. Vielleicht hilft ihr die Arbeit, um vom Schmerz abzulenken.«

9

»Mama, wann fahren wir nach Rügen?«

Mama steht vor dem Spiegel im Badezimmer, zupft sich Härchen aus, malt einen roten Mund und schwarze Augen. Ihr Spiegelbild lacht Davina an. Mama ist die schönste Mama von allen. Davina ist sieben Jahre alt.

Mama antwortet, was sie immer antwortet: »Bald.«

Davina hegt eine leise Hoffnung. Bisher hat sie sich jedoch nicht getraut, sie zu äußern, weil Mama dann immer so komisch reagiert.

»Wohnt mein Papa dort, wo die Kreidefelsen sind?« Die Frage ist einfach so aus ihr herausgeschlüpft. Erschrocken hält sie sich die Hand vor den Mund.

Mama dreht sich zu ihr um. In ihren braunen Augen glimmt etwas. »Du hast keinen Papa, und du brauchst auch keinen.« Mamas Miene hat sich innerhalb von Sekunden verändert. Ihr Gesicht ist bleich und leer. Der Mund scheint wie aus Stein gehauen. Das Lächeln ist kein Lächeln mehr.

»Mama«, ruft Davina erschrocken. Sie hat Angst vor diesem fremden Gesicht, das kaum noch Ähnlichkeit mit dem ihrer Mama hat. Sie will sagen: Nicht weggehen, Mama. Hierbleiben, bei mir, bitte! Nicht abtauchen in die andere Welt. Aber wie soll sie das ausdrücken?

Kurz darauf verwandelt sich die starre Maske wieder

in ein lebendiges Gesicht mit dem vertrauten Lächeln. »Du hast doch mich, mein Prinzesschen.« Mama fährt ihr mit der Fingerkuppe sacht über die Nase. Es kitzelt, und Davina muss lachen. Mama ist bei ihr. Ihre Mama, die sie kennt, und nicht die Fremde, in die sie sich manchmal verwandelt.

Davina denkt an die Männerstimmen, die sie öfter nachts nebenan im Schlafzimmer hört. Ob einer von denen ihr Vater ist? Vielleicht der Mann, der neulich bei ihnen am See war? Hoffentlich nicht der am Lagerfeuer. Der hat Davina überhaupt nicht gefallen.

Obwohl, sie hätte gern einen Vater gehabt. Alle in ihrer Klasse haben einen Vater. Nur sie muss auf die Frage, wie ihr Vater denn heiße, die ewig gleiche Antwort geben: »Weiß ich nicht.« Und die Blicke aushalten, die sie regelmäßig dabei erntet. Blöde Blicke. Und albernes Gekichere.

»Wollen wir zum Schwimmen?«, fragt Mama. »Du und ich? Wir zwei beide?« Sie lacht und fasst Davina bei den Händen. Dabei fängt sie ein Lied an zu summen. »*Pack die Badehose ein, nimm dein kleines Schwesterlein.* Unser Wannsee ist der Laacher See«, zwitschert sie.

Davina hat kein Schwesterlein und auch keinen Bruder. Sie hat nur Mama. Und Oma. Aber die zählt nicht richtig. Bis vor Kurzem hatte sie auch noch einen Opa. Opa Hans. Der war nett und schenkte ihr am Geburtstag eine Schachtel mit Katzenzungen. Aber er lag immer im Bett und konnte nicht aufstehen. Bis sein Bett eines Tages leer war.

»Ich packe gleich unsere Tasche. Such schon mal deinen Badeanzug raus.« Mama geht aus dem Bad in ihr Schlafzimmer.

Davina tut wie ihr geheißen, nimmt ihren Badeanzug aus der Kommodenschublade und wartet unten in der Küche. Eine dicke Fliege sirrt und summt, stößt in regelmäßigen Abständen an die geschlossene Fensterscheibe. Davina geht zum Fenster und öffnet es. Aber die Fliege ist so dumm, sie findet den Weg nicht hinaus. Immer wieder stößt sie laut sirrend gegen irgendwelche Hindernisse. Davina setzt sich an den Küchentisch. Zieht mit dem Fingernagel das Muster der Wachstuchtischdecke nach, bemerkt ein paar Risse und Flecken. Dann geht sie ins Wohnzimmer, wo hinter dem Goldrandgeschirr eine Pralinenschachtel versteckt ist. Die hat sie kürzlich entdeckt. Sie nimmt eine der Pralinen heraus und steckt sie sich in den Mund. Die Schokolade zergeht auf der Zunge. Wie sie diesen klebrig-süßen Geschmack liebt. Sie nimmt noch eine Praline und noch eine.

Zurück in der Küche schaut sie auf die Uhr, deren großer Zeiger sich langsam weiterschiebt. Die dicke Fliege ist inzwischen verschwunden.

Wo Mama nur bleibt? Sie wollte doch nur die Tasche packen. Sie tritt in den Flur und lauscht nach oben. Dort ist alles still.

Davina drückt eine vage Ahnung beiseite.

»Mama«, ruft sie. Keine Antwort.

»Mama, bist du fertig?«

Als sich oben immer noch nichts rührt, setzt sie zögernd einen Fuß auf die Treppe. Ihr Herz beginnt zu pochen. Sie hat Angst vor dem, was sie gleich sehen könnte, und geht doch Schritt für Schritt die knarzenden Stufen hoch, eine nach der anderen. Obwohl sie es nicht will, denkt sie an die Klinge in der Hand ihrer Mutter und an das Blut auf ihrem Arm. Und daran, wie sie wie von Sinnen geschrien hat: »Mama, warum machst du das? Das tut doch weh.«

Wild schlägt ihr Herz gegen ihre Rippen.

Die Schlafzimmertür steht offen. Mama sitzt auf dem Bett. Ihre Schultern hängen herab. Sie sitzt einfach da und starrt in die Luft. Da ist kein Messer und auch kein Blut.

Davina sagt leise: »Wir wollten doch zum See.«

Mama schaut hoch. Ihr Gesicht ist unbeweglich. Mit leeren Augen sieht sie durch Davina hindurch.

»Mama?« Davina stupst sie an. »Mama. Bitte. Komm.«

Doch Mama bleibt sitzen. Ihre Miene ist ausdruckslos. Mit schwerer Zunge sagt sie: »Lass mich.«

Auf dem Nachttisch steht neben einem Wasserglas ein Tablettendöschen. Es ist geöffnet.

Davina verspürt den starken Drang, die Arme um ihre Mutter zu schlingen, den Kopf an ihre Brust zu legen und einfach nur zu weinen. Doch sie ist wie gelähmt. Starr bleibt sie stehen und denkt daran, was Mama mal gesagt hat. Dass am Ende der große schwarze Vogel kommt, seine Flügel ausbreitet und einen mitnimmt in den Himmel. Sie hat wahnsinnige Angst davor, dass ihre Mama beschlossen haben könnte, sich jetzt vom großen schwarzen Vogel holen zu lassen. Es ist ein Gefühl, als ob ihre Brust zusammengequetscht würde.

10

Franca, Hinterhuber und Oliver Reimers saßen im Besprechungsraum der Andernacher Inspektion, um die bisherigen Ergebnisse zusammenzufassen. Irene Seiler vom Rechtsmedizinischen Institut in Bonn hatte den Toten vor Francas Eintreffen am Fundort untersucht. Ihren Angaben zufolge war der Tod von Mario Reschkamp irgendwann am Nachmittag eingetreten. Genauer wollte sie sich vorerst nicht festlegen.

Auch stand inzwischen fest, dass der Fundort mit dem Tatort übereinstimmte. Etliche Polizisten hatten das Gelände rund um den Schlossgarten bis in die späten Abendstunden durchforstet und nach der Tatwaffe gesucht. Doch es war nichts gefunden worden. Am nächsten Tag sollte die Suche mit Spürhunden fortgesetzt werden.

Die Tür flog auf. Eine dunkelhaarige Frau mit Pagenkopf und rot geschminkten Lippen stürmte herein. »Ich hoffe, ich bin nicht allzu spät.« Schelmisch blitzende Augen sprangen hin und her. Mit ihr schien ein frischer Wind durch die abgestandene Luft des nüchternen Polizeiraumes zu wehen.

»Marie Kirschbaum.« Sie nickte grüßend in die Runde. »Ich hatte gerade noch ein sehr anstrengendes Gespräch, deshalb ist es etwas später geworden.« Mit energischen Schritten steuerte sie auf den freien Platz neben Oliver Reimers zu, zog Jacke und Schal aus und hing beides über ihre Stuhllehne.

»Marie ist unsere Jugendsachbearbeiterin«, stellte Oliver seine Kollegin vor. »Sie kennt so gut wie alle Minderjährigen hier, die irgendwie aus dem Nest gefallen sind.«

Auf Maries Gesicht erschien ein kleines Lächeln, das sofort wieder erstarb, als ihr Blick über die Polaroidfotos glitt, die auf dem Tisch lagen.

»Mario«, sagte sie und schluckte.

»Sie haben den Toten gekannt?«, fragte Franca.

»Ich hatte mit ihm zu tun.« Marie Kirschbaum nickte. »Er ist ein paar Mal aufgefallen ... ziemlich intelligent, aber irgendwie nicht in den richtigen Kreisen gelandet.« Ihre Stimme zitterte leicht. Sie sah von einem zum anderen. »Gibt es schon irgendwelche Anhaltspunkte?«

»Nur Vermutungen«, sagte Hinterhuber. Seine Augen hinter der Goldrandbrille waren gerötet.

Ob meine Augen auch so aussehen, dachte Franca, die mit einem Mal die Müdigkeit in all ihren Gliedern spürte. Ihr Nacken war verspannt, ein dumpfer Schmerz zog sich bis unter die Haarwurzeln. Sie musste sich regelrecht zwingen, weiterhin konzentriert zuzuhören.

»Wir haben ein paar *Pac* in Marios Socken gefunden. Portioniertes Heroin. Aber nichts lässt darauf schließen, dass er Konsument war. Keine Einstichstellen und ein gepflegtes Erscheinungsbild. Die Mutter haben wir bereits befragt. Aber dabei kam nicht so viel heraus. Wissen Sie mehr?«

»Wir können uns gerne duzen«, sagte Marie mit Blick auf Franca und Hinterhuber. »Ob er Drogenkonsument war, kann ich nicht sagen. Ich habe ihn in einem anderen Zusammenhang kennengelernt.« Sie nahm eines der Polaroids hoch und betrachtete es eingehend, bevor sie es wieder zur Seite legte. »Es gab hier einige Vorkommnisse auf Friedhöfen. Jugendliche, die offensichtlich so was wie schwarze Messen abgehalten haben. Das konnten wir aus den Überbleibseln erkennen, die sie hinterlassen haben. Graffiti auf umgestürzten Grabsteinen, Flyer mit einschlägigen Symbolen und satanischen Sprüchen. Manchmal auch Tierkadaver. Und jede Menge leerer Schnapsflaschen und Zigarettenstummel.«

Franca fixierte sie, mit einem Mal hellwach. »Und Mario gehörte zu dieser Gruppe?«

Marie Kirschbaum wiegte den Kopf. »Wir haben es vermutet. Aber wir konnten ihm nichts wirklich nachweisen. Ich habe mich ziemlich oft mit ihm unterhalten. Zum Okkultismus hat er eine gewisse Affinität eingeräumt, aber mit diesen schwarzen Messen wollte er nicht in Verbindung gebracht werden.« Sie hob die Schultern. »Ehrlich gesagt, ich habe ihm geglaubt.«

»Worin bestand denn seine Affinität zum Satanismus?« Oliver kniff die Augen zusammen. »Fand er es gut, dass man Babys abschlachtet und opfert?«

Marie Kirschbaum lachte leise. »Ich sagte Okkultismus und nicht Satanismus. Du musst schon genau zuhören, Oliver.« Sie streifte ihren Kollegen mit einem kurzen, offenen Blick. »Mario war kein Dummer. Er ging aufs Gymnasium, und ich schätze mal, er hätte sicher Abitur gemacht, wenn er sich ein bisschen kooperativer verhalten hätte, anstatt sich immer mit seinen Lehrern anzulegen. Dass er eine Automechanikerlehre begonnen hat, war eine Notlösung. Soweit ich mitbekommen habe, hat ihn seine Mutter dazu gedrängt.«

Franca nickte. »Das hat sie so ähnlich ausgedrückt.«

»Er wusste ziemlich viel, aber wenig von dem, was Lehrern imponiert hätte. So hat er beispielsweise ständig mit Zitaten aus der ›Satanischen Bibel‹ genervt. Dabei stand er gerade dem Satanismus nicht unbedarft gegenüber, sondern ziemlich kritisch, wenn man sich die Zeit nahm, sich mit ihm darüber zu unterhalten. Er hat sich viele Gedanken gemacht. Auch wirre Gedanken, das gebe ich zu.«

»Und was macht dich so sicher, dass er nicht doch zu diesen Typen gehörte?«, fragte Franca. »Vielleicht fühlte er sich als eine Art Messias, der anderen zeigen will, wo es langgeht.«

»Diese Friedhofsrandalierer, das ist eine ganz andere Klientel. Die sind wesentlich simpler gestrickt. Mario hat nicht zu denen gepasst.«

»Ja, so ist unsere Marie. Glaubt immer an das Gute im Menschen. Egal, wie schlecht er auch ist.«

Marie warf Oliver einen ärgerlichen Blick zu. »Ich denke schon, dass ich mich auf meine Menschenkenntnis verlassen kann«, sagte sie scharf. »Und ich stelle meine Vermutungen weiß Gott nicht aus dem hohlen Bauch heraus an.« Zu den anderen gewandt, fuhr sie mit gemäßigter Stimme fort: »Einmal haben wir welche erwischt. Das waren Nachahmer, halbe Kinder noch, die sich wenig mit dem auseinandergesetzt haben, was sie da taten. Hauptsache, es war Action. Denen ging es nur darum, mit nächtlichem Brimborium Eindruck zu schinden und ›Tanz der Vampire‹ zu spielen. Dass sie dabei tranken und kifften, erhöhte nur das tolle Gefühl, was Verbotenes zu tun.«

»Und das soll harmlos sein?«, warf Oliver ein.

»Das habe ich doch überhaupt nicht gesagt.« Ihre Verärgerung war deutlich zu spüren. »Natürlich ist das eine Störung der Totenruhe, die in keinem Fall geduldet werden kann. Das haben wir den Jugendlichen sehr deutlich zu verstehen gegeben.« Sie schob sich eine widerspenstige Strähne hinters Ohr, die immer wieder vorrutschte. »Wir wissen doch alle, dass die Pubertät eine Phase ist, in der die Hormone verrückt spielen und man nicht weiß, wohin mit seinen Kräften. Da braucht man ein Ventil. Ein anderes Leben halt, das mit dem der Erwachsenen nur wenig zu tun hat.«

Franca dachte bei sich, dass dies ein merkwürdiges Gespräch war, eher ein Kräftemessen zwischen Oliver und Marie als eine echte Auseinandersetzung. Ob sie sich mit Hinterhuber auch bisweilen auf solches Terrain begab? Vielleicht fielen einem solche Feinheiten nur bei anderen auf, und man selbst merkte das gar nicht so deutlich.

»Sind die Jugendlichen identifiziert worden?«, fragte sie.

Marie nickte. »Ich kann euch gern eine Liste geben. Allerdings ist das Ganze schon eine Weile her. Vielleicht haben sie ja aus unseren Auflagen gelernt. Es ist jedenfalls schon länger nichts Derartiges mehr vorgefallen.«

Oliver stand auf. »Ich glaube, ich spendiere uns mal eine Runde Kaffee, einverstanden?«

»Das klingt sehr gut!«, rief Franca begeistert. Anerkennend nickte sie Oliver zu. Normalerweise waren es die Frauen, die auf eine solche Idee kamen.

»Könnte ich bitte Tee haben?«, rief Hinterhuber Oliver hinterher.

»Oh, da muss ich schauen, ob was da ist. Wir trinken alle Kaffee.« Er zog die Tür hinter sich zu.

»Mario trug teure Markenkleidung«, sagte Franca und sah Marie an. »Wir fragen uns natürlich, wie sich ein Junge in der Ausbildung und mit einem – nun, sagen wir mal – sozial schwachen familiären Hintergrund so was leisten kann. Hast du da eine Erklärung?«

»Auf seine Kleidung hat er immer großen Wert gelegt. Woher er das Geld hatte, darüber kann man natürlich spekulieren.«

Oliver kam mit einem Tablett zurück, auf dem gefüllte Tassen sowie Milch und Zucker standen. »Ich hab noch einen Früchtetee-Beutel gefunden, wenn's recht ist«, sagte er zu Hinterhuber.

»Danke, das ist nett.« Hinterhuber nahm die Tasse mit dem Teebeutel vom Tablett.

Franca rührte ein wenig Milch in ihren Kaffee und nahm einen Schluck. Der Kaffee war stark. Genau das, was sie jetzt brauchte.

»Und Dealen mit Heroin würdest du Mario zutrauen?«, nahm Franca das Gespräch wieder auf.

Marie zuckte die Schultern. »Die *Pac* in seinen Socken sprechen doch dafür, oder?«

»Es gibt noch einen Aspekt, den wir angedacht haben«, sagte Hinterhuber. »Könnte Mario was mit der Homosexuellenszene zu tun haben?«

Marie lachte laut auf. »Also, bei dem Schlag, den der bei den Mädchen hatte, halte ich das für sehr unwahrscheinlich. Die Girls hingen ihm förmlich an den Lippen, wenn er seine starken Sprüche über Magie und die Macht der Liebe losließ. So, wie ich ihn einschätze, hat er genau gewusst, was er damit erreicht, und er war wahrhaftig kein Kostverächter. Er hat etliche Mädchenherzen gebrochen. Aber er war auch ziemlich sensibel. Ich glaube, ich sage nichts Verkehrtes, wenn ich meine, dass ihm das Leben, wie er es führte, nicht so recht gefallen hat. Dass die Mädchen ihn so offensichtlich angehimmelt haben, ging ihm reichlich auf den Keks. Er hat sich nach etwas anderem gesehnt, nach dem großen Kick. Das tolle Erlebnis, das ihn den schnöden Alltag vergessen lässt.«

»Suchen das nicht alle Jugendlichen?«, fragte Hinterhuber mit müder Stimme. »Wir waren doch auch nicht anders. Aber das Leben hat uns wieder auf den Boden der Tatsachen zurückgeholt.«

Marie Kirschbaum lachte leise. »Da hast du sicher recht.«

»Weißt du zufällig, was diese Zeichen bedeuten?« Franca zeigte auf das T-Shirt des Jungen auf dem Polaroid-Foto.

»Das sind chinesische Schriftzeichen. Sie stehen für Leben und Tod«, sagte Marie und tippte auf das größere der beiden Symbole. »Das hier ist das Zeichen für Tod.«

11

Schon lange hatte sie keine Nacht mehr durchgeschlafen. Dabei sehnte sie so sehr den Schlaf herbei. Es gab nichts Schlimmeres, als nächtens wachzuliegen und ungutenGedanken nachzugrübeln.

Ein Geräusch hatte sie aufgeschreckt. Das Federbett fest um ihren fülligen Körper gehüllt, lag sie da und lauschte in die Dunkelheit. Da war es wieder. Das Schlurren und Schleifen. Das Knispern und Trippeln in den Wänden und über der Decke. Die Gartenschläfer waren aktiv.

Normalerweise hielten sie Winterschlaf bis Mai oder Juni. Doch in diesem Jahr war sowieso alles anders. Die Natur spielte verrückt. Und die Bilche dort oben auf dem Dachboden hatten offenbar ihren Winterschlaf unterbrochen.

Gartenschläfer, das waren menschenscheue Geschöpfe, zierliche, graufellige Kobolde mit Knopfaugen und buschigen Schwänzen, die selten zu sehen, aber umso öfter zu hören waren, wenn sie sich erst einmal in einem Gebäude eingenistet hatten. Um die Augen trugen sie eine dunkle Maske, die sie wie kleine Banditen aussehen ließ. Um eine Eigenschaft hatte Helene sie immer beneidet: Eingerollt kauerten sie sich im Herbst zusammen und verschliefen während des Winters alles Leid dieser Welt, um danach ohne Sorgen zu erwachen. Ihre einzige Aufgabe bestand darin, Futter zu finden, satt zu werden und möglichst viele Nachkommen zu zeugen, um ihre

Art zu erhalten. Ihre Jungen hielten sie frühzeitig zum Kämpfen und Beißen an. Ansonsten waren sie egozentrisch und nur auf ihr eigenes Wohl bedacht.

Solange Helene denken konnte, waren Gartenschläfer ihre Mitbewohner in diesem Haus. Sie dachte an ihre zahlreichen vergeblichen Versuche, die Tierchen auszuquartieren. Vergiften kam nicht in Frage, ihre Art war geschützt. Mehrere Lebendfallen hatte sie auf dem Dachboden aufgestellt, Äpfel und Käse als Lockmittel hineingetan. Tatsächlich waren die Fallen zugeschnappt, und sie hatte sich die kleinen grauen Wesen, die sich wie toll gebärdeten, genauer ansehen können. Wie sie in dem engen Käfig hin und her flitzten und dabei hohe Laute ausstießen. Jederzeit bereit, zuzubeißen und ihr kleines Leben zu verteidigen.

In einer der Fallen waren zwei Gartenschläfer gleichzeitig gefangen, die einen erbitterten Kampf geführt haben mussten. Etliche Biss- und Blutspuren zeugten davon. Sie war entsetzt gewesen über diesen Anblick. Einer der Bilche lag leblos am Boden, während der zweite wie eine kleine Furie im engen Käfig hin und her rannte, über seinen toten Artgenossen hinweg.

Was hat es für einen Sinn, wenn der Mensch diese Tierart schützt und sie sich gegenseitig Kannibalen sind?, schoss es ihr durch den Kopf. Dennoch hatte sie sich die Mühe gemacht, jeden gefangenen Gartenschläfer in seiner Falle weit wegzutragen und ihn irgendwo freizulassen. Am besten auf der anderen Seite des Rheins. Nur dann konnte man einigermaßen sicher sein, dass sie den Weg zurück nicht mehr finden würden. Eine Zeit lang war tatsächlich Ruhe gewesen. Doch bald begann es erneut auf dem Dachboden zu rumoren. Die Bilche kamen wieder. Sie schlüpften durch schmale Löcher und Schlitze, die sie mit untrüglicher Sicherheit fanden. In einem alten Haus wie dem ihren gab es unzählige Einschlupfmöglichkeiten für die wendigen und flinken Tierchen, die ihr die Nachtruhe raubten.

Mit einem Mal überfiel sie eine Ahnung. Dass die Gartenschläfer eine Mahnung sein könnten. Dass das alles kein Zufall war. Dass ein System dahintersteckte.

Es waren ja nicht nur die Bilche. Längst hatte sie begriffen, dass überall in diesem Haus Geister wohnten, deren Stimmen nachts zu ihr drangen, wenn sie nicht schlafen konnte. Wenn sie wach lag und ihren Gedanken nachgrübelte. Wenn aus allen Ecken und Winkeln Stimmen drangen und Dinge raunten, die sie nicht hören wollte. Töne, die sich wellenartig in ihrem Kopf bewegten und dort mit einer schemenhaften Erinnerung verschmolzen.

Nein, nicht schon wieder!

Ihre Zunge klebte in der Mundhöhle fest. Ihr Körper kribbelte. Sie fuhr sich über die welke Haut unter dem Flanellnachthemd, die sich wie taub anfühlte. Trotz der dicken Federdecke zitterte sie. Etwas rieselte durch ihren Körper. Ein Gefühl wie Eisregen. Spinnenfinger krallten nach ihrer Brust, griffen in ihr Herz. Sie hörte ihren Atem, heftig und keuchend.

Da war ein Schrei, der in einem Jammern verebbte. Sie zuckte zusammen, hielt sich, einem Impuls gehorchend, die Ohren zu. Auf einmal realisierte sie erschrocken, dass die verzweifelten Schreie aus ihrem Inneren kamen. Sie selbst war es, die jammerte und schrie.

Entsetzen machte sich in ihr breit.

Sie musste aufpassen, dass sie nicht verrückt wurde. Als verrückte Alte zu enden, die Selbstgespräche führte und die ihr Leben nicht mehr im Griff hatte, war eine unerträgliche Vorstellung.

12

Müde schlurfte Franca die Treppenstufen hoch, schloss die Wohnungstür auf und rief: »Farinelli. Ich bin da!«

Kein dunkles Huschen durch die Wohnung. Kein warmes Fell, das sich an ihren Beinen rieb. Manchmal gebärdeten sich Kater wie enttäuschte Liebhaber und zeigten allzu deutlich, dass sie beleidigt waren, weil man sich nicht ausreichend um sie kümmerte. Dann halfen nur noch weibliche Tricks. Bei Katern ebenso wie bei Männern.

»Farinelli«, lockte sie schmeichelnd. »Nun komm, sei nicht beleidigt. Ich bin ja jetzt da. Komm, mein Süßer.«

Sie streifte die Schuhe ab, hängte ihre Jacke an den Haken in der Garderobe und ging ins Wohnzimmer. Farinelli lag zusammengerollt auf seinem Platz auf dem Sofa und tat so, als ob er schliefe.

»Mir kannst du nichts vormachen!«, sagte sie laut und ging in die Küche. Ihr Magen rumorte. Eine Kleinigkeit musste sie noch essen, dann wollte sie sofort ins Bett. Sie war hundemüde. Ein Blick auf die Uhr zeigte ihr, dass es weit nach Mitternacht war.

Als sie den Kühlschrank öffnete, sah sie die vielen leckeren Dinge, die sich da stapelten – gekauft für Georginas Rückkehr. Sie hatte vorgehabt, ihre Tochter zu bekochen. Liebe ging durch den Magen. Das war eines der Sprichwörter, das sich immer wieder bewahrheitete.

Doch ob sie in nächster Zeit dazu kommen würde, die leckeren Sachen zuzubereiten? Jetzt, da sie mitten in einem komplizierten Fall steckten und noch kaum Anhaltspunkte hatten.

Sofort war das Bild des Jungen wieder da. Sie hätte sich so sehr gewünscht, den Fall hinter sich lassen zu können, draußen vor ihren eigenen vier Wänden. Doch schon oft hatte sie gemerkt, dass sie das nur schwer fertigbrachte. Der Fall, der nie einfach nur ein Fall war, sondern immer eine menschliche Tragödie, begleitete sie, war bei ihr, ließ sich nur schwer beiseiteschieben. Überdeutlich sah sie den Jungen mit den blicklosen Augen vor sich. Was hatte es zu bedeuten, dass er diese chinesischen Zeichen auf seinem T-Shirt trug? Und dass das Symbol des Todes größer war als das des Lebens? War das ein Zufall, oder hatte er eine Ahnung gehabt, dass sein Leben nur von kurzer Dauer sein würde?

Das rote Licht ihres Anrufbeantworters blinkte. Sie drückte auf den Wiedergabeknopf.

»Franca, ich weiß jetzt nicht, wie das hier geht …«

Es überraschte sie, die Stimme ihrer Mutter zu hören. Sie hatte noch nie auf den Anrufbeantworter gesprochen und misstraute auch sonst jeglicher technischen Neuerung. Nie würde sie etwa auf die Idee kommen, ihre Tochter auf dem Handy anzurufen.

»Franca, ruf mich unbedingt zurück. Es ist was … Ja, wie soll ich sagen … Bitte …« Dann brach das hilflose Gestammel ab. Es war noch ein zweiter Anruf aufgezeichnet, ebenfalls von ihrer Mutter. »Franca, du weißt doch, dass ich mit diesem Ding auf Kriegsfuß stehe … Ruf schnell an! Bitte!«

Das klang ja ziemlich dramatisch. Aber um diese Zeit konnte sie ihre Mutter unmöglich noch anrufen. Sie hatte feste Angewohnheiten, die man als Tochter niemals ignorieren durfte. Sie ging sozusagen mit den Hühnern schlafen. Und sie stand mit ihnen auf. Wenn eines gewiss war, dann die Tatsache, dass ihre Mutter nach Mitternacht fest schlief.

Ob sie sich wegen Georgina Sorgen machte? Sie hatte sich so sehr auf die Rückkehr ihrer Enkelin gefreut. Nun gut, Franca würde ihre Mutter morgen früh anrufen. Dann würde sie ja erfahren, was es so Wichtiges gab.

Franca öffnete eine Dose mit Tomatensuppe, schüttete den Inhalt in einen Topf und stellte die Herdplatte an. Ein Tropfen Tabasco und ein Klecks Crème fraîche verfeinerten die Suppe, die sie unter Rühren erwärmte. So würde sie nicht ganz nach Dosenfutter schmecken. Dazu röstete sie zwei Scheiben Toastbrot.

Als ihr Blick auf die blaue Dose fiel, die Georgina ihr mitgebracht hatte, wurde ihr ganz warm ums Herz. »Deine geliebten Baci«, hatte sie gesagt, als sie sie ihr beim Abschied in die Hand drückte. »Ich hab sie im Flughafen entdeckt und dachte, du freust dich drüber.«

Und wie Franca sich gefreut hatte! Georgina hatte

nicht vergessen, dass dieses Konfekt untrennbar mit der Kindheit ihrer Mutter verbunden war. So oft hatte Franca davon erzählt, dass es etwas ganz Besonderes gewesen war, im Delikatessenladen ihres Vaters in die blaue Dose mit den Silbersternen zu fassen, um sich eine der einzeln verpackten italienischen Schoko-Nuss-Pralinen herauszunehmen. Sie sah ihren Vater vor sich, wie er mit lächelnder Miene hinter der Theke stand, platzend vor Stolz auf seine kleine Bella Bimba, wie er Franca immer nannte. Wie schade, dass er seine Enkelin nicht mehr kennengelernt hatte. Sie war ebenfalls eine Bella Bimba, und die beiden hätten sich sicher hervorragend verstanden.

Franca stellte den Fernseher an, weil sie es nicht mochte, allein und in der Stille zu essen. Nachrichten. Ein Sprecher präsentierte mit ernster Miene die Kriminalstatistik. Von den Jugendlichen mit deutschem Pass fiel jeder zehnte durch eine Straftat auf, unter den Ausländern war es jeder fünfte. »Wir wollen nicht stigmatisieren, aber wir müssen dieses Thema ernsthaft angehen«, bemerkte der Sprecher.

Immer diese merkwürdigen Statistiken, dachte Franca. Und dann diese Besserwisser, die es schon immer gewusst und für alles eine Lösung parat hatten. Wo Menschen zusammenkamen, gab es Konflikte, die mehr oder weniger heftig ausgetragen wurden. Der Mensch ist einfach nicht dafür gemacht, friedlich mit seinesgleichen auszukommen. Und doch tun wir immer so, als ob der Friede die Normalität sei und nicht Krieg und Gewalt.

Nach dem Essen gönnte sie sich noch ein Bacio als

Betthupferl. Sie wickelte das sternenbedruckte Silberpapier auf und pulte vorsichtig das Spruchbändchen ab, mit dem jedes Schokoküsschen umwickelt war. Als sie das Konfekt in den Mund steckte, wähnte sie sich wieder in dem kleinen Laden im Koblenzer Entenpfuhl, und ihr Vater sagte mit seinem unverkennbar italienischen Akzent: »Francesca, ich sage dir deine Zukunft voraus.« Als Erstes las er den Spruch auf Italienisch, wobei sie aus seiner Mimik und der Art, wie er ihn vortrug, erkennen konnte, was er davon hielt. »L'amore è come la luna; se non cresce, cala.« Über sein Gesicht ging ein Strahlen, als er mit seiner brummigen Stimme ausrief: »Oh, das ist wahr, meine kleine Francesca, das ist sehr wahr. ›Die Liebe ist wie der Mond. Wenn sie nicht wächst, schwindet sie.‹« Er drückte seine Tochter an seinen runden, weichen Körper. »Amore mio. Meine Liebe zu dir wird immer größer. Jeden Tag ein kleines bisschen, weil du so eine ...«, er suchte nach einem passenden Wort, »tolle Tochter bist.« Tolle Tochter. Aus dem Mund eines Italieners klang das merkwürdig. Aber sie hatte es als großes Lob aufgefasst.

Sie gönnte sich noch ein zweites Schokoküsschen, strich das schmale Papier glatt, auf dem der Begleitspruch in vier verschiedenen Sprachen stand. »La maniera di dare val di più di ciò che si dà.« – »Die Art und Weise, wie du etwas gibst, ist wichtiger als das, was du gibst.«

Eigentlich passten die Sprüche immer.

Sie goss sich einen Ramazzotti ein und zappte noch ein wenig durch die Fernsehkanäle.

Schadenfreude auf einem der Kabelprogramme.

Ein Kind stürzte vom Dreirad, das Publikum lachte. Nein, darüber konnte sie sich nicht amüsieren. Auf dem nächsten Sender küssten sich zwei hübsche Menschen in Großaufnahme. Sie seufzte. Was für eine sinnliche Szene. Zwei schöne Körper, die leidenschaftlich aufeinander zustrebten, nackte Haut, die sich an der Haut des anderen rieb, Haare, in denen sich Hände verfingen.

Unwillkürlich sah sie sich und Oliver Reimers, ihr Körper an den des jungen Mannes geschmiegt, ein schöner Mann mit bronzefarbener Haut, hellen Haaren und blauen Augen.

Franca, der ist viel zu jung für dich, warnte eine Stimme in ihrem Hinterkopf. Und außerdem ist er aus der eigenen Zunft. Du weißt doch aus schmerzlicher Erfahrung, dass so was nicht gut geht.

Träumen wird man doch wohl noch dürfen, seufzte sie. Zumal unsereins, das genug Elend sieht. Ist doch wohl verständlich, dass man sich beim Anblick von zermatschten, männlichen Genitalien nach dem Intakten, Heilen sehnt.

Mit einem Mal fühlte sie ein weiches, warmes Fell auf ihrem Schoß. Farinelli war aus der Schmollecke herausgekommen.

»Na, du. Gut, dass wir zwei einander haben, was?«, flüsterte sie in sein Ohr, worauf er augenblicklich zu schnurren begann.

Wenig später schaltete sie den Fernseher aus, ging ins Bad, putzte sich die Zähne und zog ihren Schlafanzug an. Er war reichlich fadenscheinig, hatte auch schon einige Jährchen auf dem Buckel. Aber es bekam sie ja sowieso niemand in diesem Nachtgewand zu sehen.

Obwohl, irgendwo hatte sie mal gelesen, dass man sich selbst erotischer fühlte, wenn man entsprechende Kleidung trug. Vielleicht sollte sie demnächst mal wieder ein Wäschegeschäft aufsuchen.

Sie kroch unter die Decke und schloss die Augen. In ihrem Kopf kreuzten sich wirre Gedanken. Junge Männer mit blonden Haaren und blauen Augen spielten darin keine unwesentliche Rolle.

Eigentlich wäre ich gern mal wieder so richtig unvernünftig, dachte sie noch, bevor sie in den Schlaf hinüberglitt.

13

Sie hatte keine Lust, aufzustehen. Der Rücken tat ihr weh, und sie fürchtete die Kälte, die sie umfangen würde, sobald sie die Bettdecke zurückschlug.

Seit Hans gestorben war, hockte die Kälte im Haus. Eine Kälte, die kein Feuer vertreiben konnte. Hans war ihr Stütze und Halt gewesen. So, wie es sein sollte in einer Ehe. Doch dann war er krank geworden, das Herz machte ihm zu schaffen. Er wurde immer weniger, war bettlägerig. Helene hatte ihn aufopfernd gepflegt. Lange Jahre. Aber sie hatte es gern getan, obwohl diese Pflege sie oft bis an die Grenzen ihrer Belastbarkeit geführt hatte, besonders in den letzten Jahren.

Was ihr stets gutgetan hatte, war seine Dankbarkeit. Wenn es seine Lippen nicht aussprechen konnten, sagten es seine Augen: Danke, mein Helenchen, dass du für mich da bist.

Es hatte ihr das Herz gebrochen, als er eines Morgens tot neben ihr im Ehebett gelegen hatte. Auch, weil ihr drückend bewusst wurde, dass er sie mit Patricia und dem kleinen Mädchen alleingelassen hatte.

Es nützte nichts, sie musste sich kümmern. Sie schlug das dicke Federbett zurück, erschauerte kurz und griff sofort nach ihrem zerschlissenen rosa Steppmorgenrock, den sie überzog. Mit schweren Schritten ging sie die Treppenstufen hinunter, um ihr allmorgendliches Ritual zu beginnen. Noch vor dem Kaffeekochen schaufelte sie die Asche aus dem Kachelofen und schichtete Anmachholz hinein. Sie hielt die Flamme an den kleinen Holzstoß, entzündete das darunterliegende Zeitungspapier. Die Flamme züngelte kurz an der Zeitung und erlosch. Sie ratschte ein zweites Streichholz an, hielt es wieder unter das bedruckte Papier, das sich diesmal sofort entzündete. Nach einer kleinen Weile legte sie ein paar Holzscheite auf die Flammen, die nach und nach Feuer fingen. Der Widerschein der Flammen spiegelte sich in dem Kaminbesteck aus goldfarbenem Messing, das in einer Halterung vor dem Kachelofen stand. Schnell schloss sie die Ofentür.

Der Kachelofen war der lang gehegte Wunsch ihres Mannes gewesen. Eine mächtige, braune Heizquelle, die das ganze Haus wärmte.

In Pantinen schlurfte sie hinaus in den Garten. Die Beleuchtung der Straßenlampe tauchte die frühmorgendliche Umgebung in ein fahles Licht. Flüchtig streifte ihr Blick den ehemaligen Gartenteich, der zugeschüttet worden war, nachdem ihre Enkelin als Kleinkind fast darin ertrunken wäre, und auf dem seitdem das Unkraut wucherte.

Man müsste sich viel mehr um alles kümmern, um das Haus, um den Garten. Doch sie war zu alt und zu müde dafür. Viel zu müde. Sie ging den kurzen Weg über die Wiese am Haselnussstrauch vorbei in den Schuppen, in dem das Brennholz lagerte. Im Schuppen stand ein rotes Auto, auf dem eine dicke Staubschicht lag. Auch das Auto hätte sie längst wegschaffen sollen. Sicher gab es Liebhaber für so was. Aber es bedeutete Mühe. Man musste eine Anzeige aufgeben. Man musste sich kümmern.

Sie stapelte Brennholz in den Korb und schloss die Tür hinter sich. Eine Weile stand sie da, hing ihren Gedanken nach und vergaß dabei ihren schmerzenden Körper. Erst als sie die Kälte spürte, die durch die dünnen Sohlen ihrer Pantinen drang, schleppte sie sich mit dem Korb voll Holz zurück ins Haus.

14

Sie sieht spitze, weiße Felsen, an denen die Wellen sprühend aufschlagen. Wind streichelt ihre Haut und singt ihr ein Lied. Oder ist es doch nicht der Wind, der singt, sondern eine menschliche Stimme? Und ist es nicht auch eine menschliche Hand auf ihrer Haut?

Da sind blauer Himmel und Strand, im Wasser schwimmende Sonnenstrahlen und lachende Menschen.

Sie liegt auf einer bunten Decke im Sand. Und neben ihr eine Frau im Badeanzug. Die Frau lacht und sagt etwas, das sie nicht verstehen kann.

Traumwelt und Wirklichkeit überlagern sich. Tag und Nacht, Hell und Dunkel, weiße Felsen, blaues Meer und blauer Himmel, alles fließt ineinander über und löst ein irritierendes Gefühl in ihr aus.

Plötzlich springt die Frau im Badeanzug auf und steuert auf das Wasser zu. Ihre Schritte hinterlassen Fußabdrücke im Sand. Immer kleiner wird ihre Gestalt. Sie läuft geradewegs in das Wasser hinein, weiter und weiter, bis sie schließlich nicht mehr zu sehen ist.

Mama! Du darfst nicht weggehen!

Ein verzweifelter Schrei, der sich mit dem Wehen des Windes und dem Aufschlagen der Wellen an den Felsen vermischt.

Das Klingeln des Weckers katapultierte sie unsanft aus ihren Träumen. Davina schlug die Augen auf. Ihr Herz klopfte. Da war etwas ganz Wichtiges gewesen. Sie versuchte, dem Geträumten nachzulauschen und eine Botschaft aus den widersprüchlichen Signalen zu entziffern, an die sie sich nur vage erinnern konnte.

Die Frau im Badeanzug war ihre Mutter gewesen, daran gab es keinen Zweifel. Der Ort, an dem sie sich befunden hatte, ein Ort mit Sandstrand und Kreidefelsen, könnte Rügen gewesen sein. Die Insel, von der sie schwärmte und wohin sie zusammen mit Davina verreisen wollte.

War das ein Omen? Eine Botschaft, die besagte, dass ihre Mutter auf Rügen lebte?

Davina stand auf, ging ins Bad und wusch sich. Aus

dem Spiegel sah ihr ein blasses Gesicht entgegen. Sie wunderte sich immer wieder, wie fremd sie sich ohne Schminke vorkam. Das fransig geschnittene, schwarz gefärbte Haar fiel ihr auf die Schultern.

Sie stellte sich unter die Dusche, trocknete sich ab und verrichtete die üblichen Handgriffe. Föhnte sich die Haare trocken, verrieb reichlich Make-up im Gesicht und malte schwarzen Kajalstift um die Augen. Blaue Augen. Ob die ein Vermächtnis ihres Vaters waren? Ihre Mutter und deren Mutter hatten braune Augen. Schon so oft hatte sie sich gefragt, wie ihr Vater wohl aussehen würde. Ob er ihr noch mehr vererbt hatte als diese Augenfarbe, von der Mario behauptet hatte, sie wirke geheimnisvoll. Besonders, wenn sie sie mit Kajalstift umrandete.

So gefiel sie sich schon besser. Die Haare mit Gel noch in Form gebracht, dann war sie zufrieden. Aus ihrem Zimmer holte sie die fertig gepackte Schultasche und ging nach unten. Am Ende der Treppe stellte sich ihr Großmutter in ihrem zerschlissenen rosa Morgenrock in den Weg.

»Kind, du kannst doch nicht immer ohne Frühstück losziehen. Du brauchst doch was in den Magen.«

»Ich kann morgens nichts essen, das weißt du. Und ich bin kein Kind mehr.«

»Davina. Du wirst immer dünner. Das kann doch so nicht weitergehen.«

»Sag bloß, du machst dir Sorgen um mich?«, antwortete sie in der schnippischen Art, die sie sich im Umgang mit ihrer Großmutter angewöhnt hatte.

Ihre Großmutter war so ganz anders als ihre Mutter. Richtig gefühlskalt war sie. Nicht einmal hatte sie sie in die Arme genommen oder gestreichelt. Nicht ein einziges Mal. Und sie zeigte absolut kein Verständnis dafür, dass sie, Davina, andere Vorstellungen vom Leben hatte, als sie sich das in ihrem kleinen Hirn vorstellen konnte.

Wenn sie mit der Schule fertig war, würde sie abhauen von hier. Vielleicht auch schon früher, wenn sie es gar nicht mehr aushielt.

Sie nahm ihre Jacke vom Garderobenständer und ging aus dem Haus. Hoffentlich begegnete sie niemandem. Sie war am liebsten für sich. Auf dem Schulweg. In der Pause. Und überhaupt.

15

Als das Telefon klingelte, wurde sie gerade von Brad Pitt gestreichelt. Das Lächeln verschwamm. Mit halb geschlossenen Augen tastete sie sich zu der Quelle des störenden Geräusches vor.

»Franca, warum hast du denn gestern nicht mehr angerufen? Ich hab dir doch extra auf dieses Ding gesprochen. Die ganze Nacht hab ich kein Auge zugetan.«

»Mama.« Franca räusperte sich, blinzelte und sagte höflich »Guten Morgen.« Sie hörte selbst, wie verschlafen ihre Stimme klang. Sie leckte sich über die ausgetrockneten Lippen und warf einen vorsichtigen Blick auf die Uhr. Mist, sie hatte verschlafen. »Was ist denn los?«, fragte sie, während sie die Bettdecke zurückschlug und mit dem Telefon am Ohr in die Küche lief.

»Hab ich dich etwa geweckt?«

Franca murmelte etwas Unverständliches.

»Ich hab dir auf diesen komischen Apparat gesprochen. Hab ich was falsch gemacht? Hast du es nicht hören können?«

»Doch, ich hab's gehört, Mama, aber ich bin gestern sehr spät nach Hause gekommen.« Sie legte ein Pad in ihre Single-Kaffeemaschine und drückte auf den Einschaltknopf. Brodelnd begann sich das Wasser zu erhitzen. »Was gibt's denn so Dringendes?«

Einen kleinen Moment lang war ihre Mutter still, dann sagte sie:

»Bei mir im Garten liegt … eine Taube.«

»Eine Taube?«

»Ja, sie wurde totgebissen … Der Kopf ist ab. Drumherum ist alles voller Federn und Blut. Es sieht ganz schrecklich aus. Ich kann gar nicht hinsehen.«

»Aber was ist daran so schlimm, Mama?«, fragte Franca, nachdem keine weitere Erklärung kam. »Tauben sind Ungeziefer. Die Ratten der Lüfte, wie es immer heißt. Oder war es eine besondere Taube?«

»Nein.«

»Also?«

»Jemand muss sie wegmachen. Ich kann das nicht.«

Franca nahm eine Tasse aus dem Schrank und stellte sie unter die Mündung der Kaffeemaschine. Sie beobachtete, wie sich die Tasse langsam mit aromatischem Kaffee füllte, auf dem eine dicke Schicht Crema schwamm.

»Ich hab schon gedacht, es wäre wegen Georgina«, wechselte Franca das Thema. Sie goss ein wenig Milch in den Kaffee und rührte um, bevor sie einen Schluck nahm. »Hat sie sich noch nicht bei dir gemeldet?«

»Sag bloß, die ist schon aus Amerika zurück? Wann ist sie denn gekommen?«

»Gestern Nachmittag. Ich hab sie vom Flughafen abgeholt …«

»Warum sagt mir das denn keiner?«

»Ich hab dir gesagt, dass sie kommt.« Franca war sich ganz sicher. Sie hatte schon öfter bemerkt, dass das Gedächtnis ihrer Mutter längst nicht mehr funktionierte wie früher. Das war eine Feststellung, die sie beunruhigte.

»Kann ich sie sprechen? Ist sie schon wach? Ich will doch wissen, wie es meinem Mäuschen geht«, sagte sie lebhaft.

»Sie ist bei ihrem Vater.«

»Wieso ist sie nicht bei dir? Wo sie doch so lange fort war?«

Ihre Mutter war nie einverstanden gewesen mit dem »modernen Getue«, wie sie das gemeinsame Sorgerecht von Franca und David nannte. Ein Kind sollte wissen, wohin es gehört, und das wusste es nicht, wenn es immer zwischen beiden Elternteilen hin- und herhetzte. Das war ihre Meinung, die sie mal mehr, mal weniger dezent verlauten ließ.

»Wir haben einen neuen, schwierigen Fall. Und David hat sie auch vermisst.« Franca hoffte inständig, dass ihre Mutter nicht wieder eine längere Diskussion über das Für und Wider des gemeinsamen Sorgerechts vom Zaun brechen würde.

»Mama, ich muss jetzt gleich ...«, setzte sie an.

»Ja, und wann kommst du?«

»Ich komme später vorbei. Sobald ich es irgendwie einrichten kann.«

Sie legte auf und schlüpfte schnell in Jeans und Pullover. Die halb getrunkene Tasse Kaffee ließ sie auf der Anrichte stehen.

Franca und Hinterhuber trafen gleichzeitig in der Tiefgarage des Polizeipräsidiums ein. Hinterhuber bog mit seinem blauen Golf um die Ecke. Es hätte nicht viel gefehlt, und er wäre mit Francas rotem Alfa zusammengestoßen.

»Ziemlich rasante Fahrt«, meinte sie und grinste. Sie war etwas verwundert über Hinterhubers spätes Eintreffen. Normalerweise war er bereits lange vor ihr im Büro.

»Guten Morgen. Na, gut geschlafen?«, sagte sie fröhlich, während sie ausstieg.

Hinterhuber sah total übernächtigt aus. Zwar war er wie immer glatt rasiert, aber sein hellblaues Hemd unter dem Wildlederjanker warf unschöne Falten. Auch trug er, entgegen seiner sonstigen Gewohnheit, keine Krawatte. Er streifte sie mit einem kurzen Blick und brummte einen Gruß.

Schweigend liefen sie nebeneinander die Treppen hoch, vorbei am Pförtner, der spitzbübisch lächelnd den Kopf aus seinem Glashaus herausstreckte.

»Ei gude. Nur net die Backe hänge losse. Immer schön die Mundwinkel no owwe, gell.«

Vor sich hatte er eine aufgeschlagene Zeitung liegen.

»Morgen, Herr Schulz. Wie immer gut drauf.« Franca lachte dem Pförtner freundlich zu.

»Mir Kowelenzer sind immer gut druff. Uns kann so schnell nix aus der Bux haue«, sagte er. »Und schon gar net, wenn man bei der Uhlerei schafft. Et heißt jo net umsonst Freund und Helfer, net wahr, da ist man doch gere mit von der Partie. Und außerdem«, ergänzte er mit einem Seitenblick auf Hinterhuber, »dat Lewe is vill zu kurz, um dumm aus der Wäsch zu gucke. Meinen Sie net och?«

Franca lachte. »Da sagen Sie was.«

Hinterhubers Miene blieb unbeweglich. Steif schritt er neben Franca her. »Der mit seinen dummen Sprüchen«, murmelte er, als sie außer Hörweite der Pförtnerloge waren.

»Wieso? Er hat doch recht«, erwiderte Franca, woraufhin Hinterhuber das Gesicht verzog.

»Du hattest auch schon mal bessere Laune«, meinte sie und knuffte ihn freundschaftlich in die Seite.

Mit dem Fahrstuhl fuhren sie nach oben in den dritten Stock. Dort befanden sich die Büroräume des K 11, der zentralen Kriminalinspektion.

Ihre beiden Schreibtische standen sich gegenüber. Hinterhubers Schreibtisch war ordentlich aufgeräumt, rechts und links stapelten sich Kante an Kante Akten und Schnellhefter. Auf Francas Schreibtisch herrschte das übliche Durcheinander. Manchmal wunderte sie sich selbst, dass sie sich darin zurechtfand. Wenn sie das schlechte Gewissen zu sehr zwickte, kam es vor, dass sie die Aufräumwut packte. Dann begann sie, die Haufen ordentlich zu sortieren. Doch im Grunde hatte sie eingesehen, dass da eine Kraft wirkte, die mächtiger war als ihr guter Wille.

Franca sah die Papiere durch, die obenauf in ihrem Eingangskorb lagen. Einige Rundschreiben. Nichts von Bedeutung. Neue Ergebnisse zum aktuellen Fall gab es offensichtlich noch nicht.

Nach einer kurzen Lagebesprechung beschlossen sie und Hinterhuber, als Erstes die Autowerkstatt aufzusuchen, in der Mario Reschkamp seine Ausbildung begonnen hatte.

Hinterhuber erhob sich und hielt ihr den Autoschlüssel hin. »Ich nehme an, du willst fahren.« Sie erkannte den Schlüssel für den alten Opel, der längst hätte ausrangiert werden sollen. »Willst du nicht lieber den Chauffeur spielen?«, fragte sie. »Also ich reiß mich wahrhaftig nicht darum, diese Mühle zu steuern.«

Er zuckte die Schultern und trabte los.

16

Sie sah auf den Boden und wunderte sich über die rote Flüssigkeit, die auf den Holzdielen eine kleine Pfütze bildete. Und die Scherben, wo kamen die her? War sie es, Lilly, die das Glas hatte fallen lassen? Sie konnte sich nicht erinnern. Ihr Blick glitt über die Teller und Tassen, die sich auf der Ablagefläche stapelten. Sie hatte gar nicht gewusst, dass in dieser kleinen Küche so viel Geschirr vorhanden war. Die Schranktüren standen offen. Nur noch einzelne Teile befanden sich darin.

Die gebrauchten Teller waren bedeckt mit Essensresten. Weiße Nudeln, rote Soße. Etwas schlaffes Grünliches. Ein Fetzen gebratenes Fleisch, das in rotem Fleischsaft schwamm. Und alles war überdeckt von Asche. Weißgraue, feinpudrige Asche, die an einen Vulkanausbruch erinnerte. Der Vesuv ergoss seinen glühend heißen Lavastrom überallhin, deckte Landschaften, Gebäude und Menschen zu und verwandelte innerhalb von Sekunden Leben in Tod. Im Fernsehen hatte sie Bilder gesehen von Pompeji. Bilder von Menschen, die zu Ascheskulpturen geworden waren.

Sie blinzelte die Bilder fort. Ein träges Auf und Ab der Lider, bei dem sich die Nudelreste bewegten und sich in Maden verwandelten. Sie drückte mit dem Daumen darauf, um diese unnützen Lebewesen zu töten, die sich vergeblich abmühten, ihr kleines, sich windendes Dasein zu retten.

Als sie die geschwollene Zunge vorschob und versuchte, sich über die aufgesprungenen Lippen zu lecken, zuckte sie zusammen. Noch immer war die Wunde nicht abgeheilt, die das Piercing hinterlassen hatte.

Die Luft im Raum war abgestanden. Es roch nach Verdorbenem. Sie sollte lüften und diesen Dreck wegmachen. Jetzt gleich.

Nachher würde sie alles aufräumen, das Bett frisch beziehen, abwaschen, putzen. Wenn Karim zurückkam, würde er sich wundern.

»So schön sauber war es aber schon lange nicht mehr. Richtig gut sieht das aus.« Seine lobenden Worte hallten in ihrem Ohr. Worte, nach denen sie lechzte. Wie ein Hund an einem heißen Tag nach Wasser.

Sie wird sich nicht unterkriegen lassen. Sie nicht!

Ab heute würde alles besser werden. Schöner Gedanke eigentlich. Aber ob Karim wirklich der Richtige war, mit dem alles besser werden würde? Schnell schob sie den Zweifel beiseite. Schließlich war Karim der Einzige, mit dem sie es schon eine ganze Weile aushielt. Und er mit ihr. Wenn sie ehrlich war, musste sie zugeben, dass es nicht leicht war, mit ihr auszukommen. Irgendwann packte sie der Teufel, dann konnte sie sich selbst nicht leiden und giftete alle und jeden an, obwohl sie das eigentlich gar nicht wollte. Warum gelang es ihr nicht, ganz normal zu sein? So wie alle anderen.

Aber was war schon normal?

Unwillkürlich musste sie an dieses Mädchen in der Mittagstalkshow neulich denken, die von der Mutter als Baby in ein Heim gegeben worden war. Nun standen sie sich zum ersten Mal seit Jahren gegenüber – und das vor laufenden Kameras. Die Mutter, eine fette, ungepflegte Kuh, machte sich keifend wichtig und beschwerte sich bei der Talkmasterin lautstark über die nichtsnutzige Tochter. Die Tochter saß zusammengesunken im Zuschauerraum. Ein verängstigtes Mädchen. Die Kamera schwenkte zu ihr hin, gierig auf ihren Schmerz und die Tränen in ihren Augen gerichtet. Mit jeder ihrer hilflosen Gesten bettelte sie um die Liebe dieser kalten Frau, die sie geboren hatte und die mit ihrer gesamten Haltung erkennen ließ, wie scheißegal ihr dieses Mädchen, ihre eigene Tochter, war.

»Ich interessiere mich nicht für die da!«

Es klang wie Hohn. Die da. Die geht mich nichts an. Und das Kind von der schon mal gar nicht. Den Namen des Enkelkindes? Warum sollte ich den wohl kennen?

Buhrufe im Zuschauerraum. Die Fette guckt erstaunt ins Publikum.

»Is doch so, oder nicht?«

Lilly rollte die Zunge um die Metallkugel. Ein Schmerz durchfuhr sie, der eine scharfzackige Linie mitten durch ihren Körper schnitt und dessen Ausläufer sie bis in die Gliedmaßen hinein spürte. Ein starkes Gefühl, das alles andere auszublenden vermochte.

Sie war das Mädchen im Zuschauerraum. Sie weinte deren Tränen. Obwohl sie mit der Geschichte dieses Mädchens nichts zu tun hatte. Wirklich nichts. Ihre Mutter war immer da gewesen, während diese Mutter dort im Fernsehen ihre Tochter verlassen hatte, als sie klein war. Sie kümmerte sich einfach nicht – und fand das total in Ordnung.

»Mein eigen Fleisch und Blut? Was soll das denn sein? Nur weil die da irgendwann aus mir herausgekrochen ist? Wer hat mich denn gefragt, ob ich so was überhaupt will?«

Und immer dieser Triumph in den Augen. Eine erwachsene Frau, die sich gebärdete wie ein rotziger Teenager.

Auf der anderen Seite das Mädchen, ihre Tochter. Mit all den stummen Schreien in den flehenden Augen.

Aber warum ging ihr, Lilly, das alles so nah? Sogar jetzt noch, in der Erinnerung. Sie musste aufpassen. Durfte sich nicht andere Schicksale zu eigen machen.

Ob ihre Mutter manchmal an sie, Lilly, dachte? Sie sah eine kleine, dickliche Frau vor sich mit selbstgestrickter Jacke und einem im Nacken geknoteten Kopftuch mit Rosenmuster. Im ausgemergelten Gesicht ein unsicheres Lächeln. Seit ewigen Zeiten hatte Lilly nichts mehr von ihr gehört. Wie es ihr wohl gehen mochte?

»Eine Frau muss tun, was der Mann sagt.« Das waren ihre Worte. Sich stets im Hintergrund haltend, folgte sie ihrem Mann überallhin. Bis ans Ende der Welt ging sie mit ihm. Bis nach Deutschland, ein Land, dessen Sprache ihr genauso fremd war wie die Menschen dort. Ein Land, in dem sie sich nie heimisch fühlen würde.

Weshalb hatte sie sich ausgerechnet einen solchen Mann ausgesucht? Lillys sogenannter Vater …

Nein, nicht schon wieder diese Bilderflut! Wild begann sie, das Metall in ihrer Zunge zu malträtieren. Die Schmerzblitze, die sie wie kleine Stromstöße durchzuckten, waren besser auszuhalten als die dumpfen Erinnerungen, die sich in den Vordergrund drängten.

Nein, sie war nicht das Mädchen in der Talkshow, sie heulte sich nicht die Augen aus. Und sie bettelte auch keiner vergeblichen Liebe hinterher.

Sie doch nicht.

Sie tastete nach dem Messer in der Hosentasche. So ein Messer, das war etwas ungemein Beruhigendes. Vor so etwas hatte jedermann Respekt. Sogar Karim. Er hatte nicht schlecht gestaunt, als sie es ihm unter die Nase gehalten hatte.

»Wo hast du das her?«, hatte er gefragt. »Was willst du damit?«

Sie hatte gelacht. »Was will man mit einem Messer? Das solltest du doch am besten wissen.«

Wie er sie dabei angesehen hatte. Von schräg unten. Mit einem Mal war er ganz still geworden. Merkwürdig still.

Trotzdem wünschte sie sich, dass er bald wiederkommen sollte. Sie vermisste ihn so sehr, und mit jeder Stunde, die er länger weg war, glaubte sie ihn noch etwas intensiver zu lieben als zuvor.

17

Schweigend setzte er sich ans Steuer und startete den Wagen.

»Sag mal, ist was?«, fragte sie, als er den Blinker setzte und sich in den Verkehrsfluss auf der B 9 in Richtung Andernach einordnete. Hinterhuber hatte seit Beginn der Fahrt noch kein Wort mit ihr geredet.

»Was soll sein?« Er streifte sie mit einem flüchtigen Seitenblick.

»Sonst bist du doch nicht so still.«

Er antwortete nicht.

»Meine Mutter hat mich heute Morgen aus dem Schlaf geklingelt. Bei ihr im Garten liegt eine tote Taube. Die soll ich entsorgen. Sie kann das angeblich nicht.« Sie verrollte die Augen und seufzte. »Früher war mein Vater für so was zuständig.«

Hinterhuber zeigte keinerlei Reaktion. Mit zusammengekniffenen Augen sah er weiter geradeaus und schwieg. Nun gut, sie wollte niemandem ein Gespräch aufdrängen.

Auch während der weiteren Fahrt sprach er nichts mehr. Schließlich bog er in Richtung Andernacher Hafen ab. Die Werkstatt lag eingequetscht zwischen einem Kebab-Imbiss und einem Supermarkt. Auf dem Innenhof stand neben einem älteren Toyota ein silberfarbener Mercedes, dessen hintere Stoßstange eingedellt war.

Durch eine Stahltür betraten sie die Werkstatt. Noch nie hatte Franca solch eine sauber aufgeräumte Autowerkstatt gesehen. Der Steinboden war blank gefegt. Alles schien an seinem Platz. Für jede Schraubenart gab es ein eigenes Schubfach, die Werkzeuge hingen der Größe nach geordnet an Haken. Behälter mit Öl und sonstigen Flüssigkeiten waren auf Stahlregale gereiht. Hinten an der Wand stapelten sich Reifen unterschiedlicher Größe.

Das imponierte Franca. Wie man es schaffte, in all diesem Chaos aus Hunderten von Kleinteilen eine solche Ordnung zu wahren.

»Herr Müller?«, rief Franca in den Raum.

Hinter einem aufgebockten Auto tauchte ein Mann auf in einem blauen Overall, der über seinem runden Bauch spannte. Aus einem kurz geschorenen, grauen Haarkranz lugte eine spiegelblanke Glatze wie ein frisch gepelltes Osterei.

»Gibt's was Dringendes?«, fragte er und sah von Franca zu Hinterhuber. »Ich frag nur, weil ich heute ganz allein hier in der Werkstatt bin. Der Geselle hat Urlaub und der Lehrling macht mal wieder blau.«

»Es geht nicht um ein Auto«, sagte Franca.

»Nein? Worum dann?«

»Wir kommen wegen Mario Reschkamp, Ihrem Lehrling«, sagte Hinterhuber, der offenbar seine Sprache wiedergefunden hatte.

Sofort verdüsterte sich das Gesicht des Mannes. »Hören Sie mir bloß auf mit dem. Der hat sich schon seit Tagen nicht mehr hier blicken lassen.« Er nahm ein Tuch und rieb sich die Hände ab. »Was die einem heute an Azubis anschleppen, geht auf keine Kuhhaut. Denken alle, sie wären sonst wer. Ich weiß nicht, was man denen in der Schule beibringt. Pflichtgefühl? Pünktlichkeit? All das, was man uns eingetrichtert hat, darüber lachen die sich doch nur kaputt. Kein Respekt vor nichts und niemandem. Und von Arbeit wollen die doch nix wissen. Bloß nicht sich die Hände schmutzig machen.« Sein Redeschwall war kaum zu stoppen. »Der braucht mir gar nicht mehr zu kommen. Solche Leute kann ich hier nicht brauchen.«

Franca ließ ihn reden. Auch Hinterhuber machte keine Anstalten, Herrn Müllers Redestrom zu unterbrechen.

»Meine Güte, wir sind hier in einer Autowerkstatt. Da macht man sich nun mal die Hände dreckig. Und wir haben Arbeit mehr als genug. Darüber will ich mich auch gar nicht beklagen. Aber dazu braucht man nun mal Leute, auf die man sich verlassen kann.«

Mit einem Mal besann er sich und hielt inne. »Um was geht's überhaupt? Hat Mario was ausgefressen?«

»Wieso glauben Sie das?«, fragte Franca.

»Na ja«, meinte der Mann und hob die Schultern.

»Mario ist tot«, sagte Franca, während sie Herrn Müller ihren Dienstausweis hinhielt. »Gestern wurde er erstochen aufgefunden. Nicht allzu weit von hier, im Schlossgarten.«

»Nee«, sagte der Mann. Auf seinem Gesicht erschien ein unsicheres Grinsen. »Sie verscheißern mich jetzt, oder?«

»Ganz und gar nicht«, sagte sie. »Mit so was machen wir keine Scherze.«

»Jetzt bin ich aber doch platt.« Der Mann fuhr sich mit dem ölverschmierten Tuch über die Stirn, das einen dunklen Streifen hinterließ. »Also ... irgendwie schräg drauf war der ja schon ... aber ...« Er sah von Franca zu Hinterhuber. »Wissen Sie denn, wer es war?«

»Wir ermitteln«, antwortete Franca. »Da interessiert uns jede Kleinigkeit. Ist Ihnen in den letzten Tagen etwas aufgefallen? Etwas Ungewöhnliches?«

»Außer, dass er ständig blaugemacht hat, nicht«, meinte der Mann.

»Wann ist er denn das letzte Mal zur Arbeit erschienen?«, fragte Hinterhuber.

»Freitag war das. Zum Wochenende wollte er den Toyota draußen in Ordnung bringen. Der ist längst überfällig, und ich kann mich auch nicht zerteilen. Aber am Samstag ist er nicht gekommen.«

»Hat er sich entschuldigt?«

»Um Ausreden war der nie verlegen. Hat irgendwas gesagt von Unwohlsein. Wenn ich das schon höre. Unwohlsein. Da bleibt man doch nicht zu Hause.«

»Und sonst? Was war er für ein Junge?«

Der Mann legte den Kopf schräg und die Stirn in Falten.

»Na ja, er war schon ein ganz Hübscher. So einer, hinter dem alle Weiber her sind. Südländer halt. Wer auf so was steht ...« Unsicher sah er an Franca hinunter. »Ich hätte ihn über kurz oder lang rausgeschmissen. Der taugte einfach nicht für so einen Beruf. Ließ andauernd raushängen, dass er was Besseres wär. So ein richtig eitler Gockel. Allein schon die Klamotten, die er immer anhatte. Nur vom Feinsten. Und immer schwarz. Schwarz wie die Nacht. Nie was Helles dazwischen. Oder mal was Fröhliches. Wenn der seinen Blaumann anhatte, sah der ganz anders aus.«

»Wie war das mit den Mädchen?« Hinterhuber war wieder ganz bei der Sache.

»Ja, die scharwenzelten schon mal hier herum.«

»Da sind doch sicher Namen gefallen?«

Der Mann schob die fleischige Unterlippe vor. »Privat hat der nicht so viel erzählt.«

»Und wie sahen die Mädchen aus?«

»Na, wie die jungen Dinger heute halt aussehen. Die meisten waren schon ganz hübsch. Bis auf eine. Das war vielleicht eine Marke, kann ich Ihnen sagen. Die kam immer wieder, obwohl das dem Mario überhaupt nicht recht war. Hat man direkt gemerkt. Einmal hat er sie ziemlich angeschrien. Aber das hat die überhaupt nicht gejuckt, die war so was von hartnäckig, sage ich Ihnen. Eine Russlanddeutsche war das. Sprach mit so einem komischen Akzent. Und wie die zurechtgemacht war. Karottenrotes Haar. Wie Pumuckl sah die aus, und überall diese Stecker im Gesicht. Die trug auch nur so schwarze Klamotten, Netzstrümpfe und einen Rock so breit wie ein Gürtel. Ich hab mich wirklich gefragt, wie der schnieke Mario sich mit so was überhaupt abgeben konnte. Wenn er auch kein guter Lehrling war und seinen eigenen Kopf hatte, aber hübsch war er. Der konnte jede kriegen. Und diese Tussi kam immer wieder. Die ließ sich überhaupt nicht verscheuchen.«

»Hat Mario sie beim Namen genannt?«

»Wie gesagt, wir haben privat kaum was miteinander gesprochen. Aber diese Russlanddeutsche, doch … irgendwas mit 'ner Blume. Warten Sie mal. War es Iris?« Er kratzte sich an der Glatze. »Nein. Lilly. Genau. So hieß sie.« Er strahlte. Offensichtlich erfreut über sein gutes Gedächtnis. »Lilly. Eigentlich ein ganz hübscher Name. Viel zu hübsch für so eine hässliche Göre. Tätowiert war die bestimmt auch, möchte ich wetten. Und Drogen hat die genommen, da bin ich mir ziemlich sicher.«

»Wieso glauben Sie das?«

»Die hatte immer so einen stieren Blick. Außerdem sind die doch alle auf Drogen.«

»Wer alle?«

»Na, diese Russlanddeutschen. Ich frag mich, was die hier bei uns wollen. Können kein richtiges Deutsch. Und Arbeitslose haben wir mehr als genug. Die sollen doch bleiben, wo sie herkommen. Wer will die denn hier?«

Franca seufzte innerlich. Mit solcherlei Argumentation war sie nur allzu vertraut. »Der Spaghettifresser«, hatten die Leute hinter dem Rücken ihres Vaters getuschelt. Oder sie nannten ihn einfach nur den »Itaker«. Später, als sie dann mit dem dunkelhäutigen David liiert war, kam ihr mal ein hämisch geflüstertes »Aus welchem Busch ist denn der Bimbo entsprungen?« zu Ohren. Diesem Menschen wäre sie damals fast an die Gurgel gegangen. Früher konnte sie sich furchtbar über derlei Bemerkungen aufregen, inzwischen hatte sie sich abgewöhnt, irgendwelche Kommentare abzugeben. Es wäre nur verlorene Liebesmüh gewesen.

Herr Müller war aber noch nicht fertig. »Und immer wieder kommen neue aus Sibirien und Kasachstan und nehmen unseren Leuten die Arbeit weg. Da müsste man mal was tun. Andere Länder haben doch auch so was wie einen Ausländerstopp. Nur wir meinen immer, wir müssten barmherzig alles aufnehmen, was an unsere Tür klopft. Gucken sie sich doch um. Die kriegen das Geld in den Hintern gestopft. Bauen großartige Häuser. Und die Kinder von denen hängen an der Nadel.«

Herr Müller nahm wirklich kein Blatt vor den Mund. Franca suchte Hinterhubers Blick, der mit verbissener Miene neben ihr stand und kurz mit den Achseln zuckte.

»Lilly hieß dieses Mädchen also«, sagte sie knapp. »Wissen Sie denn auch ihren Nachnamen?«

Herr Müller runzelte die Brauen. »Nee, das nicht.« Seine Miene hellte sich auf. »Aber ich kann Ihnen sagen, wo sie wohnt. Das ist nicht weit von hier. Man ist ja froh, wenn man behilflich sein kann«, fügte er eifrig hinzu.

18

Im Raum war es dunkel. Ein unverputzter Gewölbekeller irgendwo unter der Erde. An den Wänden steckten in eisernen Halterungen brennende Fackeln. Rund um das Kreuz verbreiteten Kerzen ein warmes Licht.

Der nackte, geschundene Körper der Frau zuckte. Die Beine auf obszöne Weise gespreizt, war sie auf das Kreuz gefesselt. Die Kamera zoomte heran, fuhr langsam über Scham, Bauch und Brüste, bis sie in dem Gesicht der Frau verharrte. Das war schmerzverzerrt, eine bleiche Maske mit fiebrig glänzenden Augen. Kaum noch Mensch.

Vornübergebeugt und wie hypnotisiert hockte Stephan vor dem Bildschirm. Überdeutlich vernahm er die Geräusche, die aus dem Lautsprecher drangen. Begleitgeräusche eines Todeskampfes, der ein einseitiger Kampf war, wie er wohl wusste. Er spürte, wie die Gänsehaut seinen Rücken hochkroch. Seine Wahrnehmung war auf den sich windenden Körper der Frau gerichtet. Alles andere war ausgeblendet. Voller Anspannung folgte er den Bewegungen der Kamera, sah die Todesangst in ihren weit aufgerissenen Augen. Den flehenden Blick. Seinen Körper durchlief eine Hitzewelle, als ein Schemen über der Frau das Messer ansetzte und zu ritzen begann. Blut floss. Der Schrei war tierisch.

Er spürte das Adrenalin durch seinen Körper jagen. Ihm war heiß, und die Hose wurde eng. Sein Herz raste wie verrückt. Das war genau der Kick, den er gesucht hatte. Das Video bot ihm Einblick in eine Welt, die einem sonst verwehrt war. Eine aufregende, neue Welt, zu der nur wenige Auserwählte Zutritt hatten. Das dort auf dem Bildschirm war keine Animation und kein virtuelles Spiel, das war Realität. Die auf das Kreuz gefesselte Frau starb einen wirklichen Tod.

Sein Herz klopfte. Sein Blut pulsierte. Sein Glied platzte fast. In seinen Fingern kribbelte es. Die Anspannung wurde unerträglich. Er nahm einen tiefen Zug aus der Wodkaflasche. Am liebsten hätte er eine Tüte gekifft, doch sein Vater hatte ein gutes Näschen. Das letzte Mal hatte er ihm auf den Kopf zugesagt, dass es im ganzen Haus nach Haschisch roch. Man konnte nichts dagegen tun, der Geruch drang unter den Türritzen hindurch und verteilte sich im Flur. Für den Wiederholungsfall hielt sein Vater die üblichen Strafen bereit, all solche Sachen, von denen er sich erhoffte, seinen Sohn gefügig zu machen.

Stephan lachte in sich hinein. Kiffte er eben woanders. Und auf Papas Taschengeld war er schon länger nicht mehr angewiesen. Solche Filme wie diesen hier kriegte man schließlich auch nicht umsonst. Er kam sich durchtrieben vor, ein gutes Gefühl.

Er wusste, er musste vorsichtig sein. Nur ja jetzt nicht leichtsinnig werden. Und sein Lieferant hatte ihm eingeschärft, die Filme bloß nicht herumliegen zu lassen. Nein, so dumm war er nicht.

Er spulte das Video zurück. Sah sich noch einmal die Todesszene an. Weidete sich noch einmal an dem Schmerz, an der Qual, an dem Blut. Und in der gleichen Intensität, wie sich seine Augen am Bildschirm festsaugten, bearbeiteten seine Hände sein Geschlechtsteil, bis er mit lautem Keuchen zusammenzuckte.

Als er das Video ausschaltete, blieb ein schales Gefühl zurück. Er fühlte sich seltsam matt und kraftlos. Sein Hirn war leer. Weit entfernt von dem, was man gemeinhin unter Befriedigung verstand. Ein vages Schuldbewusstsein kroch in ihm hoch. Wieder einmal fragte er sich, weshalb er es eigentlich so geil fand, solche Filme anzusehen. Weshalb sie ihm ein derartiges Lustgefühl bescherten wie sonst vielleicht nur seine Computerspiele. Er stand auf und brachte seine Kleidung in Ordnung. Er wollte nicht weiter darüber nachdenken. Wahrscheinlich ging es jedem Menschen so. Es lag nun mal in der menschlichen Natur, sich am Tod anderer zu ergötzen. Früher hatte man öffentliche Hinrichtungen auf dem Marktplatz durchgeführt, Menschen auf Scheiterhaufen verbrannt oder ihnen unter allgemeinem Gejohle die Köpfe abgeschlagen. Und jedermann schaute ungeniert zu. Wer wollte da leugnen, dass das Töten den Menschen im Blut lag?

Der Unterschied war, dass die einen es zugaben und die anderen eben nicht.

19

Sie hörte das Klingeln wie durch Wolken hindurch.

Karim, dachte sie. Endlich.

Sie erhob sich, schlurfte barfuß und im T-Shirt zur Tür.

Draußen im Flur stand nicht Karim, sondern irgend so eine Tussi. Dahinter ein Mann. Die beiden rochen verdammt nach Bullen. Sie erkannte es sofort an dem falschen Tonfall in ihrer Stimme. Und an dem Blick in ihren Augen. Die sahen alle gleich aus. Rümpften die Nase und meinten, man würde es nicht sehen.

Sie sagten irgendwas. Worte, die an Lilly vorbeirauschten.

Wortlos drehte sie sich um und ging ins Zimmer zurück, ließ sich auf das zerwühlte Bett fallen.

Die beiden waren ihr gefolgt. Jetzt blieben sie vor ihr stehen und redeten auf sie ein. Das machte sie nervös. Sie richtete sich halb auf und tastete nach ihrem Tabaksbeutel, nahm ein Blättchen heraus und drehte sich eine Zigarette. Alles ganz langsam. Der Mann und die Frau blieben ruhig. Die schienen ja unendlich viel Zeit zu haben.

Den Blick schräg nach oben gerichtet, zündete sie die Zigarette an, sog gierig daran und blies den Rauch aus den Nasenlöchern. Im gleichen Moment spürte sie den Schmerz. Sie wusste, dass sie nicht rauchen sollte, wenn die Zunge entzündet war. Aber der vertraute Geschmack gab ihr Sicherheit. Etwas, woran sie sich festhalten konnte.

»Wollen Sie denn nicht wissen, weshalb wir gekommen sind?«

Lilly sah träge in die Richtung, aus der die Stimme kam, die immer weiterlaberte. Sie öffnete die Augen. Schloss sie wieder. Wie in Zeitlupe. Hob die Schultern. Starrte auf ihre schwarz gefärbten Zehennägel und sagte: »Hier finden Sie nichts.«

»Wir sind nicht von der Drogenfahndung«, sagte der Mann mit der dümmlichen Goldrandbrille. »Wo waren Sie gestern in der Zeit von zwölf bis sechzehn Uhr?«

Sie sog an der Zigarette. Spürte wieder den scharfen Schmerz. Gestern. Mittag. Sie versuchte zurückzudenken. Kriegte das nicht auf die Reihe. Was ging es diese Bullen an, wo sie gestern gewesen war?

»Hier«, sagte sie. »Ich war hier.«

»Kann das jemand bestätigen?«, wollte die Tussi wissen.

Bestätigen. Sie versuchte, ihre Gedanken zurückzulenken. Ach Scheiße, sie war den Bullen doch keine Rechenschaft schuldig.

»Warum ist das denn so wichtig?« Sie blinzelte durch die Rauchfahne hindurch.

»Sie gehören zu Mario Reschkamps engerem Umfeld.«

Mario. Ach, es ging um Mario.

»Und wenn?«, sagte sie.

»Haben Sie denn nicht verstanden? Mario wurde gestern Nachmittag tot im Andernacher Schlossgarten aufgefunden. Ermordet.«

Die Worte strömten durch ihr Bewusstsein, ohne sich irgendwo festzusetzen. Die Gesichter der beiden glitten weg. Wurden zu Fratzen, deren Münder sich öffneten und schlossen. Mit ihren Händen vollführten sie blöde Gesten. Voll bescheuert sah das aus.

Sie spürte, wie das Lachen in ihr hochstieg. Gleichzeitig versuchte sie, sich zusammenzureißen. Sie wiederholte das eine Wort. Dieses kleine Wort mit der Riesenbedeutung.

»Ermordet?« Sie hob die Brauen. Das Denken gelang nicht, löste sich auf in Nebel, der in der Nase kitzelte und sie lachen machte. Sie wusste nicht, warum. Aber sie musste einfach lachen. Über den beschissenen Gesichtsausdruck der beiden. Wie sie dastanden. Wie zwei bedröppelte Idioten.

»Er wurde erstochen. Verstehen Sie nicht? Er ist tot. Tot.« Die Stimme des Mannes war laut und klang furchtbar ernst. Beides passte nicht zusammen. Diese Ernsthaftigkeit und das Gesicht mit dieser komischen Goldrandbrille. Das lief auseinander. Die Goldrandbrille verbog sich. Sie musste noch mehr lachen.

»Das hat keinen Sinn. Die ist doch total zugedröhnt«, sagte die Frau.

»Halt bloß den Rand!« Jetzt wurde Lilly böse. Unbeeindruckt von ihren Worten ging die Frau durch den Raum. Machte sich an ihrem Regal zu schaffen.

»Hey!« Die darf das nicht. »Haben Sie einen Durchsuchungsbefehl?«, hörte sich Lilly sagen. Im Fernsehen sagten die so was immer. Die Polizei durfte nicht einfach in ihren Sachen wühlen. Das bekam sie noch auf die Reihe.

»Komm, Franca, das hat wirklich keinen Sinn.« Der Bulle wandte sich zum Gehen. »So, wie die drauf ist.«

»Morgen früh um neun Uhr sind Sie vorgeladen. Polizeipräsidium Koblenz. Ohne Dröhnung, damit das klar ist.« Die Bullen-Tussi drückte ihr ein Kärtchen in die Hand.

»Und was soll ich da?«

»Das bekommen Sie dann schon mitgeteilt.«

In der Tür stießen die Bullen mit Karim zusammen.

Karim war doch noch gekommen. Sie hat gewusst, dass er sie nicht im Stich lässt.

»Was ist denn hier los?«, sagte Karim und baute sich vor den beiden Polizisten auf.

»Kripo Koblenz. Und mit wem haben wir das Vergnügen?«

Auch ihn fragten sie nach Mario. Da waren sie bei Karim gerade an der richtigen Adresse. Lilly bemühte sich, dem Gespräch zu folgen.

Karim ging zur Stereoanlage und drehte sie voll auf. Die vertrauten Rhythmen von Slipknot durchströmten den Raum. Ein Hämmern und Stampfen. Das war Musik, die ins Blut ging. Musik, die einen alles vergessen ließ. Lilly senkte die Lider, klopfte den Rhythmus mit ihren Fingern. Aus halb geschlossenen Augen beobachtete sie, wie die beiden Bullen dastanden. Ratlos. Und genervt.

Die wussten doch sonst immer alles und taten so intelligent. Der lange Arm des Staates. Kamen sich ganz toll vor. Dabei verstanden die überhaupt nichts. Null.

»Marios Tod scheint Sie beide nicht sonderlich zu beeindrucken.«

Karim grinste und bewegte sich zu den harten Klängen.

»Der Tod ist ein Freund«, sagte er mit übertriebener Mimik. »Er macht keinen Unterschied. Egal, ob du 'ne Uniform trägst oder zerrissene Jeans. Früher oder später lädt er uns alle ein. Und uns bleibt nichts anderes übrig, als ihm zu folgen.«

Lilly bewunderte Karim für diese Aussage.

»Es war doch nur ein Mensch. Oder?«

Die Worte standen im Raum. Vermischten sich mit dem Stampfen der Musik. Ihr Echo hallte in Lillys Ohren.

20

»Mann, was macht mir mein Beruf wieder Spaß«, sagte Hinterhuber. Die Gereiztheit in seiner Stimme war unverkennbar. Franca trat hinter ihm aus dem muffig riechenden Flur auf die Straße, wo sie erst einmal tief einatmete. Die frische Luft tat gut, obwohl sie von Autoabgasen durchsetzt war.

»Wie kann man sich nur so eine Musik reinziehen? Dieses furchtbare Gedröhne macht einen ja ganz krank. Und dann immer diese wunderhübschen Beispiele von ›Schöner Wohnen‹.« Mit dem Fuß kickte er eine leere Zigarettenschachtel aus dem Weg. »Täglich mit so 'nem Gesocks, und ich häng mich auf. Die war ja so was von breit, die hat überhaupt nicht mehr durch die Tür gepasst. Und dieser Typ erst.«

»Meinst du, die ist morgen anders drauf?«, zweifelte Franca. »Wir können nur hoffen, dass sie überhaupt erscheint.«

»Wenn nicht, dann hol ich die eigenhändig ab.«

»Und was nützt uns das? Du weißt so gut wie ich, dass Aussagen nicht verwertbar sind, die unter Drogeneinfluss gemacht werden.« Sie blieben an einer roten Fußgängerampel stehen.

»Was hältst du davon, wenn wir erst mal in Ruhe einen Kaffee trinken gehen?«, fragte Franca, froh, dass er sein Schweigen ihr gegenüber aufgegeben hatte. Trotzdem, das war nicht der Hubi, den sie kannte und den so schnell nichts aus der Ruhe brachte.

»Gute Idee. Ich hab noch nicht gefrühstückt heute Morgen.«

»Ich auch nicht. Na, da schauen wir doch mal, was Andernach zu bieten hat.«

Sie fanden ein nettes, kleines Café, das direkt an die Stadtmauer gebaut war. Alt und modern war hier auf harmonische Weise miteinander kombiniert. Neben dem Café befand sich eine Galerie, die Namen der ausgestellten Künstler waren beeindruckend.

»Hübsch hier«, sagte Franca, während sie an einem freien Tisch Platz nahmen.

Das Café war mit hellen, modernen Möbeln ausgestattet. An den Wänden hingen Bilder. Im Hintergrund gab eine Kaffeemaschine zischende Töne von sich. Die Bedienung fragte freundlich nach ihren Wünschen.

Hinterhuber bestellte Tee und ein komplettes Frühstück. Darauf hätte Franca ebenfalls Appetit gehabt, doch ihrer Figur zuliebe verzichtete sie und beschränkte sich auf einen Cappuccino.

»Bediene dich, wenn du was magst.« Hinterhuber zeigte auf Brötchen, Butter und Marmelade. Er hatte nur wenig davon angerührt.

»Wieso, bist du schon satt?«

»Die Augen waren wieder mal größer als der Magen.« Er bedachte sie mit einem schiefen Lächeln. »Irgendwie hab ich keinen Appetit.«

»Sind dir diese Junkies derart auf den Magen geschlagen?«, fragte sie und nahm sich ein halbes Croissant, das sie mit Butter und Honig bestrich.

Er winkte ab und schwieg. Dann fixierte er sie. »Fragst du dich nicht auch manchmal, wozu wir uns eigentlich abrackern? Jeden Tag wühlen wir im Dreck, und alles, was dabei herauskommt, sind solche Figuren, die sich volldröhnen, die ihre Wohnung verkommen lassen und nur noch Mist im Kopf haben. Es ist doch zum Kotzen.«

Er stützte seinen Kopf in die Hände.

Franca hob ihre Tasse und trank einen Schluck. »Klar hab ich auch manchmal einen Durchhänger«, gestand sie und leckte mit der Zunge den Milchschaum ab. »Aber dann kommen auch wieder andere Zeiten. So ist das Leben, auf und ab. Hoch und runter. Müsstest du doch inzwischen kennen. Bist doch keine zwanzig mehr.«

Hinterhubers Blick ruhte auf ihr. »Manchmal beneide ich dich«, sagte er.

Franca lachte auf. »Warum? Weil ich solche weltbewegenden Erkenntnisse habe?«

Er hob die Brauen. »Du hast keinen, der dir die Hölle heißmacht, wenn du mal wieder Überstunden geschoben hast. Du hast keinen, der dich ankeift, weil du ein falsches Wort sagst und nicht geduldig und freundlich bist. Und du hast keinen, der dir mit Sauergurkenmiene vorwirft, dass du dich nie an der Hausarbeit beteiligst, keinen Müll runterträgst und keine Einkäufe erledigst.«

»Ach Gott«, sagte sie und seufzte. »Dafür muss ich all das selber machen. Und ich hab auch keinen, der mich begrüßt, wenn ich nach Hause komme, außer meinem Kater. Und der ist ebenfalls äußerst sensibel und kann mir sehr deutlich seinen Unmut zeigen.«

Er senkte den Blick und starrte auf den Tisch. Ging nicht auf ihre Bemerkungen ein.

»Ist es wirklich so unerträglich bei dir zu Hause?«, fragte sie nach einer Weile.

»Es wird immer schlimmer. Ich hab mir schon überlegt, auszuziehen. Vielleicht auch nur probehalber. So geht das einfach nicht weiter.«

»Und warum tust du es nicht? Manchmal trägt so was wirklich zur Entspannung bei.«

Er sah hoch. Ein gequälter Blick. »Ingrid ist schwanger. Eigentlich haben wir uns auf das Kind gefreut. Aber jetzt ...« Ein schnelles Blinzeln hinter der Brille. Sein Kiefer wirkte verkrampft.

»Ach«, sagte Franca überrascht. »Herzlichen Glückwunsch!« Dann lachte sie. »Aber das erklärt doch alles. Das sind die Hormone. Ingrid will beschützt werden. Sie will, dass du dich um deine Brut kümmerst. Deine Frau signalisiert dir doch nur, dass sie dich braucht.«

»Kann man das nicht auch anders signalisieren als mit ständigem Gemeckere? Je mehr sie in mich dringt, umso mehr drängt es mich, wegzulaufen. Das müsste sie doch am besten wissen.«

»Schwangere Frauen sind eine besondere Spezies, die besonders behandelt werden will. Bring ihr einen großen Strauß Rosen mit, rede mit ihr, nimm sie in den Arm, zeig ihr, dass sie dir wichtig ist, das wird sie besänftigen.«

»Hab ich alles schon probiert«, sagte er. »Sie meint dann nur, ich sei nett, weil ich ein schlechtes Gewissen habe.«

»Tja, da musst du dann jetzt durch«, meinte Franca. »Und darauf hoffen, dass wieder bessere Zeiten kommen.«

21

Sie stand am Fenster, sah über die Dächer bis zum nahen Horizont. Auf dem Hügelkamm graste ein Pferd. Im grauen Himmel darüber beobachtete sie einen großen Vogel. Ein Habicht vielleicht. Oder ein Bussard? Vielleicht war es gar kein Raubvogel, sondern nur eine große Saatkrähe. Dunkel hoben sich die Schwingen des Vogels vom eintönigen Grau des Himmels ab. Seine Gestalt wurde kleiner und kleiner, je weiter er sich von ihr wegbewegte.

Sie hatte das durchsichtige, weiße Kleid ihrer Mutter übergestreift. Die weiten Flatterärmel bauschten sich mit jeder Bewegung. Im Zimmer hing der Duft von Räucherkohle, die in dem Räuchergefäß, das sie kürzlich in einem Koblenzer Geschäft gekauft hatte, vor sich hinglimmte. Ein Geruch, der an Mamas Räucherstäbchen erinnerte und der ihr in intensiven Momenten so etwas wie Geborgenheit vermittelte.

Sie fasste unter das Bett und zog die kleine Holzkiste hervor. Es roch ein wenig muffig, als sie den Deckel hob. Ein vertrauter Geruch nach Vergangenheit und Vergänglichkeit. Fotos lagen in der Kiste. Ein paar Bücher. Briefe und Zettelchen. Die Glasperlenschnüre und das Haarband ihrer Mutter. Zerbröselte Reste von einem getrockneten, vierblättrigen Kleeblatt. Das hatte Mama gefunden und in ein dickes Buch gelegt, um es zu pressen. Als es getrocknet war, hatte sie es Davina geschenkt: »Das soll dir Glück bringen.«

Sie nahm einzelne Fotos heraus, die bereits ziemlich abgegriffen waren. Mama strahlend vor Glück mit einem kleinen rosa Bündel im Arm. Das Bündel war sie, Davina.

Mama lachend am See. Zusammen mit Davina. Da war sie vielleicht zwei oder drei Jahre alt. Mama, die den Arm hob und jemandem zuwinkte. Mama und Opa, wie sie aneinandergeschmiegt auf dem Sofa saßen. Opa hatte den Arm um Mama gelegt, während Mama seine Hand umfasste. Da war Opa schon ziemlich krank gewesen.

Mama und Davina unterm Weihnachtsbaum. Davina hielt eine große Puppe in der Hand, die ein Rüschenkleid trug.

Sie dachte daran, wie sehr sie sich ein Geschwisterchen gewünscht hatte. Und wie sie dem Storch, der angeblich die kleinen Kinder brachte, unermüdlich Zuckerwürfel auf das Fensterbrett gelegt hatte. Doch es kam niemals ein Storch angeflogen mit einer Schwester im Schnabel, die sie hätte lieb haben können.

Die Puppe, die ihr Oma zu Weihnachten schenkte, sollte wohl so eine Art Ersatz sein. Die Puppe hatte eine kühle Kunsthaut und ein starres Lächeln. Davina mochte sie nicht und sperrte sie in den Schrank.

»Das ist böse«, sagte Oma. »Und böse Mädchen mag niemand leiden. Böse Mädchen kriegen nie einen Mann. Und du willst doch mal heiraten und Kinder kriegen später, oder?«

»Was erzählst du dem Kind für einen Schwachsinn«, sagte ihre Mutter. »Hör bloß nicht hin, Davina.«

Und Opa sagte: »Was müsst ihr euch denn immer streiten? Könnt ihr nicht einmal an Weihnachten friedlich miteinander umgehen?«

Sie schloss die Augen. Versank immer tiefer in der Vergangenheit.

»Mama, ich hätte so gern eine Schwester. Warum bekomme ich keine Schwester?«

Mama lachte ihr dunkles Lachen. »Warum ist die Banane krumm? Schwestern nerven nur. Komm, ich les dir eine Geschichte vor. Oder soll ich dir was auf dem Klavier vorspielen?«

Wenn Davina sich stark konzentrierte, sich ganz dem Augenblick hingab, fühlte sie Mamas Arme um sich, die sie festhielten und wiegten.

»Du bist meine kleine Zigeunerprinzessin. Und du bist etwas ganz Besonderes«, flüsterte Mamas Mund nah an ihrem Ohr. »Wir bleiben immer zusammen, wir beide. Uns kann nichts trennen. Daran musst du ganz fest glauben.«

Der Vogel am Himmel, der sich immer weiter wegbewegt hatte in ein Universum, das jenseits der Sichtbarkeit lag, war nicht mehr wahrnehmbar.

Warum gelang es nicht, die wichtigen Dinge festzuhalten? Warum konnte man nicht die Zeit anhalten? Warum verschwand alles, bevor man es noch recht begriffen hatte?

Davina spürte, wie die Tränen hervortraten und langsam ihre Wangen hinunterrollten.

»Mama, wo bist du?«, flüsterte sie. »Wann kommst du denn endlich?«

22

Hunderte von Erinnerungen stürmten auf Franca ein, als sie durch das kleine Gartentor trat und den schmalen, mit Waschbetonsteinen ausgelegten Pfad entlanglief. Hier in diesem Haus mit der hohen Ligusterhecke im Koblenzer Stadtteil Pfaffendorf war sie aufgewachsen. Ein Hort absoluter Geborgenheit.

Die Zeit schien stehen geblieben zu sein. Hier kannte sie jedes Zimmer und jeden Winkel. Und jedes Türknarren war ihr vertraut. Die gerüschten Vorhänge in den Fenstern waren seit jeher die gleichen. Nur die Blumentöpfe auf den Fensterbänken wurden ab und an ausgetauscht, wenn eine der langjährigen Pflanzen eingegangen war.

Ansonsten hatte ihre Mutter alles so belassen wie vor dem Tod ihres Vaters, der schon länger als dreißig Jahre zurücklag. Und noch immer stand sein Name auf dem von Patina überzogenen Messingschild neben der Klingel. Francesco Mazzari.

Die Haustür öffnete sich mit einem leichten Scharren. Im Türspalt erschien die schmale Silhouette ihrer Mutter. Sie trug einen wadenlangen Rock und einen hellbeigen Strickpullover. Im Hintergrund lief leise Musik. Der Trientiner Bergsteigerchor. *La Montanara*. Musik, die Franca durch ihre Kindheit begleitet hatte. Ihr Vater, der aus dem Trentino stammte, hatte mit diesen Liedern, die er auswendig konnte, ein Stück seiner italienischen Heimat ins Haus geholt.

»Hallo, Franca.« Mit einem schmalen Lächeln im Gesicht trat ihre Mutter auf sie zu. »Schön, dass du so schnell gekommen bist.« Die Fältchen in ihrem Gesicht tanzten. Ihr dunkles Haar hatte lange seine Ursprungsfarbe behalten, doch inzwischen überwog das Grau. Beherzt umarmte sie ihre Tochter und drückte sie an sich. Franca roch den vertrauten Geruch, den sie ausströmte, eine Mischung aus Lavendel und Vanille.

»Willst du was essen? Auf dem Herd steht Bollito misto. Ich kann dir gern was aufwärmen.«

Bollito misto. Der Eintopf war eines der Lieblingsgerichte ihres Vaters gewesen. Stolz hatte er stets behauptet, niemand koche Bollito misto so gut wie seine Frau. Einen kurzen Moment fühlte Franca sich wieder wie das kleine Mädchen von damals.

»Weißt du, ich hätte dich ja nicht mit dieser toten Taube behelligt, aber ...« Ihre Mutter holte Luft. »Ja, wenn dein Papa noch lebte.«

Noch nach mehr als dreißig Jahren dieser Satz. Manche Dinge änderten sich nie. Schon öfter hatte Franca sich gefragt, warum ihre Mutter sich in dieser langen Zeit keinen neuen Mann gesucht hatte. Sicher hatte es den einen oder anderen Verehrer gegeben. Auch jetzt noch im Alter war sie eine attraktive Frau. Aber im Laufe der Jahre war ihr Vater fast zu einem Heiligen stilisiert worden, dem offenbar kein anderer Mann das Wasser reichen konnte. »Mein Franco«, hieß es immer. »Wenn mein Franco das noch erleben dürfte.« Dabei hatten die beiden durchaus ihre Kämpfchen miteinander ausgefochten. Aber je mehr die Zeit verging, desto glatter und gefälliger war das Bild ihres Vaters in den Augen seiner Frau geworden. Franca war aufgefallen, dass sie sich in letzter Zeit noch mehr in die Vergangenheit zurückzuziehen schien als sonst.

Ihre Mutter löste sich aus Francas Armen, schritt entschlossen durch den Flur ins Wohnzimmer und öffnete die Terrassentür, die in den kleinen Garten hinter dem Haus führte. Rechts in der Ecke hatte früher ein Sandkasten gestanden und in den Ästen des knorrigen Apfelbaums eine Schaukel gehangen. Sie erinnerte sich daran, wie das Licht an sonnigen Tagen auf den Rasen fiel und goldene Sprenkel zwischen den Grashalmen bildete.

Wie gern hatte sie hier als Kind verweilt, sich weit auf der Schaukel zurückgelehnt, in die Wipfel der Bäume und den blauen Himmel dahinter geschaut, den vorbeiziehenden Wolken nach. Ein Bild, das sich mit jeder Schaukelbewegung veränderte.

»Dort hinten am Zaun liegt sie. Ich kann gar nicht hinschauen.« Ihre Mutter presste die Lippen aufeinander. »Weißt du, ich habe gesehen, wie die Nachbarskatze ihr aufgelauert hat. Dieses Viech, das ich eh nicht leiden kann, weil sie mir immer auf den Rasen scheißt. Ja, ist doch wahr. Also, diese Katze hat eine regelrechte Verfolgungsjagd veranstaltet. Immer wieder ist sie der Taube nachgeschlichen und wollte ihr an den Hals. Das hat die ein paar Mal gemacht, bis die Taube nicht mehr fliegen konnte. Und gestern Abend, als ich nochmal kurz raus bin, lag sie da. Zerfleddert … ekelhaft.«

»Okay, ich kümmer mich drum.«

Franca trat auf die Terrasse und lief durch das feuchte Gras bis zum nahen Zaun, der mit wucherndem Efeu bewachsen war. Davor lag der Vogeltorso, drumherum waren ein paar lose Federn verstreut. Der Kopf fehlte. Die Nachbarskatze hatte ganze Arbeit geleistet.

Ihre Mutter hielt bereits eine Kehrschaufel in der Hand. »Ich bin dir sehr dankbar, dass du das machst. Ich hätte das einfach nicht gekonnt.«

Franca nahm die Schaufel und hievte die Taube darauf. Widerwillen durchlief sie, als sie unter dem harten Blech den weichen, nachgiebigen Tierkörper spürte. Mit dem Taubentorso auf der Schaufel ging sie ums Haus herum zum Mülleimer. Sie warf die Taube hinein und deckte ein paar Zeitungen darüber.

»So, erledigt«, sagte sie, als sie zurückkam.

Ihre Mutter zuckte mit den Mundwinkeln.

»Ich hab sie zugedeckt, damit du sie nicht siehst, wenn du das nächste Mal an den Mülleimer gehst.« Im Bad wusch sie sich die Hände.

»Kommst du mit in die Küche? Ich hab den Herd schon angemacht!«, rief ihre Mutter durch die halb geöffnete Tür.

»Tut mir leid, Mama. Ich muss gleich wieder los.«

»Du willst wirklich nichts essen?«

»Du weißt, dass ich dein Bollito misto sehr mag. Aber die Arbeit ruft.«

»Habt ihr einen neuen Fall?«, fragte die Mutter. Franca wusste nicht recht, ob es echtes Interesse war oder einfach nur höfliche Konversation. Wie man es früher mit der Kundschaft tat. Lächeln und ein paar nette Worte – das war die Zauberformel ihres Vaters gewesen. Für die Stammkundschaft in seinem Delikatessenladen offenbar genau das richtige Rezept, denn man kam gern zum Italiener in den Entenpfuhl. Ihre Mutter, die manchmal aushalf, hatte sich angepasst. Viel Zeit für die kleine Franca war nie gewesen. Stets ging die Arbeit vor. Aber sie hatte sich immer geliebt gefühlt. Vielleicht von ihrem Vater ein kleines bisschen mehr als von ihrer Mutter.

»Ein toter junger Mann. Wir wissen noch nicht viel«, beantwortete sie die Frage ihrer Mutter.

»Hier in Koblenz?«

»Nein«, sagte sie. »In Andernach.« Noch bevor ihr die Tragweite des Ortsnamens bewusst wurde, war er bereits ausgesprochen. Sie behielt ihre Mutter im Blick. Wie sie wohl darauf reagierte?

»So, in Andernach«, sagte ihre Mutter mit diesem spröden Klang in der Stimme, den Franca kannte.

Sie standen sich gegenüber, Mutter und Tochter. Franca hatte nie mit ihrer Mutter reden können über die schrecklichen Wochen, die dem Tod ihres Vaters gefolgt waren. Diesem Gefühlswust aus Trauer, Verlust und Verzweiflung. Damals hatte sich ihre Mutter aus dem Leben zurückgezogen und in ihrer eigenen Welt eingesponnen, zu der sie niemandem Zutritt gewährte. Auch nicht ihrer

Tochter, die ebenso unter dem plötzlichen Verlust ihres geliebten Vaters litt und nicht wusste, wohin mit ihrem Schmerz. In dieser Zeit war ein Bruch durch Francas Leben gegangen, der nie wieder gekittet werden konnte. Während ihre Mutter in der Landesnervenklinik in Andernach behandelt wurde, wie der damalige Name der heutigen Rhein-Mosel-Fachklinik lautete, wurde Franca von einer älteren Tante betreut. Sie hatte diese Zeit der Einsamkeit so gut es ging verdrängt, als sie aus ihrer gewohnten Umgebung gerissen worden war und Vater und Mutter zugleich verloren hatte. Die Zeit heilte nicht alle Wunden. Sie bedeckte sie höchstens mit Schorf, der jederzeit von Neuem aufbrechen konnte.

»Franca, ich würde gern noch was anderes mit dir besprechen«, begann ihre Mutter zögerlich und sah sie unsicher an. »Das hier« – ihre Mutter machte eine ausholende Handbewegung, die Haus und Garten mit einschloss – »wird mir alles zu viel.« Abwartend blickte sie Franca an.

O nein, dachte sie, nicht jetzt. Nicht *dieses* Thema.

»Ein anderes Mal, Mama. Ich muss jetzt wirklich los«, sagte sie. »Aber bald komme ich wieder vorbei, dann reden wir in Ruhe.«

»Das sagst du immer«, erwiderte ihre Mutter leise. Die Enttäuschung war ihr deutlich anzumerken. »Du weißt doch, ich werde nicht jünger.«

»Irgendwann werden wir Zeit dafür finden, ja?« Sie strich ihr über die knittrige Wange, die sich ganz weich anfühlte. »Mach's gut, Mama.«

Schon einmal hatte ihre Mutter ihr den Vorschlag gemacht, zu ihr ins Haus zu ziehen. Ein Vorschlag, der

Franca Kopfzerbrechen bereitete. Keine Frage, ihr Elternhaus lag in einer wunderschönen Umgebung inmitten eines Hanges, der sich zum Rhein hinunterzog. Den Fluss selbst konnte man von hier aus nicht sehen, nur erahnen. Die Nachbarhäuser waren umgeben von gepflegten Vorgärten. Es war ruhig hier. Eine schmale Straße mit breiten Bürgersteigen sorgte dafür, dass die Autos langsam fuhren. Über die vielfach mit Schiefer gedeckten Häuser hinweg bemerkte Franca die kleine Kirchturmspitze, die zum Kloster Bethlehem gehörte. Sie musste lächeln, als sie daran dachte, wie sie früher der festen Überzeugung gewesen war, das Jesuskind sei ganz in der Nähe ihres Elternhauses geboren worden.

Als einzige Tochter fühlte sie sich für ihre Mutter verantwortlich, natürlich. Aber ihr Leben war weitergegangen und das ihrer Mutter war stehen geblieben. Eine Rückkehr in dieses Haus würde einen Rückschritt bedeuten. Einen Rückschritt in Enge und Abhängigkeit. Aber vielleicht auch in eine gewisse Art von Geborgenheit. Das musste gut gegeneinander abgewogen werden.

Hinter ihr fiel das Gartentor ins Schloss.

23

Hinterhuber trat scharf auf die Bremse. Ein anderer Autofahrer hatte ihn geschnitten und dabei nur knapp verfehlt. »Du Idiot, pass doch auf!« Wütend drückte er auf die Hupe. Der andere zeigte ihm den Vogel.

»Das ist Beamtenbeleidigung, Freundchen!«, rief Hinterhuber aufgebracht. Und zu Franca gewandt: »Schreib die Nummer auf.«

»Na, na«, meinte Franca beschwichtigend. Hubis Fahrstil war schon mal besser gewesen. Er wirkte nervös und unkonzentriert. Gerade waren sie beide Zeugen der Obduktion von Mario Reschkamp gewesen. Ein Prozedere, um das sich Franca nicht gerade riss, das es ihnen als ermittelnde Kriminalisten aber ermöglichte, sich ein genaueres Bild von der Todesursache und vom Ablauf der Tat zu machen.

Diese Leiche hatte allerdings nur wenig über den Mörder verraten, obwohl Irene Seiler ihre Arbeit sorgfältig erledigt und ihnen alles Notwendige erklärt hatte. Sie hatten erfahren, dass aufgrund der Wundwinkel die Tatwaffe ein zweischneidiges Messer oder ein Dolch mit scharfen Klingen gewesen sein musste. Mindestens zwanzig Zentimeter lang. Damit hatte der Täter neunundzwanzig Mal auf sein Opfer eingestochen. Hauptsächlich im Genital-, Bauch- und Rumpfbereich. Die Stichwucht und Intensität musste enorm gewesen sein. Verstorben war Mario Reschkamp durch Verbluten nach innen und außen.

»Erstaunlich ist, dass er sich quasi nicht gewehrt hat. Es gibt kaum Abwehrspuren. Diese Messerattacke muss ziemlich unvermutet gekommen sein.« Irene Seiler hatte sich mehrmals verwundert über diese Tatsache geäußert.

Die Vermutung, dass Mario kein Heroinkonsument gewesen war, hatte sich bestätigt. Lediglich Cannabisrückstände konnten in seiner Lunge nachgewiesen werden.

»Was ist?« Hinterhuber drehte sich zu ihr hin.

»Was soll sein?«

»Willst du nicht das Kfz-Kennzeichen von diesem Idioten aufschreiben?«

Sie verrollte die Augen. »Du warst es, der Gas gegeben hat, als er zum Überholen ansetzte.«

»Na und?« Es ruckte hart, als er in den höheren Gang schaltete.

»Du musst deinen Frust nicht an dem armen Auto auslassen«, meinte sie beschwichtigend. »Das bricht doch sowieso schon bald zusammen.«

Er schwieg verbissen.

»Wenn du reden willst, ich hab ein offenes Ohr.« Es waren noch gut fünfzig Kilometer bis Koblenz. Zeit genug für ein längeres Gespräch. Reden half immer. Besonders mit vertrauten Menschen. Danach fühlte man sich besser. Das war zumindest ihre Erfahrung.

Es hatte zu regnen begonnen. Einzelne Regentropfen klatschten auf die Vorderscheibe. Hinterhuber schaltete die Scheibenwischer ein. Sofort schoben sich die Wischerarme von links nach rechts und verschmierten für einige Momente die Sicht.

»Mist, verdammter«, fluchte er.

Franca wunderte sich immer mehr. Hinterhuber drückte sich normalerweise sehr manierlich aus. Bevor ihm ein Fluch über die Lippen kam, musste schon einiges passiert sein. Auch dass er jeden Morgen zerknittert und zerfurcht ins Büro kam und wirkte, als ob er kaum oder gar nicht geschlafen hätte, beunruhigte sie.

»Dein Stress zu Hause ist nicht besser geworden, oder?«, fragte sie vorsichtig. Seine Kiefer mahlten.

Nach einer Weile sah er kurz zu ihr hinüber. »Eben im Obduktionssaal ist mir wieder mal klar geworden, wie schnell alles geht.«

Etwas in seiner Stimme alarmierte sie.

»Was macht das eigentlich für einen Sinn, ständig Menschenmaterial zu produzieren? Damit wehren wir uns doch nur gegen das Unabänderliche. Nämlich, dass wir irgendwann auch mal unter die Erde kommen. Und wozu die ganze Schinderei?«

Sie warf ihm einen besorgten Blick zu. Das klang nicht nur nach Frust, das klang nach ausgeprägter Lebenskrise.

»Weißt du, so ein neues Menschenkind ist etwas Wunderschönes«, sagte sie sanft. »Wenn man so ein Neugeborenes im Arm hält, kann man gar nicht richtig begreifen, wie die Natur so etwas schaffen konnte. So winzig und perfekt und mit allem drum und dran. Ich werde nie vergessen, als ich Georgina zum ersten Mal auf dem Bauch liegen hatte. Direkt nach der Geburt. Ein Wahnsinnsgefühl, an das so schnell nichts rankommt.«

Sie lächelte. Es war wirklich ein Wahnsinnsgefühl gewesen. Und die Nacht, als sie, David und Georgina im Krankenzimmer vereint waren, hatte sich ihr unauslöschlich ins Gedächtnis gebrannt. Damals hatte sie ganz fest daran geglaubt, dass nichts auf der Welt diese Dreieinigkeit je wieder trennen könnte. Sie waren eine Familie, etwas, das zusammengehörte. Aber wie anders war dann doch alles gekommen. Sie wünschte Hubi von Herzen, dass er ebenfalls diese wundervolle Erfahrung machen durfte. Und vor allem wünschte sie ihm den Erhalt seiner Familie.

»Ingrid ist so abweisend. Ich darf sie überhaupt nicht mehr anfassen. Sobald ich in ihre Nähe komme, gibt sie mir auf ziemlich eindeutige Weise zu verstehen, dass sie ihre Ruhe haben will. Nichts kann man ihr recht machen. Ich hab schon ewig nicht mehr in meinem eigenen Bett geschlafen. Und die Couch im Wohnzimmer ist ziemlich unbequem.« Er schüttelte resigniert den Kopf. Dann sah er zu Franca hinüber. »Warst du auch so?«

»So genau weiß ich das nicht mehr, aber gereizt war ich schon auch hin und wieder. Das ist normal. Ich meine, in dieser Zeit geht ja einiges vor im Körper einer Frau.«

»Ich dachte, Frauen werden gelassen und weise während einer Schwangerschaft.« Er lächelte gequält.

»Jede reagiert nun mal anders.« Franca legte die Hand auf seinen Arm. »Zeig ihr, dass sie dir wichtig ist. Dass du Anteil nimmst und dass dir ihre Sorgen nicht egal sind.«

»Wie soll das denn gehen, wenn sie mich andauernd nur anraunzt? Ich weiß ja selbst, dass mein Beruf mich auffrisst und dass sie allen Grund zum Klagen hat. Aber meine Güte, sie hat doch gewusst, dass sie einen Polizisten heiratet und keinen Beamten, der pünktlich um fünf Uhr alles fallen lässt. Ich gebe mir echt alle Mühe. Aber …« Hilflos brach er ab.

»Das legt sich wieder, wenn das Kind erst da ist.«

»Weißt du, was du da sagst? Sie ist doch erst im vierten Monat.«

»Du musst Geduld mit ihr haben.«

»Du hast gut reden. Ich bin doch auch nur ein Mann.«

Inzwischen hatten sie Koblenz erreicht. Gerade überquerten sie die Europabrücke. Auf der linken Seite ragte das Polizeipräsidium auf.

»Es wird vorbeigehen«, sagte Franca bestimmt. »Jetzt, wo Georgina so lange in Amerika war, wird mir bewusst, wie schnell alles vorübergeht. Manchmal frage ich mich, wo bloß die Jahre geblieben sind. Es war doch erst gestern, dass sie so ein kleiner Fratz war, der um mich herumgewuselt ist. Einfach war es übrigens nie mit ihr. Sie war ganz schön anstrengend. Trotzdem bin ich sehr froh, dass ich sie habe. Sie hat mir natürlich auch vorgeworfen, dass ich noch keine Zeit hatte, mit ihr zusammenzusitzen, seit sie wieder hier ist. Aber heute Abend ist es endlich so weit. Und davon lasse ich mich durch nichts und niemanden abhalten.«

24

Ihre Hand zitterte ein wenig, als sie mit der Athame den Bannkreis um den kleinen Altar zog. Sie hielt den Blick fest auf das Foto ihrer Mutter gerichtet, während sie die Ritualworte wie ein Gebet vor sich her sprach.

»Bitte sprich mit mir, Mama«, flehte sie. Doch es kam keine Antwort. Man muss Geduld haben, mahnte sie sich. Sie steckte den Zeigefinger in den Mund und knabberte am Nagel. Wie lange musste sie denn noch warten? Dann stand sie auf und lief unruhig im Zimmer hin und her.

»Mama, warum sprichst du nicht mit mir?«, rief sie mit weinerlicher Stimme, setzte sich wieder vor den Altar, schloss die Augen und lauschte. Da war ein ferner Klang, ganz leise noch.

»Aber Zigeunerprinzessin, ich spreche doch mit dir. Du musst dich richtig konzentrieren, dann kannst du mich auch verstehen.«

Hinter ihren geschlossenen Lidern sah sie, wie ihre Mutter die Arme ausstreckte. Wie Flügel. Ihre weiten Ärmel flatterten im Wind. Sie schwebte auf Davina zu, aber sie war immer noch viel zu weit weg.

»Es ist alles so schrecklich. Und es wird jeden Tag schlimmer. Ich halte es nicht mehr aus. Oma ist die Pest. Sie mäkelt nur noch an mir herum«, sprudelte sie hervor.

»Lass dir bloß nichts gefallen, hörst du? Man wird krank, wenn man sich alles gefallen lässt. Ich weiß, wovon ich rede.«

Davina schluckte. »Was soll ich denn tun?«

»Komm zu mir.« Das war ein Raunen. »Komm her. Es ist nicht weit. Und es ist wunderschön hier.«

»Wo bist du?«

»Ich bin dort, wo die blaue Blume wächst. Ein magischer Ort. Du erinnerst dich doch an die blaue Blume, von der ich dir so viel erzählt habe?«

»Ja. Aber wo ist das?« Davinas Zähne gruben sich in die Unterlippe.

»Das musst du schon selbst herausfinden. Du bist doch klug und hast Phantasie. Hast du vergessen, was ich dir erzählt habe über Freiheit und Phantasie? Dass das die kostbarsten Güter sind, die ein Mensch hat.

Lass dir von niemandem vorschreiben, wie du zu leben hast. Finde deinen Weg, auch wenn er schmerzlich und nicht ganz einfach ist. Du kannst dich auf mich verlassen.«

Ein kleiner Hoffnungsschimmer flackerte auf. Eine Wärme breitete sich in ihrem Körper aus, die das Gefühl der Hilflosigkeit und des Alleinseins verdrängte. Bald würde sich etwas verändern. Sie spürte es. Bald würde sie Antwort erhalten auf all die drängenden Fragen, die in ihrem Inneren brannten. Und ihre Mutter würde ihr dabei helfen.

»Erinnerst du dich an das Gedicht von den Sternblumen?«

Davina nickte. Sofort sah sie die Wiese oberhalb des Laacher Sees vor sich, ihren Geheimplatz. Dort saß sie zusammen mit ihrer Mutter, die ihr eine Pusteblume hinhielt. Ein Moment voller Kinderglück. Seit Mama weg war, wusste sie nicht mehr, was Glück bedeutete.

»Das ist es, was du dir bewahren musst: die schönen Momente. Aber du darfst nicht stehen bleiben. Du musst immer weitergehen. Wenn dir jemand wehtut, dann schlag zurück. Wehr dich, wenn du verletzt wirst, schlucke nichts hinunter.«

Davina krümmte sich vor dem Altar wie ein Embryo. »Ja«, sagte sie. »Aber es ist so schwer.«

Manchmal dachte sie, sie ließe sich nichts gefallen. Und dann wieder, dass sie sich viel zu viel gefallen ließ.

»Ich hab's auch geschafft, Zigeunerprinzessin. Jetzt bin ich frei. Frei.«

Etwas verhakte sich in Davinas Kopf. Etwas, das mit dem Sternblumen-Gedicht zu tun hatte. Wie lautete die Zeile? Sie schlug den abgegriffenen Band mit den Gedichten auf, blätterte darin. Da war es: »*Erklär mir, Liebe*« von Ingeborg Bachmann. Davina las sich das Gedicht laut vor.

Dein Hut lüftet sich leis, grüßt, schwebt im Wind, / dein unbedeckter Kopf hat's Wolken angetan, / dein Herz hat anderswo zu tun …

Eine weitere Erinnerung blitzte auf. Sie sah sich und ihre Mutter auf einer Sommerwiese inmitten von Gänseblümchen. Ihre Mutter trägt einen Sonnenhut, der helldunkle Schatten auf ihr Gesicht malt. Ihr Mund lächelt. Sie spürt, wie Mamas Finger ihre Haare berühren.

Davina las weiter. Sie sah das Gedicht mit ganz neuen Augen. Manche Zeilen kamen ihr bekannt vor, von anderen wiederum dachte sie, dass sie sie nie zuvor gehört oder gelesen hätte.

»*… von Flocken blind erhebst du dein Gesicht, / du lachst und weinst und gehst an dir zugrund.*«

Mama hatte gelacht und geweint.

Davina hatte gelacht und geweint.

Bilder kamen ihr in den Sinn, die sie nicht sehen wollte.

Du gehst an dir zugrund.

Ein Zittern lief durch ihren Körper. Ihr Kopf war bleischwer. Ihr Herz stieß an die Rippen. Sie fühlte, wie die Tränen kamen, aber ihre Augen blieben trocken. Sie weinte nach innen.

»Mama, ich hab Angst«, formten ihre Lippen. »Angst

vor der Dunkelheit. Angst vorm Leben. Angst vorm Tod. Angst vorm Alleinsein. Die Angst drückt mir aufs Herz und auf die Brust, sie schnürt mir die Luft ab … Da ist ein Riss in meinem Innern. Ich bin so verwirrt, Mama, ich schaff's einfach nicht mehr. Ich halt es nicht mehr aus. Es wird mir alles zu viel. Hilf mir doch, bitte.«

Tränen rannen die Wangen hinunter, als sie die Augen öffnete. Wenn Mama jetzt da wäre, würde sie die Tränen wegküssen.

Das würdest du doch. Oder, Mama?

Sie sah auf die Athame in ihrer Hand und dachte daran, wie sie ihre Mutter mit dem Messer gesehen hatte. Sie selbst hatte dies ebenfalls schon öfter getan. Manchmal war das eine Lösung. Zumindest half es, den Druck zu lindern. Sie fühlte die kalte Spitze der Klinge auf ihrer Haut.

Bin ich wie du, Mama?

Bin ich dein Ebenbild?

25

»Er klingt wie ein kleiner Motor«, sagte Georgina. Es war ein Bild der Harmonie, wie Georgina dasaß mit der schnurrenden Katze auf dem Schoß.

Mutter und Tochter hatten zusammen Spaghetti Carbonara gekocht und zu Abend gegessen. Das hatte sich Georgina gewünscht. Nun genoss Farinelli offensichtlich die Streicheleinheiten, die er in reichlichem Maße erhielt.

Georgina hob den Kopf. »Weißt du, was ich komisch finde? Dass er überhaupt nicht gefremdelt hat. Wo er doch sonst so scheu ist. Immerhin war ich ja ziemlich lange weg«, sagte sie.

»Zu Männern kann er ausgesprochen biestig sein. Frauen gegenüber hat er mehr Vertrauen.« Franca lachte, als sie daran dachte, dass Farinelli einen ihrer Liebhaber regelrecht in die Flucht geschlagen hatte. Knurrend und mit gesträubtem Fell war er auf den armen Kerl losgegangen, der nicht recht wusste, wie ihm geschah. »Mit deinem eifersüchtigen Kater will ich es nicht aufnehmen«, meinte er noch, bevor er sich auf Nimmerwiedersehen verabschiedete. Allerdings war es um den Mann nicht sonderlich schade gewesen.

»Wieso hat Farinelli Frauen gegenüber mehr Vertrauen?« Georgina runzelte die Stirn.

»Ich glaube, das hat was mit seiner Vergangenheit zu tun.«

»Du meinst, weil du ihn damals aus dieser Mülltonne gefischt hast?«

Franca nickte. »Wahrscheinlich war es ein Mann, der ihn da hineingesteckt hat. Ich nehme an, dass Farinelli misshandelt wurde. So furchtbar, wie er ausgesehen hat.«

»Ich verstehe einfach nicht, wie man sich an so einem Tierchen vergreifen kann«, sagte Georgina aufgebracht. In ihren Augen blitzte es böse. »Typen, die so was machen, sollten mal am eigenen Leib zu spüren bekommen, wie sich das anfühlt.« Sie beugte sich näher zu Farinelli und strich ihm mit einer zärtlichen Bewegung über sein glänzendes Fell, als ob sie etwas an ihm wiedergutmachen wollte. Sein Schnurren wurde noch lauter.

Franca dachte kurz daran, dass es eine Katze war, die die Taube im Garten ihrer Mutter gejagt und getötet hatte. Fressen oder gefressen werden, darauf lief vieles hinaus. Und immer kam es darauf an, wer der Stärkere war.

»Ich finde es echt gut, dass du Farinelli behalten und nicht ins Tierheim gegeben hast.«

»Daran gedacht hatte ich natürlich schon. Besonders, wenn er wieder mal in die Ecke geschissen hatte.« Franca lachte. »Es hat mich ein ordentliches Stück Erziehungsarbeit gekostet. Aber irgendwann hat er gelernt, dass es ein Katzenklo gibt. Und letztendlich bin ich sehr froh, dass ich ihn habe. Da wartet wenigstens ein Lebewesen auf mich, wenn ich nach Hause komme.«

»Jetzt bin ich ja auch wieder öfter da. Aber vielleicht gefällt dir das gar nicht«, meinte Georgina und lächelte spitzbübisch.

»Doch, das gefällt mir ausgesprochen gut.« Francas Blick ruhte liebevoll auf ihrer Tochter. Das Mädchen strahlte Freude und Selbstbewusstsein aus. Und sie war so hübsch mit ihrer milchkaffeebraunen Haut, der schlanken Figur und den in weichen Wellen gelegten Haaren. Sie konnte sich kaum sattsehen an ihr.

Wie sehr hatte sie sich dieses Kind gewünscht. Vor ihrem geistigen Auge flackerte eine kleine Episode auf. Während eines Spaziergangs im Arboretum, dem botanischen Garten von Seattle, hatte ein Mann unvermittelt die Hand auf ihren runden Bauch gelegt und gesagt: »*God bless you and your unborn child.*«

Sie war ziemlich überrascht gewesen und hatte nicht recht gewusst, was sie davon halten sollte. Doch es hatte herzlich geklungen. Aufrichtig. David hatte gelacht und gesagt: »Ja, so sind wir eben, wir Amerikaner.« So vieles hatte sie von ihrem früheren Mann gelernt. Dazu gehörte eine neue Sichtweise auf altvertraute Dinge, die sie etliche ihrer Vorurteile über Bord werfen ließ. Die Jahre mit David gehörten untrennbar zu ihrem Leben und verloren nichts an Wert, auch wenn sie und ihr Mann sich entschlossen hatten, getrennte Wege zu gehen.

»Weißt du noch, wie du mir früher diese Schnurrdiburr-Geschichten erzählt hast? Vom kleinen Kater und dem kleinen Kätzchen und der Katzenfamilie mit den vielen Kinderchen. Danach konnte ich immer gut einschlafen. Ich habe mir dann vorgestellt, ich wäre so ein Katzenkind und wohnte mit der lieben Katzenfamilie zusammen, die mich hätscheln und pflegen würde und die immer Zeit für mich hätte.« Unablässig strich Georgina über Farinellis glänzendes Fell, der ihr Streicheln mit unverändert lautem Schnurren beantwortete.

»Ich erinnere mich gut an deine gemalten Kätzchen, die sich aneinanderkuscheln.« Franca lächelte, als sie an die krakeligen Vierbeiner dachte, die eine Zeit lang die Küchenwand schmückten.

»Ja, damals hätte ich mich gern in ein Kätzchen verwandelt, das alle lieb haben, das auf den Schoß genommen und gestreichelt wird.«

»Du meinst, du hast dich oft einsam gefühlt?« Sofort meldete sich Francas schlechtes Gewissen. »Ich weiß ja, dass du dich ziemlich oft darüber beschwert hast, dass mein Job immer vorging.«

»Ja, das stimmt auch.« Georginas Miene war ernst. »Ich wollte, dass du ein schlechtes Gewissen bekommst. Schließlich soll man sich um seine Kinder kümmern, wenn man schon welche in die Welt setzt.«

Franca sah ihre Tochter unsicher an. »Habe ich mich wirklich zu wenig um dich gekümmert?«

»Manchmal schon.«

Plötzlich begann Georgina zu prusten. »Jetzt mach nicht so ein Gesicht. Ich hab's ja überlebt. Und ich meine schon, dass ein ziemlich lebenstüchtiger Mensch aus mir geworden ist, nicht wahr, Farinelli?« Der Kater stellte die Ohren auf und streckte seine Pfoten nach ihr aus. »Hey du, das tut weh!«, tadelte sie ihn. »Ich weiß, dass du nur spielen willst, aber du hast ganz schön scharfe Krallen.« Sie griff nach ihrem Orangensaft und nippte daran.

Franca hatte ein Glas Riesling vor sich stehen. Georgina mochte keinen Alkohol. Das behauptete sie wenigstens ihrer Mutter gegenüber.

»Gina«, hob Franca nach einer Weile an. »Hast du eigentlich jemals Drogen genommen?«

Georgina hielt in ihrer Bewegung inne. Sie sah ihre Mutter an, als ob sie nicht recht verstünde, was die Frage sollte. »Kommt jetzt Aufklärungsunterricht?

Mama, den hatten wir bereits in der Schule. Schon vergessen?«

Sie erwiderte nichts.

Georgina verrollte die Augen. »Eine Spritze oder so würde ich mir niemals freiwillig in den Arm drücken, das müsstest du doch wissen. So, wie ich dich immer beim Kinderarzt blamiert habe.«

Franca lächelte, als sie an die kleine, schreiende Furie an ihrer Hand dachte, die kaum zu bändigen war, besonders dann nicht, wenn eine Impfung anstand. »Ja, du konntest eine ganz schöne Kratzbürste sein.«

»Und wieso glaubst du dann, ich könnte so ein Zeug nehmen?«

»Ich glaube es ja nicht wirklich. Ich mache mir nur meine Gedanken. Zu Drogen greift man dann, wenn man sich mit seinen Problemen alleingelassen fühlt. Und wenn du zugibst, dass du dich oft alleingelassen gefühlt hast …«

»Mama. Es gibt auch noch andere Menschen, die sich um mich gekümmert haben. Darf ich dich daran erinnern, dass ich auch einen Vater habe? Und jede Menge Verwandtschaft und liebe Freunde, die immer für mich da waren und sind.«

»Und du hast nie einen Joint geraucht oder so?«

Georgina lachte auf. »Klar. Macht doch jeder, oder? Aber mir ist so furchtbar schlecht dabei geworden. Keine Spur von Hochgefühl oder was die anderen da alles faseln. Also sagte ich mir, wozu soll ich mir das antun? Wo es mir doch ohne viel besser geht.«

»Wo war das denn?«

»Ganz schön neugierig, meine Mama.«

»War es in Seattle?«

Georgina nickte zögerlich.

»Sag bloß, Kylie war dabei?«

»Kylie war die treibende Kraft. Die hat richtig gekifft. Und ihr ist nicht schlecht geworden.«

»Das glaube ich nicht!«

»Das hab ich mir gedacht. Ihr meint immer, mein Cousinchen wäre so ein liebes, braves Mädchen. Aber die hat's faustdick hinter den Ohren.«

»Die kleine Kylie, sieh an. Na, da wart ihr beide ja in bester Gesellschaft.«

»Was meinst du denn, warum es mir in Seattle so gut gefallen hat?« Georgina verzog spitzbübisch das Gesicht. »Nein, im Ernst. Dass ihr mir diesen Aufenthalt ermöglicht habt, finde ich jedenfalls ganz toll«, fügte sie hinzu. »Ich meine, wie du und Papa mir vertraut habt. Ich war ja immerhin erst fünfzehn. Und ich hätte auch vor Heimweh sterben können.«

Franca wollte nicht daran rühren, dass sie damals überhaupt nicht mit Georginas Auslandsaufenthalt einverstanden gewesen war.

»Unsere Trennung hätte ich dir gern erspart«, sagte sie leise. »Und ich habe nie aufgehört, an das Modell Familie zu glauben.« Sie hob die Schulter und sah ihrer Tochter in die Augen. »Hast du eigentlich sehr darunter gelitten? Jetzt mal aus der Rückschau betrachtet.«

»Natürlich würde ich es lieber sehen, wenn du und Daddy noch zusammen wärt«, sagte Georgina leichthin. »Aber so hab ich doch auch viele Vorteile. Wenn ich mit einem von euch Krach habe, gehe ich zum anderen und heule mich aus.« Sie grinste schief. »Nein, wirklich, du brauchst dir keine Sorgen zu machen. Es ist schon okay so, wie es ist. Ich weiß, was ich an euch beiden habe. Jeder von euch hat mir was Wichtiges mit auf den Weg gegeben.«

Francas Blick ruhte auf Georgina. Mit Bedauern kam ihr in den Sinn, dass sie vieles von ihrer Tochter nicht wusste. Oder einfach nicht mitbekommen hatte, sei es, weil sie zu beschäftigt war oder weil gerade etwas anderes vorgegangen war, wenn Georgina mit ihren kleinen Sorgen zu ihr kam. Doch da waren auch viele kleine Erinnerungen an intensiv gefühlte gemeinsame Augenblicke.

»Weißt du, ich finde es gut, dass ihr einander nach wie vor respektiert und keiner den einen gegen den anderen ausspielt. Es ist doch oft so, dass sich Leute, die sich mal geliebt haben, gegenseitig die Hölle heißmachen. Und die Kinder sind die Leidtragenden. Hast du mal Tante Debbie über Kylies Vater reden hören?«

»Ich erinnere mich dumpf«, sagte Franca und lächelte gequält.

»Dann weißt du ja, wovon ich rede. Das war manchmal nicht auszuhalten. Auch, wie hin und her gerissen Kylie dann jedes Mal war. Dabei hat Debbie sich in meiner Gegenwart wohl noch ziemlich zurückgehalten.« Sie nippte an ihrem Orangensaft. Über den Rand des Glases fixierte sie ihre Mutter. »Also, wenn's dich beruhigt, ich bin emotional gefestigt und habe keine Probleme mit Drogen. Glaubst du mir das jetzt?«

Franka nickte lächelnd.

»So, und jetzt bin ich müde und gehe ins Bett.« Sie beugte sich über Farinelli. »Und du gehst in dein Körbchen.«

Franca sah zu, wie ihre Tochter den Kater hochhob, der sich ein wenig sträubte. Es war offensichtlich, dass er diesen Platz auf Georginas Schoß nur ungern aufgab.

Dann kam Georgina auf sie zu und umarmte sie im Sitzen. »Ich hab dich lieb, Mama«, sagte sie. »Und mach dir nicht allzu viele Gedanken. Es ist schon ziemlich gut so, wie es ist.«

Sie drückte ihre Tochter ganz fest an sich. »Schlaf gut, mein Mädchen«, flüsterte sie.

Mit einem »Nighty night, Mammi« zog Georgina die Tür hinter sich zu.

Nachdenklich griff Franca nach ihrem Weinglas. Wie machte man es wohl richtig? Die Sache mit dem Kindererziehen und die Sache mit dem Leben. Da gab es so viele Möglichkeiten, aber man musste sich für eine einzige entscheiden. Vielleicht kam es letztendlich nur darauf an, seinen eigenen Weg zu finden und mit ganzem Herzen hinter seiner Sache zu stehen. Das jedenfalls hatte sie ihrer Tochter immer vorgelebt.

26

Es klopfte. In der Tür stand eine kleine, schwarze Gestalt. Wie ein zerrupfter Vogel mit karottenrotem Federbusch.

»Sie wollten mich sprechen«, sagte Lilly Prekow und sah unsicher von Hinterhuber zu Franca.

Das blasse Gesicht war im Augenbrauen-, Mund- und Nasenbereich von Piercings durchstochen, die sich stellenweise entzündet hatten. Auch in den Ohrläppchen prangten zahlreiche Silberstecker. Die schwarzen Netzstrümpfe unter dem Mini-Jeansrock waren durchlöchert. Die Füße steckten in viel zu großen Springerstiefeln mit abgewetzten Kappen. Um die mageren Schultern hing eine zottige und schmuddelig aussehende Felljacke.

Seit Lilly den Raum betreten hatte, durchströmte ein muffiger Geruch das Büro. Zumindest schien sie einigermaßen clean zu sein.

»Ich weiß aber nicht, was ich hier soll«, sagte sie mit trotziger Stimme. Ihr russischer Akzent war deutlich herauszuhören, obwohl ihr Deutsch grammatikalisch korrekt war.

»Bitte nehmen Sie doch Platz.« Franca räumte ein paar Papiere vom Besucherstuhl und stellte ihn neben ihren Schreibtisch.

Lilly setzte sich und schlug die netzbestrumpften Beine übereinander. »Schön, dass Sie gekommen sind, Frau Prekow«, begann Franca freundlich und registrierte jede ihrer Bewegungen. »Es geht um Mario Reschkamp.« Franca machte eine kleine künstliche Pause. »Sie wissen, was mit ihm passiert ist?«, fragte sie nach.

Lilly nickte unsicher. Sie hob eine Hand zum Mund und kaute auf den schwarz lackierten Nägeln. »Und was habe ich damit zu tun?«, nuschelte sie.

»Sie waren mit ihm befreundet.«

Lilly nahm die Hand vom Mund und ballte sie zu einer Faust. »Das stimmt nicht!«, rief sie und schüttelte heftig den Kopf. »Ich habe ihn kaum gekannt.«

»Sie haben ihn öfter an seinem Arbeitsplatz besucht«, fuhr Franca beharrlich fort.

»Ist das verboten?«

Die gesamte Körpersprache der jungen Frau deutete darauf hin, dass sie nicht die Wahrheit sprach oder dass sie zumindest etwas verschleiern wollte.

»War er denn ein netter Kerl?«, fragte Franca geduldig weiter.

»Netter Kerl?« Sie wiederholte die Worte, als ob Franca gefragt hätte, ob er ein Kinderschänder gewesen sei.

»Also kein netter Kerl?«

»Ich weiß nicht, was diese Fragerei soll.« Sie starrte auf ihren Schoß und begann nervös mit den kantigen Silberringen zu spielen, die sie an den Fingern trug.

Hinterhuber beugte sich vor. »Wir können auch deutlicher werden«, sagte er in etwas schärferem Tonfall. »Wo waren Sie am Montagmittag?«

Lilly blinzelte und sah erschrocken in Hinterhubers Richtung. »Weiß ich nicht mehr«, antwortete sie leise. Sie bewegte heftig die Gesichtsmuskulatur, als ob sie ihre Zunge bearbeitete. Wahrscheinlich trägt sie auch ein Zungenpiercing, dachte Franca. Das würde zumindest diese nuschelige Aussprache erklären.

»War der Andernacher Schlossgarten euer Treffpunkt?«

»Ich habe mich nicht mit ihm verabredet.«

Francas Ungeduld wuchs. Sie sah dem Mädchen fest in die Augen. »Lilly, es geht hier um Mord. Wir wissen, dass Mario ein Dealer war und Sie den Stoff von ihm bekommen haben.«

»Das stimmt nicht.« Sie schüttelte stur den Kopf und knabberte unentwegt an ihren Fingernägeln. Die Spannung im Raum stieg.

»Lilly, das bringt doch alles nichts!«, rief Franca.

Plötzlich schob Hinterhuber ein schmales, silbernes Briefchen in die Mitte des Schreibtischs. »Das haben wir bei Ihnen zu Hause gefunden. Das hier ist exakt so gefaltet wie die *Pac*, die wir versteckt bei Marios Leiche gefunden haben. Also?«

»Dazu haben Sie kein Recht!« Mit wildem Blick war Lilly aufgesprungen. »Sie dürfen nicht einfach was mitnehmen. Dazu brauchen Sie einen Durchsuchungsbefehl!«

Franca fühlte sich stark an Farinellis Verhalten erinnert, der ein verängstigter und scheuer Kater sein konnte und im nächsten Moment aggressiv und beißwütig, wenn er sich in die Enge gedrängt fühlte.

»Bitte setzen Sie sich wieder.« Franca zwang sich, ruhig zu bleiben. Sie suchte Hinterhubers Blick, doch er hörte nicht auf, Lilly zu fixieren.

Die junge Frau nahm wieder Platz und nestelte nervös einen Tabaksbeutel aus den Tiefen ihrer Zotteljacke. Mit zittrigen Fingern begann sie, sich eine Zigarette zu drehen.

»Denken Sie bitte nochmal nach. Wo waren Sie vorgestern Nachmittag?«

Lilly schob sich die Zigarette in den Mund und zündete sie an. »Zu Hause«, nuschelte sie. Rauch drang aus ihren Nasenlöchern. Sie fieselte ein paar Tabakkrümel von den Lippen.

»Sie waren nicht zufällig im Schlossgarten unter der Brücke?«

Wieder schüttelte sie den Kopf und sog heftig an der Zigarette.

»War es nicht so, dass du Stoff brauchtest, aber nicht genügend Geld hattest?«, fragte Hinterhuber, der unvermittelt zum Du übergegangen war.

Sie öffnete den Mund, als ob sie etwas sagen wollte. Dann überlegte sie es sich wieder anders und presste die Lippen aufeinander. Die halb gerauchte Zigarette drückte sie in einem Aschenbecher aus, den Franca ihr hinstellte.

»Und dann hast du dir überlegt, dass man auch auf andere Weise an die *Pac* kommen könnte«, fuhr Hinterhuber fort. »Und vielleicht auch an Marios Portemonnaie.«

»Ich lasse mir von Ihnen nichts anhängen.« Lillys Augen blitzten. »Sie können sagen, was Sie wollen. Ich habe Mario vorgestern nicht getroffen. Weder im Schlossgarten noch anderswo.«

»Und wann hast du das da von ihm bekommen?« Hinterhuber hielt das Stanniolbriefchen hoch.

»Das gehört nicht mir.« Sie blieb hartnäckig bei ihrer Taktik. »Ich habe mit dieser Sache nichts zu tun.« Mit hektischen Bewegungen strich sie sich über die Beine. Ein Ring verfing sich in den groben Maschen ihrer Netzstrümpfe und zog einen Faden. »Kann ich jetzt gehen?«

»Du gehst, wenn es uns passt«, sagte Hinterhuber scharf.

Franca sah ihn überrascht an. Wieder einmal wunderte sie sich, wo der Mann geblieben war, den so schnell nichts aus der Ruhe brachte.

»Okay, Mädchen, jetzt reden wir mal Klartext«, fuhr er mit schneidender Stimme fort. »Du nennst uns jetzt ein paar Namen. Wem hat Mario noch Stoff geliefert? Außer dir und deinem Karim.« Er klopfte mit dem Bleistift auf den Schreibtisch. Tok tok tok. Ein nervtötendes Geräusch.

»Wir haben Zeit«, sagte er leichthin, als Lilly weiter schwieg.

»Ist das eine Drohung?« Sie grinste schief und kniff die Augen zusammen. Dann nuschelte sie etwas, das wie »Bullenschwein« klang. Gebannt sah Franca in Hinterhubers Richtung. Hoffentlich lässt er sich nicht provozieren, dachte sie. Hinterhuber ließ sich nichts anmerken.

Das Schweigen dauerte. Tok tok tok. Der Bleistift schlug in regelmäßigen Abständen auf dem Schreibtisch auf. Langsam machte das Geräusch Franca nervös.

Mit einem Ruck hob Lilly den Kopf. In ihren Augen blitzte etwas. »Verhaften Sie mich doch. Wir sind ja doch bloß Dreck in euren Augen. Geschmeiß, das man wegklatschen sollte. Sagen Sie's doch. Los, sagen Sie's.« Sie war aufgesprungen. Der Stuhl, auf dem sie gesessen hatte, kippte polternd um.

»Setz dich bitte wieder hin«, sagte Hinterhuber gefährlich ruhig.

Ihr Blick flackerte. Sie bückte sich.

Plötzlich hielt sie ein Messer in der Hand. Sie trat vor Hinterhuber. »Du hältst jetzt mal schön die Schnauze, du Bullenschwein«, fauchte sie. Wild fuchtelte sie mit dem Messer vor Hinterhubers Gesicht herum, der schützend die Hände hochhob.

»Verdammt!«, schrie Hinterhuber auf. Blut trat auf seinen Handrücken.

Franca sprang auf und drehte dem Mädchen blitzschnell die Hände auf den Rücken. Das Messer fiel zu Boden. Hinterhuber griff zum Telefon.

Zwei Polizisten in Uniform stürmten herein. Wie eine Furie schlug das Mädchen um sich. Es kostete Franca alle Kraft, sie festzuhalten. Beide keuchten. Handschellen klickten. Einer der Polizisten bückte sich und wollte das Messer aufheben.

»Vorsicht!«, rief Franca zwischen zwei heftigen Atemzügen. »Bitte nur mit Einmalhandschuhen anfassen. Und dann gleich zu Frankenstein in die KTU.«

Unter wütenden Beschimpfungen wurde Lilly abgeführt.

»So ein kleines Luder.« Hinterhuber presste ein sauberes Taschentuch auf die blutende Wunde.

»Schlimm?«, fragte Franca, noch ganz außer Atem.

Er schüttelte den Kopf. »Nur ein Kratzer. Aber du siehst ja, wozu dieses Gesocks fähig ist.«

Francas Blick ruhte auf ihm. »Sind das jetzt deine neuen Vernehmungsmethoden?«, fragte sie, als ihre Atmung sich wieder normalisiert hatte. »Bluffen und provozieren? Das Stanniolbriefchen war doch eins aus Marios Socke, oder?«

»Und wenn?« Hinterhuber hob das blutbefleckte

Taschentuch hoch und betrachtete die Wunde darunter. »Wie hättest du es denn gemacht? Immer schön sanft und zartfühlend? Mensch, Franca, ich bin diese Typen so leid. Lügen, betrügen, täuschen, sonst können die doch nichts. Und da soll man ruhig bleiben.« Wie ein gefangener Tiger im Käfig lief er hin und her.

Sie sagte nichts mehr. Sie wunderte sich nur noch. Etwas war gründlich aus dem Lot geraten. Früher waren ihre Aufgaben klar verteilt gewesen. Da war er derjenige, der sie zurück auf den Boden der Tatsachen holte, wenn ihr Temperament mit ihr durchging. In letzter Zeit jedoch riss ihm öfter der Geduldsfaden, und sie war es, die ihn an einen ruhigeren Umgangston gemahnte.

»Hast du schon mal daran gedacht, ein paar Tage Urlaub zu nehmen? Ich meine, wenn wir hier mit dieser Sache fertig sind«, fragte sie.

»Du willst mich wohl loswerden?« Es klang wie ein Zischen.

»Nein, du wirst es nicht glauben, aber ich meine es nur gut mit dir.«

27

Das Haus war kein Haus, sondern eher eine Villa. Weiß gestrichen, die hohen Bogenfenster grau abgesetzt. An der rechten Seite ein Erker. Um das Haus zog sich ein Lanzenzaun, dahinter versperrten dicht gewachsene, immergrüne Sträucher und Büsche den direkten Einblick.

Franca drückte auf die Klingel.

»Ja, bitte?«, ertönte eine weibliche Stimme aus dem Lautsprecher. Während die Villa und der Lanzenzaun etwas Altertümliches ausstrahlten, glänzte die Klingelanlage im modernsten silberfarbenen Design.

»Franca Mazzari von der Kripo Koblenz. Wir hatten miteinander telefoniert.«

Man hörte ein Knacken. Kurz darauf wurde die Tür mit einem Summton geöffnet.

Eine große, gepflegte und ausgesprochen hübsche Frau, die eine kühle Eleganz ausstrahlte, erschien. Ihre Schönheit rührte eher von ihrer korrekten Körperhaltung her als von einer inneren Wärme. Zu gut geschnittenen Jeans trug sie ein eng anliegendes, weißes Seiden-Shirt. Beide Kleidungsstücke betonten ihre schlanken Körperformen. Sie mochte um die vierzig sein. Das Gesicht wurde von großen, dunkelbraunen Augen dominiert, die mit dem honigblond gefärbten Haar auf interessante Weise harmonierten.

»Irmela Dorsheim.« Höflich hielt sie Franca eine gepflegte Hand mit manikürten Fingernägeln hin. »Ja, aber worum geht es denn nun? – Entschuldigen Sie, das brauchen wir nicht vor der Tür zu erörtern. Kommen Sie doch bitte mit.« Die Dame ging voran durch einen marmorgefliesten Flur. Alles sah sehr geschmackvoll und teuer aus. Auch das Wohnzimmer war mit weißem Marmor ausgelegt. Zwei weinrote Ledersofas standen sich gegenüber. Dazwischen ein Couchtisch aus Messing und Glas. Nichts lag herum. Alles war aufgeräumt und farblich aufeinander abgestimmt. Die Wände schmückten großformatige, abstrakte Acrylbilder, die die gleichen Farbtöne wie Sofa und Kissen aufwiesen. Dennoch wirkte der Raum kühl und unpersönlich. Eher so, als wäre er von einem Innenarchitekten ausgestattet worden.

»Setzen Sie sich doch bitte.« Sie machte eine einladende Handbewegung. »Darf ich Ihnen etwas anbieten? Kaffee, Wasser?«

Wenn man doch überall so nett behandelt würde, dachte Franca und seufzte innerlich. Solch ein höflicher Umgang hatte schon etwas für sich. Hier war es jedenfalls angenehmer als in einer der Junkie-Behausungen, von denen sie bereits etliche abgeklappert hatte.

Lilly Prekow war nach einer längeren, quälenden Sitzung bereit gewesen, ein paar Namen aus der Rauschgiftszene zu nennen. Die Befragung dieser Personen hatten Franca und Hinterhuber untereinander aufgeteilt.

»Danke, nein. Ich werde Sie sicher nicht lange aufhalten«, sagte Franca.

Die Frau setzte sich ihr gegenüber, schlug die Beine übereinander, wippte ein wenig mit dem linken Fuß und sah sie fragend an.

»Also?« Sie strich eine honigblonde Haarsträhne hinter das rechte Ohr und legte einen Perlenstecker frei.

»Wir ermitteln im Fall Mario Reschkamp«, setzte Franca an. Die Reaktion auf dem Gesicht der Frau zeigte an, dass sie mit dem Namen nichts anzufangen wusste.

»Sie kannten ihn nicht?«

Frau Dorsheim verneinte.

»Und der Name Lilly Prekow. Sagt Ihnen der auch nichts?«

»Das sollen Freunde meines Sohnes sein?« Frau Dorsheim schüttelte den Kopf. »Diese beiden Namen hat Stephan nie erwähnt.« Sie runzelte die Stirn. Dabei fiel Franca auf, dass sie ihr Make-up ein klein wenig zu dick aufgetragen hatte.

»Natürlich kenne ich nicht alle Freunde oder Bekannten meines Sohnes«, lenkte sie ein. »Zumindest nicht mit Namen. Mein Mann und ich lassen Stephan alle erdenklichen Freiheiten, er kann einladen, wen er will. Und natürlich muss er uns nicht Rechenschaft ablegen über jeden Einzelnen. Was ist denn mit diesem ... wie sagten Sie noch gleich?«

»Mario Reschkamp. Er wurde ermordet aufgefunden. Im Schlossgarten.«

»Ach, diese Sache. Ja, ich habe davon in der Zeitung gelesen.« Frau Dorsheim fixierte Franca. »Aber Sie denken doch wohl nicht, mein Sohn könnte etwas damit zu tun haben?« Argwöhnisch zog sie die Augenbrauen zusammen.

»Da kann mir Ihr Sohn sicher genauere Auskunft geben«, meinte Franca lakonisch. »Kann ich ihn sprechen?«

»Ich möchte erst Näheres von Ihnen wissen«, erwiderte ihr Gegenüber mit kühler Stimme. »Was genau Sie veranlasst hat, uns aufzusuchen.«

»Im Laufe unserer Ermittlungen wurde Stephans Name erwähnt.«

»Ach. Und in welchem Zusammenhang?« Sie wechselte die Haltung ihrer Beine und neigte den Oberkörper ein wenig vor.

»Tut mir leid, darüber kann ich Ihnen keine Auskunft geben.«

»Hm.« Sie stützte ihr Kinn auf Daumen und Zeigefinger. »Hatte dieser tote junge Mann nicht mit Drogen zu tun?«

»Ganz recht.« Franca nickte.

»Sie glauben doch nicht allen Ernstes, mein Sohn würde sich in solch einem Milieu bewegen?«

»Ich möchte mit ihm sprechen. Das ist alles.«

Die Frau sah auf ihre zierliche Armbanduhr. Ein edles, teures Stück, wie sich unschwer erkennen ließ. »Stephan ist noch in der Schule. Er hat heute Nachmittagsunterricht. Aber er müsste eigentlich bald hier sein.«

»Dann warte ich noch einen Moment«, sagte Franca und überlegte, ob sie doch auf das Angebot mit dem Kaffee zurückkommen sollte.

»Wenn Sie meinen.« Ihr Gegenüber zuckte die Schultern. »Aber ich kann Ihnen jetzt schon sagen, dass Stephan mit solchen Leuten nichts zu tun hat.«

Das Telefon spielte eine eingängige Melodie. Irgendwas Klassisches. Die Frau erhob sich. »Entschuldigen Sie bitte.« Sie ging aus dem Zimmer und ließ dabei die Tür einen Spalt breit offen. Franca hörte sie etwas murmeln, konnte aber die einzelnen Worte nicht verstehen.

Nach ungefähr fünf Minuten kam Frau Dorsheim wieder ins Wohnzimmer. Sie hielt das schnurlose Telefon in der Hand und legte es auf dem Couchtisch ab. Mit ihr war eine Wandlung vor sich gegangen. Sie sah irgendwie verstört aus. Ihre Bewegungen waren fahrig und nervös.

»Ja, ich weiß nicht, ob es sehr sinnvoll ist, wenn Sie Ihre Zeit mit Warten verbringen«, meinte sie schließlich. »Es kann durchaus sein, dass Stephan nicht gleich nach Hause kommt.«

»Ihr Sohn hat doch sicher ein Handy«, meinte Franca liebenswürdig. »Könnten Sie ihn nicht anrufen und ihm sagen, dass ich hier bin und ihm ein paar Fragen stellen möchte?«

»Wie?« Die Frau hatte offensichtlich nicht zugehört. Sie war noch immer in Gedanken.

Franca wiederholte ihr Anliegen, worauf Frau Dorsheim wortlos das Telefon hochnahm und eine Nummer eintippte.

»Tut mir leid«, sagte sie nach einer Weile. »Er hat sein Handy ausgeschaltet.«

In diesem Moment hörte man Schritte im Flur. »Ich glaube, das ist er«, sagte sie. Sie ging hinaus. Franca hörte, wie sie leise mit ihm redete.

Der Junge hatte eine unverkennbare Ähnlichkeit mit seiner Mutter. Er war groß und schlank, und er trug Markenkleidung. Das blonde, kurz geschnittene Haar hing ihm modisch zerfranst ins Gesicht. Was störte, war die augenfällig schwere Akne, die sein ansonsten hübsches Gesicht entstellte.

»Ich habe von Marios Tod gehört. Das ist furchtbar«, sagte er, nachdem er Franca höflich begrüßt hatte. »Wir haben uns manchmal zum Computerspielen getroffen. Wie kann ich Ihnen denn behilflich sein?«

So gut kennt die Mutter die Freunde ihres Sohnes,

dachte Franca. Alle Fragen, die sie Stephan stellte, beantwortete er zuvorkommend. Nach seiner Aussage war er am fraglichen Montagnachmittag bis spät abends mit Freunden in Koblenz gewesen, deren Namen und Adresse er ohne Argwohn benannte.

»Wie gut kennen Sie Lilly Prekow?«, fragte sie schließlich.

»Lilly ...« Ein winziges Flackern trat in seine Augen. Er warf einen Seitenblick auf seine Mutter, die wieder auf dem roten Ledersofa Platz genommen hatte. Dann drückte er den Rücken gerade. »Wie kommen Sie auf Lilly? Hat sie etwa was mit Marios Tod zu tun?«

Franca sah ihm in die Augen. »Trauen Sie ihr das zu?«

Er lachte auf. Es war kein freundliches Lachen. »Soweit ich weiß, ist sie drogensüchtig. Und denen traut man doch alles zu, oder?«

Dritter Teil

1

Davina setzte sich ans Klavier und klappte den Deckel hoch. Ihre Finger schwebten über denTasten. Von irgendwoher kamen die Töne auf sie zugeflogen. Eine Melodie drängte aus ihr heraus, die sie tief in ihrer Seele aufbewahrt hatte. Auf Anhieb schlug sie die richtigen Töne an, obwohl sie keine Noten zu diesem Lied besaß.

»*Take the ribbon from your hair … shake it loose and let it fall …*«

Sie schloss die Augen und versank in eine andere Welt. Die Klangfarben der Melodie verwandelten sich in Farbtöne, die sich zu wundersamen Mustern verschlangen. Türkis, Lapislazuli, Saphir mit goldenen Funken darin. Noch nie hatte sie das, was das Lied ausmachte, so innig gefühlt wie jetzt. Dieses Geflecht aus Worten und Klängen, das sie fähig war, zu reproduzieren. Das Gefühle auslöste und Bilder aufsteigen ließ. Immer tiefer tauchte sie ab in die Vergangenheit. Transportierte die Zeit, die sie mit ihrer Mutter geteilt hatte, in die Gegenwart.

»Eines Tages wirst du genauso schön Klavier spielen können wie ich, mein Prinzesschen.« Sie hörte die geflüsterte Stimme dicht an ihrem Ohr.

Sie spielte Mamas Lied, so wie sie selbst es gespielt hatte. Voller Hingabe und Selbstvergessenheit. Es klang genauso, als ob Mama hier am Klavier säße.

»Nichts auf der Welt wird uns beide trennen. Du

und ich, wir gehören für immer zusammen. Für immer, hörst du?«

Am Rand ihres Bewusstseins nahm sie wahr, wie eine Tür im Haus geöffnet wurde. Draußen bleiben, dachte sie ärgerlich. Nicht stören. Nicht jetzt. Die Finger glitten weiter über die schwarzen und weißen Tasten. Weiterspielen. Immer weiterspielen. Sich nicht stören lassen. Von niemandem. Schon gar nicht von dieser alten Hexe.

Schwere Schritte auf den Holzdielen, die schnell näher kamen. Sie spürte den leichten Luftzug hinter sich.

»Hör auf!«, befahl eine barsche Stimme.

»I don't care if it's right or wrong …« Sie ließ sich nicht beirren, ihre Finger bewegten sich wie von selbst. Aus ihrem Mund schlüpften Worte, reihten sich zu vertrauten Textzeilen aneinander. *»I don't try to understand …«*

»Du sollst sofort aufhören!«

Wie ein Schatten baute sich ihre Großmutter neben ihr auf. Eine bedrohliche, fettleibige Wand. Davina blickte in wutverzerrte, wässrige Augen. Es war ein Kräftemessen, sie wusste es.

Mitten im Spiel hielt sie inne. Ihre Finger verharrten über den Tasten.

»Warum willst du das nicht hören? Weil es Mamas Lied ist?« Sie kniff die Augen zusammen. »Warum willst du einfach nicht an sie erinnert werden? Sie ist doch deine Tochter. Wieso hast du nichts unternommen in all den Jahren? Wieso hast du einfach hingenommen, dass sie weg ist?« Fragen und Vorwürfe sprudelten aus ihr heraus. Prallten an ihrer Großmutter ab, wie sie immer abgeprallt waren.

Das Gesicht ihrer Großmutter war eine starre Maske.

»Du bist schuld, dass Mama weggegangen ist. Wenn du nicht immer mit ihr gestritten hättest, wäre sie noch da. Und jetzt machst du das Gleiche mit mir. Alle treibst du aus dem Haus. Alle.«

Großmutter riss die Augen auf.

»Davina! Bitte. Du weißt nicht, was du da sagst.«

»Mama hat es nicht mehr mit dir ausgehalten, weil du so ein Ekel bist. Und ich ... ich werde auch bald weg sein, das verspreche ich dir. Hier kommt man sich vor wie im Gefängnis.«

Ihre Großmutter schnappte nach Luft und presste die Hände gegen die Brust.

Böses Mädchen. Das Echo hallte in ihrem Kopf wider. *Du bist ein böses Mädchen. Man darf sich nicht gegen seine Großmutter auflehnen. Du hast doch niemanden mehr sonst auf der Welt. Hast du das vergessen?*

Sie ignorierte die innere Stimme. »Ich hab keine Lust mehr, nach deiner Pfeife zu tanzen. Nichts kann man dir recht machen. Gar nichts. Ich darf keine Freunde einladen. Die könnten ja Dreck ins Haus bringen. Ich darf keine Partys feiern. Noch nicht mal Klavier spielen darf ich.«

Großmutters Atem ging heftig. Ihre mächtige Brust unter dem dunklen Kleid hob und senkte sich.

»Warum bist du nur so bockig? Wieso kann man nicht vernünftig mit dir reden? Ich versuche, anständig mit dir umzugehen, und du gibst mir dauernd Widerworte. Ich hab alles für dich getan. Ich hab dich großgezogen, nachdem deine Mutter dich im Stich gelassen hat. Ja, im Stich gelassen. Halte dir nur die Ohren zu. Ich weiß, dass du das nicht hören willst. Aber es ist, wie es ist.« Ihre Stimmlage rutschte höher. »Ich hab dafür gesorgt, dass du zu essen hattest und ordentlich gekleidet warst. Deine Schulbücher haben mich ein Vermögen gekostet, aber habe ich mich jemals beklagt? Obwohl ich das anderweitig wieder einsparen musste. Aber du sollst ja mal einen ordentlichen Beruf ergreifen können. Und dazu braucht man heutzutage Abitur. Was hab ich mich mit deinen Lehrern herumgeschlagen. Du bist doch überall nur angeeckt. Hast du dich auch mal gefragt, ob *du* was falsch gemacht haben könntest? Nein, es ist ja so einfach, immer den anderen die Schuld zu geben!«

»Was glaubst du, wie oft ich mir gewünscht habe, Mama hätte mich mitgenommen?«

Großmutters Gesichtsausdruck wurde verschlagen. »Und, was meinst du, warum sie dich nicht mitgenommen hat? Du glaubst wohl immer noch, deine Mutter war ein Engel. Aber das war sie weiß Gott nicht. Sie war eine nichtsnutzige Schlampe, die anderen das Leben schwer gemacht hat. Die war so was von selbstbezogen. Immer hat sie nur sich gesehen. Ob sie andere vor den Kopf stieß, hat sie nicht interessiert. Das war wahrhaftig kein Kind, auf das man stolz sein konnte. Wenn dein Großvater noch am Leben wäre, der würde dir erzählen, was bei uns alles los war. Was die alles angestellt hat. Und wie oft die Polizei hier war. Meinst du, mir hat es Freude gemacht, so ein Kind großzuziehen? Eine, die vor den Augen der eigenen Mutter rumhurt und von irgendeinem Hallodri schwanger wird, von dem sie noch nicht mal den Namen weiß.«

»Hör auf«, flüsterte Davina. Ihr Herz klopfte zum Zerspringen. Aber es gab kein Halten mehr. Großmutter war nicht zu stoppen. »Für deine Mutter gab es nur einen Menschen auf der Welt: Das war sie selbst. Alle anderen waren ihr egal. Ich. Dein Opa. Und du ...« – der Finger ihrer Großmutter zeigte auf Davina wie der Finger einer Hexe – »du warst ihr schon dreimal egal.«

»Du lügst!« Davina schrie auf. »Das ist nicht wahr. Sie hat mich geliebt. Geliebt!«

Halte an deinen Träumen fest, Prinzesschen. Wir gehören zusammen, du und ich. Fliege mit ihnen davon wie mit einem roten Luftballon.

»Warum musst du nur immer so schlecht von ihr sprechen?« Etwas Schweres stieg in ihr auf. Tränen lösten sich aus ihren Augen und tropften auf die Klaviertasten.

»Davina. Warum versperrst du dich so gegen die Wahrheit? Deine Mutter war ein schlechter Mensch. Da gibt's gar nichts dran zu rütteln. Irgendwann wirst du das einsehen.«

Hör nicht auf das, was die anderen sagen. Finde deinen eigenen Weg.

»*Yesterday is dead and gone.*« Der Liedtext drängte sich erneut in ihren Kopf. Ihre Finger schlugen die Tasten an. »*And tomorrow's out of sight.*« Noch war ihre Stimme zittrig, doch mit jedem Wort wurde sie fester und klarer. »*It's so sad to be alone. Help me make it through the night ...*«

Sie schloss die Augen, sah sich auf Mamas Schoß sitzen und fühlte, wie Mama ihre Finger führte. Hörte all die schmeichelnden Worte, die Großmutters Hassworte übertönten. »Toll, wie du das machst, Zigeunerprinzessin. Du hast Talent, wirkliches Talent. Du wirst mal eine großartige Pianistin. Du musst an dich glauben. Ganz fest.« Davina sang und spielte. Spielte für ihre Mutter. Spielte um ihr Leben.

Plötzlich klappte der Deckel herunter. Er traf hart ihre Hände. Davina schrie auf. Ein wilder Schmerz durchzuckte sie. Sie schnellte herum. Wut brannte in ihrem Bauch, fraß sich nach oben. Dehnte sich in ihrem Körper aus. Eine elende Sauwut.

Wehr dich, wenn du verletzt wirst. Schlag zurück. Lass dir nichts gefallen.

Etwas in ihrem Inneren zerplatzte. Sie sprang auf, der Klavierhocker fiel um. Sie dachte nichts mehr. Ihre schmerzenden Hände machten sich selbständig. Wild hämmerte sie auf ihre Großmutter ein, auf die Brust, ins Gesicht. Es war ihr egal, wohin sie traf, Hauptsache, sie fügte ihr Schmerzen zu. Ihre Schläge und Schreie traten eine vergessene Erinnerung los. Bilder zuckten durch ihr Gehirn, wurden überlagert von Stimmengeflüster. Dazwischen das Schlurren und Schleifen der Gartenschläfer.

Nein, das wollte sie nicht hören. Nein!

»Davina! Aufhören!« Der Schrei war unheimlich.

Sie konnte nicht aufhören. Eine Kraft in ihr war stärker. Ihre Hände fassten nach etwas, drückten zu. Sie zitterte unkontrolliert am ganzen Körper. Bis sie das Röcheln bemerkte.

Mit einem Mal hielt sie inne. Ließ das, was sie umklammert hielt, los. Langsam kam sie wieder zu sich.

Ihre Großmutter stand keuchend vor ihr, kreidebleich und mit zerzaustem Haar. Sie hielt die Hände schützend vor ihrem Körper gekreuzt, bodenlose Angst stand in ihren Augen hinter der verrutschten Brille.

»Kind. Kind. Wo soll das alles bloß enden?«, flüsterte sie mit heiserer Stimme.

Eine Welle der Scham überflutete Davina.

Abrupt drehte sie sich um und rannte die Treppe hoch in ihr Zimmer. Dort warf sie sich aufs Bett und weinte hemmungslos.

2

Mit einer fahrigen Bewegung öffnete sie die Schranktür und tastete nach der Keksdose, in der sie das Geld aufbewahrte. Sie hob den Deckel. Nichts. Die Dose war leer.

Karim! Dieser Arsch hatte sie beklaut!

Heulend sank sie auf den Boden. Es war ihr letztes Geld gewesen. Und sie brauchte unbedingt einen Schuss.

Sie zitterte am ganzen Körper. Vor Wut und Enttäuschung. Wie konnte sie nur solch einem Scheißkerl vertrauen?

Wo sollte sie nun auf die Schnelle Geld hernehmen?

Sie hasste es, auf die Straße zu gehen, doch es war die einzige Möglichkeit. Wenn sie nicht klauen wollte, würde ihr nichts anderes übrig bleiben. Der zersprungene Spiegel im Bad teilte ihr Gesicht in zwei ungleiche Hälften. Schwarz umrandete Augen sahen ihr entgegen. Sie fuhr sich mit beiden Händen durch die karottenroten Haare, zupfte sie über der Stirn zurecht und legte Lippenrot auf. Das coole Mädchen, das ihr entgegensah, hatte nur wenig mit Lilly zu tun. Aber das brauchte ja niemand zu wissen. Die Typen standen auf so was. Besonders die alten Säcke. Die waren wenigstens einigermaßen rücksichtsvoll und zahlten auch besser als jüngere Männer.

Sie zog die Jacke über, schnappte ihre Handtasche und öffnete die Tür. Da stand jemand. Erschrocken prallte sie zurück.

»Hallo, Lilly.« Stephan sah sie mit schmalen Augen an. »Kann ich reinkommen?«

Sie schüttelte heftig den Kopf und sah an ihm vorbei. »Keine Zeit. Ich muss los.« Ihre Stimme klang gedämpft. Noch immer machte ihr das Zungenpiercing zu schaffen.

»Ich habe Lust auf dich.« Feine Speicheltröpfchen flogen ihr entgegen.

»Ich aber nicht auf dich«, gab sie schnippisch zurück.

»Komm schon.« Er sah ihr in die Augen. »Das letzte Mal war doch gut.«

Gut? Beim letzten Mal hatte er ihr so wehgetan, dass ihr Unterleib noch Tage danach geschmerzt hatte. Nie wieder, hatte sie sich geschworen. Da ging sie tausendmal lieber zu den alten Säcken. Bei denen konnte man eine Falle bauen, und die kriegten es noch nicht mal mit.

Er lachte leise auf und kniff die Augen zusammen. Kleine gierige Augen, in denen es bösartig funkelte.

»Bitte geh«, sagte sie. »Ich habe dir gesagt, ich habe keine Zeit.«

»Ach, hast wohl einen wichtigen Termin?« Seine Stimme klang spöttisch.

»Genau«, gab sie ungerührt zurück.

Er schob sie vor sich her, zurück in die Wohnung, und warf die Tür hinter sich zu. »Ich habe dir auch was mitgebracht. Etwas, das du gut gebrauchen kannst.«

»Pff.« Sie spitzte die Lippen und rümpfte die Nase. Die Piercings in ihrem Gesicht bewegten sich. Die Zunge begann zu schmerzen.

Stephan blieb vor ihr stehen und fasste in seine Tasche. Zog zwei Stanniolbriefchen heraus und hielt sie ihr hin. Ihre Augen waren jeder seiner Bewegungen gefolgt.

Sie schluckte. Dieser Anblick war sehr verlockend. Und vielleicht würde es diesmal ja gar nicht so schlimm werden. Vielleicht hörte er auf sie, wenn sie ihm zu verstehen gab, dass er ein wenig rücksichtsvoller sein sollte. Aber kannte ein Typ wie der überhaupt so was wie Rücksichtnahme? So fordernd und selbstherrlich, wie der sich immer aufführte.

»Ich mache jetzt Marios Job. Also, halte dich gut mit mir.« Er fasste sie am Handgelenk. Sie sah ihn mit entsetzten Augen an.

»Hast du ihn etwa ...« Sie sprach nicht weiter.

»Ob ich ihn abgestochen habe?« Er kniff die Augen zu schmalen Schlitzen zusammen. »Traust du mir das zu?«

Sie wich vor ihm zurück. Versuchte, die Gedanken an Mario und an den Tod zu verdrängen.

»Mann, ist das ein Mief«, sagte Stephan und rümpfte die Nase. »Und wie es hier aussieht.«

»Hau doch ab. Es hat dich keiner hergebeten«, zischte sie.

Er verzog den Mund und legte die Arme um sie. Sie wand sich unter seinem festen Griff.

»Ich mag es, wenn ich um dich kämpfen muss«, flüsterte er an ihrem Ohr. »Ja, beiß mich. Kratz mich. Komm, mein kleiner Teufel.« Dann ließ er sie los und löste den Gürtel von der Schnalle, auf der ein Totenkopf prangte.

»Du glaubst wohl, du kannst dir alles erlauben, ja? Weil du in einer Villa wohnst und gewohnt bist, alles in den Arsch geblasen zu bekommen.« Sie spuckte ihm die Worte entgegen.

»Du kannst jetzt aufhören mit deinen Spielchen.« Er öffnete den Reißverschluss seiner Hose.

»Komm bloß nicht auf die Idee, mich anzufassen!«, herrschte sie ihn an, blieb vor ihm stehen und funkelte ihn böse an. Das Messer!, dachte sie. Scheiße, die Bullen hatten es ihr abgenommen.

»Ach Lilly«, sagte er böse lächelnd. »Kapier doch endlich: Dein Wille zählt nichts.« Seine Stimme wurde leiser, fast zischte er. »Und das, was wir jetzt machen, ist ein fairer Deal. Du gibst mir was, und dafür kriegst du was. So funktioniert das in der freien Marktwirtschaft.«

Er legte den Kopf schief und sah sie aus schmalen, kalten Augen an. »Das weißt du doch genauso gut wie ich.« Er zeigte auf die am Boden liegenden Stanniolbriefchen. »Ich seh's doch an deinen Augen, wie nötig du das hast. Glaubst du, so ein gutes Geschäft würde dir so schnell noch mal jemand anbieten? So abgefuckt wie du bist.«

Das hätte er nicht sagen dürfen. Heiß schoss die Wut in ihr hoch. Sie war nicht mehr zu bändigen. Wie wild trommelte sie mit beiden Fäusten auf seinen Brustkorb ein. Sie schrie, sie biss, sie kämpfte.

»Ja, du kleiner Teufel«, keuchte er. »Wenn's das ist, was du brauchst, sollst du es haben.« Er atmete schwer, umfasste ihre Handgelenke und hielt sie fest. So lange, bis ihr Widerstand erlahmte. Dann dirigierte er sie in Richtung Bett.

Schließlich kniete er über ihr. Sie zitterte. Ihr war heiß und kalt. Sie hatte keine Kraft mehr, lag bewegungslos da mit geschlossenen Augen.

»Na also«, sagte er mit der Stimme des Siegers. »Ist doch gar nicht so schwer«, während er ihr den kurzen Rock hochschob und den Slip mitsamt der Strumpfhose herunterzerrte.

Sie spürte, wie die Tränen ihre Wangen hinunterliefen, als er sich voller Ungeduld ein Kondom überzog und dann stöhnend wie ein kranker Bulle zustieß.

Es dauerte nicht lange, aber es tat höllisch weh. Bei jedem Stoß dachte sie, dass er ihren Körper sprengte.

»Siehst du, war doch okay, oder?«, fragte er, als er endlich von ihr abließ und seine Kleider zusammensuchte.

Als die Tür hinter ihm ins Schloss fiel, stand sie vom Bett auf, kroch auf dem Boden herum und suchte fieberhaft nach den beiden *Pac*. Eines war unters Bett gerutscht. Sie hob es auf, faltete es auseinander. Starrte auf das kostbare Pulver.

Gleichzeitig hasste sie sich. Für die Gier, mit der sie die nächsten Vorbereitungen traf. Aber vor allem dafür, dass sie diesem Scheißtypen, der vielleicht ein Mörder war, nicht mehr Widerstand entgegengesetzt hatte.

3

»*An das Göttliche glauben die allein, die es selber sind*«, las Oliver Reimers mit gespitzten Lippen vor. »Das ist von einem Friedrich Hölderlein.«

In der Hand hielt er ein gebundenes Buch, das sie im Zimmer von Mario Reschkamp gefunden hatten. Ein Geschenk von Davina, wie die Inschrift mitteilte. In das erste Drittel des Buches waren mit Schönschrift einige Leitsätze und Sinnsprüche geschrieben. Die restlichen Seiten waren leer.

»Hölderlin«, sagte Hinterhuber. »Er heißt Friedrich Hölderlin.«

»Dann eben Hölderlin.« Oliver Reimers klang leicht gereizt.

Zu viert saßen sie im Besprechungszimmer der Andernacher Polizeiinspektion. Oliver Reimers, Marie Kirschbaum, Franca und Hinterhuber.

»Ein schwäbischer Dichter, der nicht alle Tassen im

Schrank hatte.« Marie warf Oliver einen spöttischen Blick zu. »Sollte man eigentlich kennen.«

Da waren sie wieder, diese feinen spitzen Pfeile, die zwischen den beiden in regelmäßigen Abständen hin und her flogen. Begleitet von halb genervten, halb gleichgültigen Blicken. Franca fand, es war nicht zu übersehen, dass Marie und Oliver einmal etwas miteinander verbunden hatte, das nicht mehr existent war.

Fünf Tage waren seit dem Mord an Mario Reschkamp vergangen, und trotz zahlreicher Befragungen und Erwägungen von Täter und Motiven hatten sich noch immer keine konkreten Ermittlungsansätze ergeben. Lillys Messer war untersucht worden, jedoch konnte bald ausgeschlossen werden, dass es eine Verbindung zu dem Mordfall gab. Weder die Länge der Klinge noch sonstige Merkmale stimmten mit Marios Verletzungen überein. Damit hatte sich einmal mehr eine hoffnungsvolle Spur als nichtig erwiesen, und sie konnten wieder ganz von vorn beginnen.

»Ich frage mich, ob das Zeug hier nicht ebenfalls einem kranken Hirn entsprungen ist. ›Buch der Schatten‹, wenn ich so was schon sehe. Wahrscheinlich hatte der selbst einen Schatten.« Oliver klappte das Buch zu und legte es mit einer unwirschen Bewegung auf den Tisch.

Franca nahm es zur Hand, betrachtete kurz den rotbraunen Einband mit der goldgeprägten Schrift, bevor sie es aufschlug.

»›*Werde, der du bist*‹«, rezitierte sie, während sie darin blätterte. – »›*Erkenne dich selbst*‹ – ›*Habe den Mut, dich deines eigenen Verstandes zu bedienen.*‹ – Gegen solche Sprüche ist ja eigentlich nichts zu sagen. Aber wirklich weiter hilft uns das nicht.« Sie seufzte. So sehr hatte sie darauf gehofft, bei der Durchsuchung von Marios Zimmer auf brauchbare Hinweise zu stoßen. Ein Tagebuch oder zumindest ein Notizbuch. Irgendeinen Anhaltspunkt, und sei er noch so winzig. Doch in diesem Büchlein waren lediglich Zitate zu finden. Kein persönliches Wort. Keine Namen. Keine Adresse.

»Du meinst, die Sprüche klingen ganz vernünftig im Gegensatz zu dieser Bumm-Bumm-Musik und dem anderen unappetitlichen Kram, den wir bei ihm gefunden haben?«, fragte Oliver.

»Wir sollten nicht vergessen, wie alt Mario war. Beziehungsweise wie jung«, gab Marie zu bedenken. »Heavy Metal ist bei vielen Jugendlichen beliebt. Und er ist nicht der Einzige, der sich von Killerspielen und Horrorvideos den besonderen Kick erhofft. Dumm war Mario jedenfalls nicht. Er scheint sich mit vielen unterschiedlichen Dingen beschäftigt zu haben. Wenn er auch nur einen Teil der Bücher gelesen hat, die in seinem Regal stehen, dann alle Achtung.«

»Nennst du so einen Kram wie die ›Satanische Bibel‹ etwa intelligent?«, fragte Oliver provozierend.

Marie hob die Schultern. »Das Buch handelt von der Nachtseite der menschlichen Existenz. Ein Thema, das auch in Goethes ›Faust‹ eine Rolle spielt. Immerhin stand Khalil Gibrans ›Der Prophet‹ daneben, also das krasse Gegenteil der ›Satanischen Bibel‹.«

»Wer ist Khalil Gibran?«, fragte Hinterhuber. »Muss man den kennen?«

»Ein libanesischer Dichter und Denker«, erwiderte Marie und strich sich eine dunkle Strähne hinters Ohr. »Gibran hat sehr poetische philosophische Texte geschrieben, spirituelle Lebensweisheiten über Liebe und Schmerz, über Schuld und Sühne, eben über alles, was den Menschen bewegt. Die Art und Weise, wie er schreibt, hat mich sehr berührt.«

Oliver verrollte die Augen und sah zur Decke.

»Ich habe ›Der Prophet‹ auch gelesen«, Franca nickte Marie lächelnd zu. »Und ich kann mich ebenfalls mit vielen seiner Thesen identifizieren. ›Von den Kindern‹ hat mir besonders gefallen.«

»Und was sagt uns das jetzt alles?«, fragte Oliver genervt.

»Da steh ich nun, ich armer Tor, und bin so klug als wie zuvor.« Das war Hinterhuber. Alle lachten.

Maries Handy klingelte. Sie stand auf, entschuldigte sich bei den Anwesenden und ging hinaus.

»Wie wär's, wenn wir die Sache mit den Mädchen mal näher unter die Lupe nehmen?«, schlug Oliver vor. »Annette, Julia, Simone, Davina – ich muss sagen, der Junge hatte einen ordentlichen Verschleiß.« Die unverhohlene Bewunderung, die Oliver dieser Tatsache zusprach, war herauszuhören. »Wie es aussieht, lief vieles parallel. Insofern wäre doch ein Eifersuchtsdrama nicht auszuschließen«, meinte er.

Marie kam ins Besprechungszimmer zurück und setzte sich wieder auf ihren Platz.

»Traust du so was wirklich einem jungen Mädchen zu?«, fragte Hinterhuber zweifelnd.

»Mädchen haben inzwischen stark aufgeholt, was Gewaltdelikte betrifft. Die Hemmschwelle ist allgemein gesunken, das ist nicht nur bei den Jungs zu beobachten«, wandte Marie ein.

»Aber neunundzwanzig Messerstiche? Und dann mit solcher Wucht.«

»Lilly hättest du das zugetraut«, bemerkte Franca.

»Bei Drogenabhängigen muss man andere Maßstäbe anlegen, das weißt du doch auch«, antwortete Hinterhuber. »Seine Freundinnen hatten aber mit Drogen offensichtlich nichts zu tun.«

»Wer weiß?«, meinte Oliver. »Es hat schon so manches Engelchen seine Mama an der Nase herumgeführt. Wie war das nochmal mit den Weibern, die zu Hyänen wurden?«

Franca schmunzelte. Oliver war offensichtlich daran gelegen, der Runde zu demonstrieren, dass er durchaus über eine gewisse literarische Bildung verfügte.

»Es ist richtig, dass wir auch das scheinbar Unmögliche nicht ausschließen sollten«, wandte Franca ein, »obwohl ich Hubi recht gebe. Ich glaube eigentlich auch eher an einen männlichen Täter.«

»Also wären wir wieder einmal bei den Junkies gelandet. Ich schätze, dass wir noch längst nicht alle seine Kunden ermittelt haben.«

Es war zwar kein Heroin in Marios Zimmer gefunden worden, dennoch sprach vieles dafür, dass er als Kleindealer eine gewisse Stammkundschaft versorgte. Auch, dass er selbst nicht rauschgiftsüchtig war, konnte als gesichert gelten. Zumindest nicht heroinsüchtig. Etliche seiner jugendlichen Kunden waren inzwischen befragt worden. Viel war nicht dabei herausgekommen. Was allerdings auch daran liegen konnte, dass Junkies in der Regel der Polizei gegenüber weder sehr mitteilungsbedürftig noch sehr wahrheitsliebend waren.

Franca nippte an dem Kaffee, den Oliver gebracht hatte. Er war ziemlich stark, zum Tote Erwecken.

Marie griff nach dem ›Buch der Schatten‹ und blätterte darin. Plötzlich stutzte sie. »Das hat ihm ja Davina gewidmet«, sagte sie erstaunt.

Franca nickte. »Davina Kayner. Sie war eine seiner Freundinnen.«

Maries Gesichtsausdruck nach zu urteilen, lauschte sie offensichtlich einer Erinnerung nach. Stirnrunzelnd sah sie von einem zum anderen. »Wer hat mit ihr gesprochen?«

»Ich«, sagte Franca. Sofort hatte sie Davinas Erscheinungsbild vor Augen: ein ätherisches, dunkelhaariges Mädchen mit Schneewittchengesicht und einem schüchternen Lächeln, das ihre Beschützerinstinkte geweckt hatte. Ein Mädchen, das wenig sprach und viel schwieg. Sie schien Marios Tod ziemlich mitgenommen zu haben, obwohl sie bei der Nachricht nicht in Tränen ausgebrochen war, wie fast alle anderen Freundinnen von ihm. »Warum fragst du?«, wollte Franca wissen.

»Da war vor Jahren eine merkwürdige Geschichte. Ihre Mutter ist von einem Tag auf den anderen verschwunden. Eine ziemlich mysteriöse Sache. Ungefähr zehn Jahre dürfte das jetzt her sein.« Sie sah fragend in Olivers Richtung. Der hob die Schultern. »Das war vor meiner Zeit.«

»Merkwürdig, wie die Dinge immer wieder zusammenlaufen«, sagte sie. »Ich weiß noch, wie wir die Kleine im Streifendienst aufgegriffen haben. Sie lief nachts die Straße entlang. Mit einem Rucksack auf dem Buckel und einem Stofftier in der Hand. Da hast du so ein kleines, verstörtes Mädchen vor dir, das dich mit großen Augen ansieht und dir erzählt, dass seine Mama nicht mehr da ist. So was vergisst du dein Leben nicht. Später ist sie dann ein paar Mal auffällig geworden. Klauen, tätliche Angriffe gegen Mitschüler. Sie war ganz offensichtlich traumatisiert, und sie hat mir irgendwie leidgetan.«

»Marie und ihr großes Herz«, sagte Oliver spöttisch.

Franca warf ihm einen ärgerlichen Blick zu. Langsam ging er ihr mit seinen destruktiven Äußerungen auf den Keks.

»Ich hab sie als eher ruhig und introvertiert erlebt. Absolut nicht aggressiv«, sagte sie zu Marie gewandt. Diese ignorierte Olivers Bemerkung und war offensichtlich gewillt, den roten Faden, der anfing, sich zu spinnen, nicht mehr loszulassen. »Ich habe sie ja auch von verschiedenen Seiten kennengelernt. Es ist das Mädchen. Da bin ich mir ganz sicher. Der Name ist ja nicht gerade alltäglich. Was ich nicht vergessen habe, sind ihre intensiven hellblauen Augen, mit denen sie einen fixieren konnte.«

»Genau«, Franca nickte. Auch ihr war dieser irritierende Ausdruck in den hellen Augen des Mädchens aufgefallen. »Und was war mit der Mutter? Ist sie irgendwann wiederaufgetaucht?«

»Soweit ich weiß, nein. Man vermutete damals alles Mögliche. Am wahrscheinlichsten schien, dass sie mit einem Mann durchgebrannt war. Aber auch Selbstmord konnte nicht ausgeschlossen werden. Ebenso wenig wie ein Gewaltverbrechen. Damals wurde viel spekuliert.«

»Wer hat sich denn um das Mädchen gekümmert?«

»Die Großmutter. Sie galt als die einzige Verwandte.«

»Und dieser Fall ist nicht aufgeklärt worden?«

Marie schüttelte den Kopf. »Ich glaube nicht. Ich kann aber gern die Akte raussuchen.«

4

Ein wenig kokett lächelte die Frau den Fotografen an. Eine hübsche, junge Frau im Ethno-Look mit dunkelbraunen Locken, um die ein gebatiktes Band geschlungen war. Hinter ihrem rechten Ohr steckte eine Rosenblüte. Ein verspätetes Hippiemädchen, das nicht so ganz in die Zeit zu passen schien.

Patricia Kayner war zweiunddreißig Jahre alt, als man sie am 21. April 1997 für vermisst erklärte. Etliches an Material war zusammengetragen und akribisch archiviert worden. Berichte, Protokolle, Fotos. Auf einem anderen Foto sah sie etwas jünger aus. Da trug sie das Haar kürzer. Der Mund war halb geöffnet. Kräftige weiße Zähne waren zu sehen. In den rauchigen Augen, die mit Kajal dunkel umrandet waren, lag ein melancholischer Ausdruck, der nicht zu ihrem lächelnden Mund passte. Franca fühlte sich eigentümlich berührt. Wo hatte sie solch einen Blick schon mal gesehen?

Ein weiteres Foto zeigte Mutter und Kind. Sie waren sich sehr ähnlich. Beide schlank und schmal. Herzförmige Gesichter und kleine Münder mit vollen Lippen, die bei beiden ein wenig aussahen, als ob sie schmollten. Die Mutter hatte den Arm um das Kind gelegt. Es sah rührend aus, wie ihre Körper und Köpfe sich einander zuneigten. Auf diesem Bild lächelte das Kind. Die Mutter nicht.

Die Vermisstenanzeige hatte Helene Kayner aufgegeben. Ihren Angaben zufolge war ihre Tochter Patricia, mit der sie im selben Haus zusammenlebte, in dieser Aprilnacht verschwunden, nachdem sie Herrenbesuch hatte. Über den Besucher konnte sie keine Angaben machen.

Franca blätterte weiter.

»Helene Kayner (Mutter) bemängelt den Lebenswandel ihrer Tochter und gibt an, sie sei ein schlechtes Vorbild für ihre siebenjährige Tochter Davina gewesen«, lautete einer der Vermerke in dem Protokoll.

»*Frage:* War Ihre Tochter vor ihrem Verschwinden verändert?

Antwort: Ja. Sie war unruhig und hat oft davon gesprochen, wegzugehen. Sie hat mehrmals erwähnt, dass sie ein neues Leben beginnen wolle. Ich habe sie gefragt, wie sie sich das vorstellt, vor allem mit dem Kind. Doch darauf blieb sie mir stets die Antwort schuldig.

Frage: Gab es einen Mann, mit dem sie dieses neue Leben beginnen wollte?

Antwort: Einen? Die hat's doch mit jedem getrieben.

Frage: Können Sie uns die Namen ihrer Männerbekanntschaften nennen?

Antwort: Nein, sie hat mir keinen von denen vorgestellt. Wenn, dann bin ich ihnen zufällig im Haus begegnet. Das war manchmal ziemlich unangenehm. Es waren immer andere Gesichter.

Frage: Können Sie die Männer beschreiben?

Antwort: Wo soll ich denn anfangen?

Frage: Mit demjenigen, den Sie zuletzt bei ihrer Tochter gesehen haben.

Antwort: Ach Gott. Was soll ich da sagen? Ich habe ihn ja gar nicht richtig gesehen. Nur so im Vorübergehen. Der hat noch nicht mal gegrüßt, hatte es bloß eilig, in ihr Schlafzimmer zu kommen wie die anderen auch. Ich habe mir immer nur Gedanken um das Kind gemacht. Das hat ja alles mitbekommen. Die Zimmer lagen nebeneinander. Was denkt wohl so ein Kind, wenn es die Mutter nebenan rumhuren hört? Da muss man sich ja über nichts mehr wundern, oder?

Frage: Wie würden Sie Ihr Verhältnis zu Ihrer Tochter bezeichnen?

Antwort: (zögernd) Sie hat's mir nie leicht gemacht. Obwohl ich immer für sie da war. Für sie und das Kind. Gedankt hat sie es mir nie.

Frage: Halten Sie es für möglich, dass Ihre Tochter sich etwas angetan hat?

Antwort: Ich weiß es nicht. Aber wenn ich's mir recht überlege ... Doch. Das kann auch sein. (zögernd) Sie hat es schon mal versucht. Mit Tabletten. Da war sie fünfundzwanzig. Damals kam sie zum ersten Mal in die Nervenklinik. Danach musste sie immer wieder in Behandlung. Sie war oft so komisch. Ich hab das nicht verstanden. Und was sie mit ihr in der Klinik gemacht haben, darüber hat sie nie gesprochen.«

»Psychotische Schübe«, hatte jemand mit Fragezeichen an den Rand geschrieben.

Psychotische Schübe. Jetzt fiel Franca auch wieder ein, woher sie Patricia Kayners eigentümlichen Blick auf dem Porträtfoto kannte. Damals, als sie ihre Mutter in der Andernacher Landesnervenklinik besucht hatte, teilte diese das Zimmer mit einer jungen Frau, die Patricia Kayner ein wenig ähnlich sah. Und einen ebensolchen Blick hatte. Nach innen gekehrt. Als ob sie nicht ganz von dieser Welt sei.

Franca konzentrierte sich weiter auf die Unterlagen.

Nach Patricias Verschwinden war der Polizeiapparat sofort aktiv worden, da nicht ausgeschlossen werden konnte, dass aufgrund der Vorgeschichte Gefahr für Leib und Leben bestand, wie es im Amtsdeutsch hieß.

Das Auto der Vermissten, ein roter Sportwagen, stand nach wie vor auf seinem Platz im Schuppen. Personalausweis, Kreditkarte und einige Kleidungsstücke fehlten. Insofern gingen sowohl die Polizei als auch die Mutter der Vermissten zunächst davon aus, dass sie zusammen mit dem Unbekannten, mit dem sie die Nacht verbracht hatte, verschwunden war.

Alle Flughäfen waren kontrolliert worden, doch der Name der Vermissten wurde nirgends registriert. Das Bankkonto zeigte keinerlei Bewegungen. Sämtliche

Nachforschungen in Krankenhäusern, Kliniken und bei kassenärztlichen Diensten blieben erfolglos.

In all den Unterlagen stand wenig über das Kind. Nur der Name und das Alter. Davina Kayner, sieben Jahre alt.

Was mochte in einem Kind vorgehen, das plötzlich mutterlos dasteht? Zehn Jahre waren inzwischen vergangen. Davina war siebzehn Jahre alt. Ein hübscher Teenager, der sich in Mario Reschkamp verliebte. Ein junger, sehr gut aussehender Mann, den sie offenbar mit einigen Mädchen teilen musste. Vielleicht hatte sie das gewusst, vielleicht auch nicht.

Nun war Mario aus ihrem Leben verschwunden, wie damals ihre Mutter. Mit dem einzigen Unterschied, dass Mario mit Gewissheit tot war, während das Schicksal ihrer Mutter weiterhin ungeklärt war.

Franca zog ihre Jacke über. Sie war schon fast zur Tür raus, als das Telefon ging. Schnell lief sie zurück und nahm den Hörer ab.

»Hallo, Franca«, sagte eine Stimme, mit der sie am allerwenigsten gerechnet hätte.

»Hallo, Fredy«, grüßte sie verhalten zurück. Mit Fredy Geisen von der Drogenfahndung hatte sie eine kurze, heftige und, wie sie glaubte, ziemlich vielversprechende Affäre gehabt. Aus Gründen, die sie immer noch nicht nachvollziehen konnte, hatte er ihre Beziehung beendet. Seitdem war sie privaten Zusammentreffen mit ihm ausgewichen. Dienstliche Kollisionen ließen sich jedoch nicht immer vermeiden.

»Ich wollte nur wissen, ob du im Büro bist. Ich komme mal kurz zu dir runter.«

»Das passt mir überhaupt nicht, Fredy«, sagte sie kühl. »Ich bin gerade auf dem Sprung.«

»Es dauert nur einen Moment. Und ich bin mir ganz sicher, dass dich das interessiert, was ich dir mitzuteilen habe.«

Mit einem Seufzen legte sie auf. Kurz darauf stand er in der Tür. Groß, schlank und ziemlich attraktiv. Franca fühlte sich unangenehm berührt. Er gefällt dir immer noch verdammt gut, dachte sie. Und gleichzeitig: Wieso hat er damals nur alles so abrupt abgebrochen? Lag es vielleicht an mir?

»Wie geht's denn so?«, fragte er und warf ihr einen undefinierbaren Blick zu.

»Gut«, antwortete sie knapp. »Du weißt, ich habe es eilig«, fügte sie hinzu, als er in der Tür stehen blieb.

Er strich sich über die langen dunklen Haare, die er im Nacken zu einem Zopf gebunden trug. Der Dreitagebart gab seinem ohnehin markanten Gesicht zusätzlich etwas Verwegenes.

»Ich komme gerade aus Andernach«, sagte er.

»Und?«

»In den Rheinanlagen haben wir eine jugendliche Drogentote gefunden. Die erste in diesem Jahr.«

»Und das wolltest du mir mitteilen?« Ihr Lächeln war spöttisch.

Er ließ sich nicht beirren. »Das Mädchen heißt Lilly.«

Augenblicklich veränderte sich ihr Gesichtsausdruck. Mit großen Augen sah sie ihn an. »Lilly Prekow? Sie ist tot?«

Sie sah die Gestalt des Mädchens vor sich. Ihr halb trauriges, halb trotziges Wesen. Das zottelige, karottenrote Haar, die vielen Piercings im Gesicht. Die schwarze Kleidung, die durchlöcherten Netzstrümpfe. Ihre Unsicherheit. Ihr plötzliches Auftrumpfen. Das Messer in ihrer Hand, mit dem sie auf Hinterhuber losging und ihn verletzte. Wie ein Widerhall klangen ihre Worte in Francas Ohren: »Für euch sind wir doch nur Geschmeiß, das man wegklatschen sollte.«

Franca sah Fredy in die Augen. Blaue Augen, in denen sie sich einstmals gespiegelt sah. »Was denkst du eigentlich, wenn du so ein totes Mädchen siehst?«, fragte sie leise. »Ein Mädchen, das gerade mal siebzehn Jahre alt geworden ist.«

Er kniff argwöhnisch die Augen zusammen. »Was soll diese Frage? Ich dachte, es interessiert dich, dass sie tot ist. Schließlich habt ihr sie doch erst kürzlich vernommen.«

»Vergiss es«, sagte sie und machte eine wegwerfende Handbewegung. »Woran ist sie gestorben? Überdosis?«

Er nickte. »Der Stoff, den sie injiziert hatte, war ziemlich rein. Wahrscheinlich reiner als das, was sie sich sonst so in die Venen gejagt hat. Das hat ihr Körper nicht ausgehalten.«

»Danke für die Mitteilung«, sagte sie knapp. »Aber ich muss jetzt wirklich.« Sie ging an ihm vorbei, öffnete die Tür und wartete, bis er gegangen war. Im Flur drehte er sich nochmal zu ihr um. Vollkommene Ratlosigkeit im Gesicht.

5

Die Handoberflächen waren gerötet und leicht geschwollen. Dumpfer Schmerz pochte unter der Haut. Etwas Mächtiges machte sich in ihr breit und drückte von innen gegen ihren Brustkorb.

Unten fiel die Haustür ins Schloss.

Die alte Hexe war weg! Wahrscheinlich rannte sie wieder in die Kirche und betete zu ihrem Herrn Jesus. Die fromme Helene! So hatte Mama sie manchmal genannt.

Davina stand auf und zog ihren Pullover über, darauf bedacht, die schmerzenden Finger nicht allzu sehr zu bewegen. Als sie den Schrank öffnete, sah sie, dass dort in einer Ecke noch die Flasche Wodka stand, die sie mal zu irgendeiner Party mitnehmen wollte, zu der sie dann aber doch nicht gegangen war. In Gesellschaft von anderen Jugendlichen fühlte sie sich stets etwas deplatziert. Da blieb sie lieber für sich. Nur mit Mario war das anders gewesen. Mit ihm war so vieles anders gewesen …

Sie band einen Schal um den Hals und zog ihre dicke, schwarze Jacke an. Die Athame, die auf dem kleinen Altar lag, steckte sie in die Innentasche ihrer Jacke. Dann griff sie nach der Wodkaflasche und ging aus dem Haus. Ziellos begann sie zu laufen. Hügelaufwärts, über Feld- und Waldwege. Vorbei an Pferdeweiden und kahlen Äckern. Es war der Weg, den sie als Kind oft mit ihrer Mutter gegangen war. Er führte hinauf auf den Krahnenberg.

Die kalte Luft nagte an ihren Wangen. Kaum jemand begegnete ihr, nur ein paar Spaziergänger mit ihren Hunden, die sie nicht kannte. Die blaugrauen Silhouetten der Bäume begrenzten den Horizont. Unten im Tal lagen die Ortschaften Weißenthurm und Mülheim-Kärlich. Niedrige Häuseransammlungen, die überragt wurden von den hohen Betonpfeilern der Neuwieder Brücke und dem Kühlturm des Kernkraftwerks. Ein Landschaftsbild, eingehüllt in bläulichen Dunst, für das sie keinen rechten Blick hatte.

Unermüdlich schritt sie weiter. Bald lichteten sich die Baumgruppen und gaben den Blick auf den Rhein und die gegenüberliegende Rheinseite mit ihren steilen Weinbergen frei.

»So nah ist Leutesdorf. Man kann die Häuser sehen. Und doch ist dort drüben eine ganz andere Welt«, hatte ihre Mutter oft gesagt, wenn sie hier gestanden und hinübergesehen hatten. Oder hinunter auf den breiten Fluss, auf dem die Schiffe vorbeiglitten. »Ein Fluss ist eine Grenze. Aber jede Grenze ist überwindbar.« Dabei hatte Mama gelächelt und das Lied von den Königskindern vor sich hingesummt, die zueinander nicht kommen konnten, weil das Wasser viel zu tief war.

Davina setzte sich auf eine Bank, holte die Wodkaflasche hervor, schraubte den Deckel ab und roch daran. Angewidert schraubte sie die Flasche wieder zu.

Aus ihrer Hosentasche zog sie ein zerknittertes Foto. Ihre Mutter lächelte sie an. Davinas Augenlider flatterten.

»Sie mag nicht an dich erinnert werden«, flüsterte sie. »Sie hat mir den Klavierdeckel auf die Hände geknallt, weil ich dein Lied gespielt habe. Sie ist eine alte gottverdammte Kuh. Ich halte es nicht mehr aus mit ihr.«

Sie lauschte. Vielleicht bekam sie eine Antwort. Noch hatte sie nicht alle Orte ausfindig gemacht, an denen das Ritual funktionierte.

Schritte näherten sich. Ein älterer Mann und eine Frau kamen vorbei. Sie konnte gerade noch rechtzeitig die Wodkaflasche hinter ihrem Rücken verstecken.

Eine Weile blieb sie so sitzen und starrte vor sich hin. Langsam fühlte sie, wie die Kälte in ihr hochkroch. Erneut schraubte sie die Flasche auf und setzte sie kurz entschlossen an die Lippen. Mit etwas Überwindung nahm sie einen tiefen Schluck. Ihre Lippen brannten. Sie konnte den Weg des Alkohols ausmachen, wie er über ihre Zunge und die Kehle hinunter in den Magen lief. Noch einen Schluck und noch einen. Sie spürte ein Feuer in ihrem Inneren. Etwas, das die Ohnmacht und das beklemmende Angstgefühl auf angenehme Weise minderte. In ihrem Kopf begann es zu summen.

»Davina, hörst du mich?«, vernahm sie mit einem Mal eine Stimme, die aus dem Unterholz kam.

»Mama!« Ein entrücktes Lächeln legte sich auf ihr Gesicht. Sie stand auf, tastete nach der Athame in ihrer Jackentasche. Ein Schwindelgefühl erfasste sie. Leichtigkeit breitete sich in ihr aus. Als ob sie schwebte.

6

Das Haus lag am Stadtrand. Eine Art Hexenhäuschen aus dunklem Basaltgestein, wie so viele ältere Häuser in der Gegend. Alter und Witterung hatten zahlreiche Spuren hinterlassen. Das Haus lag inmitten eines großen, verwilderten Gartens und war von hohen Bäumen umgeben.

»Frau Kayner?«

»Ja, bitte?« Eine füllige Dame mit weißer Dauerwelle öffnete ihr. Ein Omatyp mit großem Busen und einer Brille auf der Nase. Ihre Füße steckten in karierten Pantinen.

»Franca Mazzari von der Kripo Koblenz.«

Der Blick aus wässrigen Augen hinter den Brillengläsern changierte. »Ja.« Dann vorsichtig: »Ist es wegen meiner Enkelin?« Ein leichtes, unsicheres Zucken im Mundwinkel.

»Könnte ich erst mal reinkommen?«

Der Flur war eng und dunkel. An den mit beigefarbenen Stofftapeten beklebten Wänden hingen Blumenbilder und von Spinnweben umrankte Trockengestecke. Die Tür am Ende des Flurs führte in ein Wohnzimmer mit kleinen Fenstern, das von den umliegenden hohen Bäumen verdunkelt wurde und wie eine düstere Höhle wirkte.

Schwere Eichenmöbel. Etliche Ölbilder mit ländlichen Motiven an den Wänden. Dazwischen ein Kruzifix. In der Ecke stand ein Klavier. Ein hoher, brauner

Kachelofen, der eine behagliche Wärme ausstrahlte, dominierte den Raum.

Franca ließ sich auf dem dunkelgrünen Sofa nieder, spürte das starre Brokatkissen im Kreuz.

Auf dem Sofatisch lagen einige Zeitschriften. Eine war aufgeschlagen. Regenbogenpresse, soweit sie das beurteilen konnte. Auch Francas Mutter las gelegentlich solche Illustrierten, die von der Welt der Reichen und Schönen berichteten.

Trotz des behaglichen Kachelofens wirkte der Raum dunkel und beklemmend. Franca fragte sich, wie sich ein siebzehnjähriges Mädchen hier wohl fühlen mochte.

Die alte Dame setzte sich ihr gegenüber auf einen flaschengrünen Sessel mit hoher Rückenlehne. Sie trug einen wadenlangen Rock, dunkle, gerippte Strümpfe und einen hellen Strickpullover. Unentwegt strich sie über ihren Rock. Franca bemerkte die beiden schmalen, goldenen Ringe, die sie übereinander an der rechten Hand trug.

Sie sah ihr ins Gesicht. Zahlreiche geplatzte rote Äderchen durchzogen ihre Haut.

»Ich möchte mit Ihnen über Ihre vermisste Tochter sprechen«, sagte Franca.

»Patricia?« Die Frau richtete sich erstaunt auf. »Haben Sie denn was von ihr gehört?«

»Das nicht. Ich habe mir die Akte angesehen und wollte Ihnen ein paar Fragen stellen.«

Die Schultern der Frau fielen herab. Ihr Gesicht verschloss sich. »Aber … warum jetzt? Ich meine, es waren doch so viele Polizisten hier. Damals. Und es ist doch schon so lange her. Patricia hat sich nie wieder gemeldet. Wir wissen nichts, gar nichts …«

»Frau Kayner, ich kann mir vorstellen, wie furchtbar es ist, wenn man nicht weiß, wo die Tochter geblieben ist. Und das nun schon seit so vielen Jahren«, sagte Franca leise.

Die Frau begann, wie mechanisch zu nicken. Ein Nicken, das an den Kopf eines Wackeldackels erinnerte.

»Ihre Tochter hat bis zu ihrem Verschwinden hier bei Ihnen im Haus gelebt, ist das richtig?«

Die Frau presste die Lippen zusammen und fuhr mit dem mechanischen Nicken fort.

»Seitdem kümmern Sie sich um Ihre Enkelin?«

»Was sollte ich denn machen?« Sie hob die runden Schultern. »Sie hat ja sonst niemanden. Keine Verwandtschaft.«

»Was ist mit Davinas Vater?«

»Es gibt keinen.«

»Sie wissen nicht, wer Davinas Vater ist?«

Die alte Dame schüttelte den Kopf. »So, wie sich meine Tochter immer aufgeführt hat, hat sie selbst nicht gewusst, wer sie geschwängert hat«, sagte sie scharf. Auch der Seufzer, den sie ausstieß, sagte eine Menge über ihre Einstellung zu diesem Thema aus.

»Wie ist Ihr Verhältnis zu Davina?«, fragte Franca.

»Wie soll es sein? Wir reden nicht viel miteinander. Wenn, dann gibt es Streit. Und den versuche ich, so gut es geht, zu vermeiden.« Sie hob den Kopf, suchte Francas Blick. Franca nickte ihr aufmunternd lächelnd zu. »Erzählen Sie nur.«

»Davina war kein einfaches Kind. Eigensinnig und

dickköpfig, genau wie ihre Mutter. Je älter sie wurde, desto weniger kam ich mit ihr klar. Obwohl sie sich woanders durchaus benehmen konnte, wie ich weiß. Aber zu Hause habe ich dann alles abgekriegt. Ich sage es Ihnen ganz ehrlich: Ich habe mich mit Davina ziemlich überfordert gefühlt. Ich meine, ich habe mich immer gekümmert.« Sie fuhr mit der Hand durch die Luft. »Vielleicht habe ich auch nicht alles richtig gemacht, aber ...« Hilflos brach sie ab.

»Wenn das alles so schwierig für Sie war, warum haben Sie Davina nicht in ein Heim gegeben?«

Wieder setzte das mechanische Nicken ein. »Ich müsste lügen, wenn ich sagen würde, ich hätte nicht daran gedacht.« Frau Kayner hatte ihre Hände im Schoß gefaltet. Es sah aus, als bete sie. »So was macht man ja auch nicht einfach so. Ich weiß ja, dass sie furchtbar gelitten hat. Ich habe bestimmt nicht vergessen, was es bedeutet, die Mutter so früh zu verlieren, und wie schlimm das gerade in solch einem Alter ist. Man hat ja doch eine große Verantwortung. Und es ist ja auch immer irgendwie weitergegangen.«

Eine Weile herrschte Schweigen.

»Haben Sie in all den Jahren nichts getan, um Ihre Tochter ausfindig zu machen?«, fragte Franca.

»Was hätte ich denn tun sollen?« Nicht nur ihre Stimme, ihre gesamte Haltung drückte Resignation aus. »Wo hätte ich denn anfangen sollen? Die Polizei hat ja auch nichts herausgefunden. Und selbst wenn wir Patricia gefunden hätten, sie wäre ja doch nicht mehr zu uns zurückgekommen.« Sie löste die gefalteten Hände, strich sich mit knittrigen Fingern über ihren Rock und nahm einen imaginären Fussel ab. »Sie hatte so einen Spleen. Frei sein wollte sie. Sich von nichts und niemandem Vorschriften machen lassen. Mit dieser Haltung ist sie natürlich überall angeeckt.«

»Was hat Ihre Tochter denn beruflich gemacht?«

»Sie hat alles Mögliche angefangen und nichts zu Ende gebracht. Nirgends ist sie lange geblieben. Schließlich hat sie in einem Schnellkurs Kosmetikerin gelernt. Da konnte sie wenigstens einen Abschluss vorweisen. Danach hat sie kurz diesen Beruf ausgeübt. Für so einen Hungerlohn würde sie nicht arbeiten, meinte sie. Als ob sie es sich hätte aussuchen können. Ich weiß nicht, was sie gemacht hat. Oft ging sie nachts weg. Sie sagte, sie kellnert. Aber ich glaube, es war was anderes.«

Franca suchte ihren Blick. »Sie meinen, sie hat sich prostituiert?«

»Ich weiß es nicht genau.« Frau Kayner hob die Schultern. »Sie hat mit mir nicht darüber geredet. Aber Geld hatte sie immer genug. Und da macht man sich dann so seinen Reim drauf, nicht wahr?«

»Hat Ihre Tochter immer hier bei Ihnen gelebt?«

Sie schüttelte den Kopf. »Ganz früh ist sie ausgezogen. So mit sechzehn, siebzehn, weil wir immer aneinandergeraten sind. Lange Zeit wussten mein Mann und ich gar nicht, wo sie war. Erst viel später haben wir erfahren, dass sie in verschiedenen Wohngemeinschaften gelebt hat. Nach Jahren ist sie eines Tages wieder hier aufgekreuzt, mit dickem Bauch, und hat gefragt, ob sie bei uns wohnen kann. Damals hat mein Mann noch gelebt. Im Nachhinein denke ich, sie ist gar nicht unseretwegen gekommen, sondern sie hat nur einen Babysitter gebraucht.«

Auf einmal veränderte sich ihr Gesichtsausdruck um Nuancen. Ihr Blick wurde hart. »Warum fragen Sie mich das alles?«

»Wir sind dabei, die alten Vermisstenfälle zu überprüfen«, sagte Franca. »Ist Ihre Enkelin zu sprechen? Uns würde natürlich auch interessieren, wie sie das Ganze erlebt hat.«

Die alte Frau schüttelte den Kopf. »Ich weiß nicht, wo sie ist.« Sie verstummte. Dann fügte sie zögerlich hinzu: »Sie sagt mir nie, wo sie hingeht.«

»Kennen Sie ihre Freunde?«

Sie senkte den Blick. »Ich weiß überhaupt nichts mehr von ihr.«

Franca stutzte. »Aber Sie leben doch hier zusammen!«, rief sie.

»Wir leben in einem Haus, ja, aber nicht zusammen.«

Eine alte Frau und ein junges Mädchen in einem kleinen, düsteren Haus. Da ist so viel Schweigen. Und das Bindeglied zwischen den beiden ist seit zehn Jahren verschwunden.

»Könnte ich mir mal Davinas Zimmer ansehen?«

Franca bemerkte Frau Kayners Zögern.

»Ich gehe da nicht rein.«

»Sie betreten nie das Zimmer Ihrer Enkelin?« Franca schwirrten eine Menge Gedankenfetzen durch den Kopf.

»Sie hat es mir verboten.« Die alte Dame verschränkte die Arme vor der Brust. »Muss sie eben selber aufräumen und sauber machen.«

»Dürfte ich?« Franca erhob sich. »Wo ist es?«

Hintereinander gingen sie die Treppe hoch. Es war eine Holztreppe, die bei jedem Schritt knarzte.

Franca drückte die Klinke herunter. Die Tür war nicht abgeschlossen. Ein ganz normales Mädchenzimmer. Zwei schmale Fenster mit Blick auf den Garten und die Nachbardächer. Davor bunt gemusterte Vorhänge. Das Bett war zerwühlt. Am Kopfende lag ein Stofftier, ein kleiner Hund mit abgewetztem Fell und nur noch einem Glasauge.

Neben dem Bett standen ein Schreibtisch und ein Regal mit vielen Büchern. Über dem Schreibtisch hing ein Katzenkalender. Ein putziges Tigerkätzchen balancierte vorsichtig auf einem Ast. Die schrägen Wände über dem Bett schmückten Poster. Junge Frauen in kecken Posen. Wahrscheinlich irgendwelche Filmsternchen oder Mädchenbands.

Etwas erregte Francas Aufmerksamkeit. Etwas, das sich merkwürdig in diesem Zimmer ausnahm. Es war ein kleiner Altar. Auf einem schwarzen Tuch mit eingewebtem Pentagramm stand ein gerahmtes Foto, eine Porträtaufnahme von Patricia Kayner. Rechts und links davon halb heruntergebrannte Kerzen in hohen Leuchtern sowie ein mit Sand und Asche gefülltes Gefäß. Auf dem Tuch lag ein silberfarbenes Amulett, das an die Form einer Fledermaus erinnerte.

»Hat sich Ihre Enkelin mit Okkultismus beschäftigt?«, fragte Franca.

»Um Gottes willen«, sagte die alte Frau und fasste sich ans Herz, »was ist *das* denn? Ich hab das hier noch nie gesehen.«

7

Die Polizistin war weg. Wie dunkel und düster das Haus auf einmal wirkte. Sie schaltete das Licht ein, doch es konnte nicht die Bilder vertreiben, die mit einem Mal lebendig wurden. Schatten und Schemen liefen ruhelos durch ihren Kopf wie aufgeschreckte Gartenschläfer.

Sie brauchte sich nichts vorzumachen: Es würde niemals aufhören.

Ihre Atemstöße klangen wie Seufzer. Sie fasste sich ans heftig klopfende Herz. Es war nicht nur das Gespräch mit der Polizistin, das die Wunde aufgebrochen hatte, über die eine dünne Kruste gewachsen war. Eine Kruste, unter der beim kleinsten Schaben bereits Eiter hervorbrach.

Warum war sie nur so dünnhäutig geworden? War es das Alter? Wurde man mit zunehmendem Alter empfindlicher?

Ihre schmerzende Brust hob und senkte sich.

Sie hielt es im Haus nicht länger aus. Ohne etwas überzuziehen und mit Pantinen an den Füßen ging sie hinaus in den verdorrten Garten. Das Gras war nass. Über dem zugeschütteten Fischteich wuchs Unkraut, das niemand mehr jätete. Sie blieb stehen, blickte in die Zweige des üppig wuchernden Haselnussstrauchs, an dem bereits die Blütenkätzchen hingen, und faltete die Hände. Sie spürte, wie die Kälte ihre Beine hochkroch, immer höher hinauf. Eine Kälte, die ihr Herz und ihr

Hirn durchdrang und die sich in jeder Zelle ihres Körpers ausbreitete.

Eine Hülle aus Eis. So fühlte sich ihr Körper an. Jedes Wärmegefühl war aus ihm gewichen. Ihr Blick irrte umher. Hinter dem staubblinden Fenster des Schuppens leuchtete es rot wie zum Hohn. Sie hätte das Auto längst wegschaffen lassen sollen. Wieso ließ sie zu, dass die Vergangenheit derart überhand nahm?

Sie hob den Kopf und sah nach oben in den grauen Himmel. Obwohl sie wusste, dass von dort keine Antworten auf ihre verzweifelten Fragen zu erwarten waren.

Was bedeutet unser Leben, und wer hat uns zu dem gemacht, was wir sind?

War es falsch gewesen, in ihrem damaligen hohen Alter noch ein Kind zu bekommen? Hatte sie nicht ihr Kind geliebt, so wie jede Mutter ihr Kind liebt?

Wann hatte der undurchdringliche Panzer, mit dem Patricia sich umgab, zu wachsen begonnen? War es mit dreizehn? Oder mit zwölf? Oder noch viel früher, ohne dass sie den Übergang bemerkt hätte?

Zu welchem Zeitpunkt war das Band zerrissen, das sie beide zusammengehalten hatte? Hätte sie etwas daran ändern können?

Wie lange sind Kinder unschuldig? Wann ist diese Unschuld zu Ende, weil an deren Stelle Berechnung tritt? Eiskalte Berechnung, die Mitmenschen zu Spielern degradiert. Zu Statisten in einem inszenierten Lebensdrama.

Welche Entscheidungen sind richtig und welche falsch?

Wie schafft man das, Tag für Tag die Stunden zu überstehen und einfach weiterzuleben, ohne verrückt zu werden?

Warum sind Töchter so?

Warum sind Enkel so?

Warum setzt sich alles fort?

Sag es mir.

8

»Hier haben wir sie gefunden.« Oliver Reimers deutete auf eine Mauerecke aus Bruchstein, vor der das Gras niedergedrückt war. Sie standen unterhalb des Bollwerks, einem mittelalterlichen Rundbau am Rhein.

Franca wandte sich um. Ein schwacher fischiger Geruch stieg vom Fluss auf. In regelmäßigen Abständen fuhren Autos auf der Uferstraße vorbei. Auf der gegenüberliegenden Seite lag das Krankenhaus. Etwas weiter oberhalb befand sich der Schlossgarten, in dem vor wenigen Tagen Mario Reschkamp getötet worden war. Zwei nicht natürliche Todesfälle innerhalb kurzer Zeit in einer Kleinstadt mit dreißigtausend Einwohnern – das gab zu denken. Zumal sich Mario Reschkamp und Lilly Prekow gekannt hatten. Doch wie gut sie sich gekannt hatten, lag im Dunkeln.

»Vielleicht hätten wir ja doch was für sie tun können …« Franca brach ab.

»Sie war ein Junkie«, antwortete Oliver lakonisch.

»Ja, und?« Sie sah ihn durchdringend an. »Was willst

du damit sagen? Dass wir uns mit denen nicht zu beschäftigen brauchen?«

»Ich will damit sagen, dass das ein Problem ist, dem wir Herr zu werden versuchen, aber bei dem wir immer wieder an unsere Grenzen stoßen.«

Franca nickte nachdenklich. »Glaubst du an einen Zusammenhang?«, fragte sie nach einer Weile.

Oliver hob die Achseln. »Wir sind genauso schlau wie ihr«, meinte er. »Dass Mario Lillys Stammdealer war, daran gibt's wohl kaum einen Zweifel. Und auch nicht daran, dass der neue Dealer ihr reineren Stoff vertickt hat als den, den sie gewohnt war. Du kannst dir aussuchen, ob sie sich das Zeug bewusst in die Vene gejagt hat oder nicht.« Kurzes Seufzen. »Tja, so ist das. Da werden wohl manche Fragen offen bleiben.«

Francas Blick wanderte an der Bruchsteinmauer entlang bis hin zu Lillys Sterbeort. Was empfindet ein Mensch in dem Moment, wenn er stirbt? Diese Frage hatte sie sich schon oft gestellt. Vielleicht hatte Lilly gar nicht gemerkt, dass sie starb. Vielleicht war es ein seliges Hinübergleiten von einer Welt in die andere. Wer konnte das schon sagen? Sie lief ein paar Schritte in Richtung des Flusses.

»Das ist übrigens Siegfried, der Bewacher des Rheins«, sagte Oliver, der ihren Schritten gefolgt war. Er zeigte auf eine etwa vier Meter hohe Steinfigur direkt vor dem Bollwerk. Franca blickte hoch. Der Nibelungenheld, dessen Fuß auf einem Drachenkopf stand, hielt ein Schwert in der Hand. Darunter waren die Worte ›Seid einig‹ eingraviert.

Welch frommer Wunsch.

»Du kannst dir das Bollwerk auch von oben ansehen«, sagte Oliver. »Wenn du schon mal hier bist.«

Er war bereits vorausgelaufen. Sie schritt hinter ihm her auf dem kleinen Zufahrtsweg, der hinauf zu der Rotunde aus dunkler Basaltlava führte. Oben schob er einen Flügel des schmiedeeisernen Tors auf und drehte sich zu ihr um.

»Vorsicht! Nicht auf den Sensenmann treten. Das könnte ein schlechtes Omen sein.« Oliver zeigte auf den Boden. Erst beim näheren Betrachten erkannte Franca ein flaches Figurenrelief auf dem Boden. Der Tod als Knochengestell in verschiedenen Ausführungen. Auf einer der Darstellungen trug das Skelett eine Sense in der Hand.

»Es ist eine Symbolisierung der Apokalypse«, erklärte Oliver.

Ringsum in das Mauerwerk waren Tafeln mit zahlreichen Namen eingelassen. Das Bollwerk erinnerte nicht nur an den im Mittelalter zu entrichtenden Rhein-Zoll, es war gleichzeitig Gedenkstätte für die Gefallenen der beiden Weltkriege.

»Das alles hier soll keine nationalen Gefühle wecken, sondern auf ein Menschheitsproblem an sich hinweisen«, sagte Oliver. »Siehst du die vielen eingemeißelten Risse und Kerben in den Steinen? Das sind Sinnbilder für Verletzungen und Narben.«

Franca sah ihn erstaunt an. Solche tiefgründigen Gedanken hätte sie dem manchmal etwas oberflächlich wirkenden jungen Mann an ihrer Seite gar nicht zugetraut. Sie näherte sich einem der steinernen Rundbögen, durch den man Siegfrieds Kopf mit gemeißelten

Löckchen und die Rückenpartie sah. Eine Möwe flog schreiend davon. Franca hob den Blick und folgte ihr mit den Augen. Ihre Flügel blitzten in der Sonne. Das Tuckern zweier Lastkähne war zu hören, die aneinander vorbeifuhren. Einer, der rheinaufwärts fuhr, war voll beladen. Der andere war leer. Hinter sich her zogen sie jeweils eine weiße Spur und bewegten das Wasser. Heftige Wellen schlugen an das Ufer. Der Rhein leuchtete gläsern blau. Den Rheinuferweg säumten Platanen, die mit ihren dünnen, in die Luft stechenden Zweigen wie Trolle aussahen. Wesen aus einer Geisterwelt, die sich bewegten, schaute man nur lange genug hin.

»Warum hat Lilly sich gerade diesen Platz hier ausgesucht?«, fragte Franca. »Ob sie das bewusst gemacht hat?«

»Wer weiß das schon?« Oliver zuckte die Achseln. »Ich habe mir schon oft versucht vorzustellen, wie es wohl sein mag, wenn man an der Nadel hängt und nur noch im Sinn hat, wie man den nächsten Schuss organisiert. – Wahrscheinlich ist es müßig, sich darüber den Kopf zu zerbrechen. Ich meine, es ist besser, die Dinge nicht allzu nah an sich herankommen zu lassen.«

»Da magst du wohl recht haben.« Gerade in ihrem Beruf war Distanz notwendig. Diejenigen, die alles mit nach Hause nahmen, brannten irgendwann aus und nützten dann niemandem mehr. Doch es war nicht immer einfach, Distanz zu wahren. Man musste sich dies stets von Neuem vergegenwärtigen.

Franca betrachtete Oliver aus den Augenwinkeln. In Maries Nähe machte er oft einen gereizten, manchmal sogar etwas unbeholfenen und ungeschickten Eindruck, der ihn weniger attraktiv erscheinen ließ. Doch heute wirkte er ganz anders. Nachdenklich und weich. Und dieser Brad-Pitt-Blick, den er ab und an draufhatte, verfehlte nach wie vor nicht seine Wirkung auf Franca.

»Andernach ist eine historisch bedeutende Stadt«, wechselte er unvermittelt das Thema. »Schon in der Steinzeit haben hier Menschen gelebt. Neben Tierknochen und Gerätschaften hat man in der Region sogar Gegenstände aus Mammutelfenbein gefunden. Interessant ist, dass man immer noch auf bedeutende Ausgrabungen stößt. Erst vor Kurzem wurde bei Bauarbeiten in der Nähe des Mariendoms eine alte spätrömische Badeanlage entdeckt.« Er sah sie einen Moment lang unsicher an. »Interessiert dich das überhaupt?«

»Klar. Bildung hat noch nie geschadet.«

»Wirklich? Du sagst das so …«

»Wie sage ich das denn?« Sie lachte auf. »Nein, im Ernst. Ich denke, es ist wichtig, sich mit seinen Wurzeln zu beschäftigen. Woher kommt eigentlich der Name Andernach?«

»Der ist abgeleitet von dem damaligen Römerkastell namens Antunnacum«, erklärte er eifrig. »Andernach gibt es seit über zweitausend Jahren. Ich finde, es ist eine sehr schöne Stadt, in der es sich gut leben lässt.« Er lächelte. »Sie liegt inmitten einer hübschen Landschaft mit Bergen und Flüssen. Eifel und Hunsrück sind nicht weit. Neben dem Rhein gibt es im näheren Umkreis die Mosel, die Ahr und die Lahn. Und natürlich die vielen Schlösser und Burgen überall auf den Hügeln und

Bergen. Alles interessante Ausflugsziele. Ich möchte jedenfalls hier nicht mehr weg.«

»Kommst du denn oft dazu, Ausflüge zu machen?«, erkundigte sie sich.

»Wie man's nimmt. Ab und an hat auch mal ein Polizist einen freien Tag.«

Franca hörte ihm lächelnd zu. Vielleicht war das seine Art, mit dem Tod umzugehen. Indem er sich dem Schönen und Lebenswerten zuwandte, verlor der Tod seinen Schrecken. Vielleicht war es aber auch nur ein Ausweichen. Sich nicht näher mit dem Unangenehmen beschäftigen wollen, mit dem man gerade konfrontiert worden war.

»Hast du noch ein wenig Zeit?«, fragte er. »Ich würde dir gerne meine Lieblingsstelle zeigen.«

»Ich weiß nicht. Eigentlich …«

»Ach was, ich entführe dich jetzt einfach«, sagte er bestimmt und sah sie an mit einem Blick, ein wenig lausbubenhaft, aber durchaus vielversprechend. »Zeit haben wir sowieso nie. Die muss man sich einfach nehmen.« Er fasste sie bei der Hand und zog sie mit sich. Die Berührung war ihr nicht unangenehm. Am Parkplatz angekommen, hielt er ihr, ganz Kavalier, die Beifahrertür seines Dienstwagens auf und ließ sie einsteigen.

Lange war sie nicht mit solch ausgesuchter Höflichkeit behandelt worden. Ein verführerischer Gedanke huschte ihr durch den Kopf. Wie sich wohl ein Kuss von ihm anfühlen mochte? Sie wischte das Bild wieder weg. Er war nett zu ihr. Sie war seine Kollegin. Sonst nichts.

Ruhig und sicher lenkte er das Auto die Rheinpromenade entlang, die einige Hotels und Restaurants mit hübschen Vorderfronten säumten. An der nächsten Straßengabelung bog er links ab. Er deutete nach draußen: »Der runde Turm dort ist Teil der Stadtmauer und unser Wahrzeichen. Er stammt aus dem fünfzehnten Jahrhundert. Siehst du die Beschädigung an der Seite? Da haben französische Truppen im siebzehnten Jahrhundert versucht, den Turm zu sprengen. Tja, bei den bis zu vier Meter dicken Mauern kamen die nicht weit.« Er lachte und sah sie an mit einer Miene, als wäre er selbst für den ungebrochenen Widerstand dieses Turms verantwortlich.

Linker Hand lag der Mariendom mit seinen beiden symmetrischen Türmen. Bald darauf bog Oliver rechts ab und fuhr sofort wieder rechts, wo sich eine schmale Straße den Berg hinaufwand. »Jetzt fahren wir zum Krahnenberg. Der Name kommt vom ›Alten Krahnen‹ unten am Rhein«, fuhr er mit seinen Erläuterungen fort. »Mit dem ›Alten Krahnen‹ wurden 350 Jahre lang Weinfässer und Mühlsteine verladen. Mühlsteine waren sozusagen die ersten Exportartikel der Kelten. Bis heute ist die Mechanik des Krans intakt. Ja, das war noch solide Handarbeit.«

»Woher weißt du denn das alles? Hast du das in der Schule gelernt?«, fragte Franca.

Er schüttelte den Kopf und lachte. »Früher hat mich das nicht so sehr interessiert. Erst in letzter Zeit habe ich mich ein wenig kundig gemacht und gemerkt, wie spannend das alles ist.«

Oben auf dem Bergkamm angekommen, stellte er den Wagen auf dem Seitenstreifen ab.

Sie liefen ein kleines Stück Feldweg entlang, bis sich vor ihnen der Wald auftat. Das Bild, das sich Franca bot, war atemberaubend.

Oliver berührte sie leicht am Arm. »Na, hab ich dir zu viel versprochen?«

Unter ihnen lag der Rhein. Das breite Flussbett war umgeben von sanft gerundeten, bläulich schimmernden Hügeln.

»Von hier aus kann man bis ins Siebengebirge sehen. Den Drachenfels nennt man im Volksmund auch Schwiegermutterfelsen.« Lachend suchte er ihren Blick. Sie fiel in sein Lachen ein.

Genau gegenüber, unterhalb der Weinberge, lag der Ort Leutesdorf. Die Häuser rund um die zwei Kirchen dort wirkten wie eine sich ins Tal kauernde Spielzeuglandschaft.

»Der Leutesdorfer Riesling wird auch bei uns gern getrunken«, sagte Oliver.

»Wie kommt man denn da hinüber?«, wollte sie wissen.

»Über die Neuwieder Brücke. Das dauert gut und gern zwanzig Minuten. Schwimmen wäre schneller.« Wieder lachte er. »Früher gab es eine Fähre von Andernach nach Leutesdorf, die regelmäßig fuhr. Doch das lohnte sich wohl irgendwann nicht mehr. Heute geht die Fähre nur noch ein paar Mal im Jahr zu besonderen Anlässen.«

»Es ist wirklich wunderschön hier«, sagte Franca. »Und so ruhig. Man fühlt sich ein klein wenig wie fernab jeglicher Zivilisation.«

Er lächelte sie an. Sie lächelte zurück. Sie hatte es

nicht mehr eilig. Nichts war wichtiger als dieser Augenblick. Er stand dicht neben ihr. Sie stützte sich auf das Holzgeländer. Fast berührten sich ihre Hände. Sie neigte ein wenig den Kopf, roch sein Rasierwasser. Ein angenehmer, herber Duft.

Plötzlich war da ein irritierendes Geräusch. Ein Rascheln zunächst. Dann ein leises Schnaufen und Ächzen.

Sie kniff die Augen zusammen und lauschte. »Hörst du das?«

»Was meinst du?« Er sah sie fragend an.

»Da ist was.« Sie blickte sich suchend um. »Ich höre es ganz deutlich. Ich glaube, das kommt von dort drüben.« Sie ging ein paar Schritte. Da war es wieder: ein Stöhnen. Ihre Augen wanderten hin und her, bis sie im Unterholz einen dunklen Schatten bemerkte.

»Da liegt jemand.«

Dann sah sie das Mädchen. Ein Mädchen mit blassem Gesicht und dunklen, fransigen Haaren, die ihr wie ein Schleier ins Gesicht hingen. Sie lag zusammengekauert gegen einen Baumstamm gelehnt. Neben sich eine leere Wodkaflasche.

»Mein Gott …«

Franca kroch durch Zweige und Buschwerk hindurch. Sie sprach das Mädchen an. Zwickte sie in die Wangen. Das Mädchen bewegte die Lippen und verzog das Gesicht. Die Lider über den geschlossenen Augen zuckten.

Oliver zog geistesgegenwärtig sein Handy aus der Tasche. »Einen Krankenwagen hoch zum Krahnenberg. Ja, bitte schnell. Wahrscheinlich Alkoholvergiftung.« Er drückte auf den Ausknopf.

»Sie kommen gleich«, sagte er. »Mann, Mann, Mann. Dass die sich so die Birne zuknallen müssen. Die kapieren überhaupt nicht, was sie damit anrichten.« Er schüttelte den Kopf.

Francas Blick ließ das Gesicht des Mädchens nicht los. Sie kannte die Augenfarbe unter den geschlossenen Lidern. »Weißt du, wer das ist?«, fragte sie tonlos.

Er ging in die Hocke. »Sollte ich?«

»Sie ist eine von Mario Reschkamps Freundinnen. Davina Kayner.«

Doch Oliver schien ihr nicht zuzuhören. Er nahm ein Papiertaschentuch aus seiner Hosentasche und bückte sich. Als er sich wieder erhob, hielt er etwas Längliches, silbern Glänzendes in der Hand. »Das ist eine Athame«, sagte er und zeigte ihr den Dolch mit verziertem Griff und einer beidseitig geschliffenen Schneide. »So was haben wir schon mal auf dem Friedhof gefunden, wenn diese Typen ihre schwarzen Messen abgehalten haben.«

Sofort begannen die Gedanken in Francas Kopf Wirbel zu schlagen. Gedanken, die sie sofort wieder verwarf. Und die wie Bumerangs zurückschnellten.

Mario Reschkamp war mit einer zweischneidigen Klinge getötet worden. Die Klinge war zwanzig Zentimeter lang. Das könnte der Länge dieser Klinge hier entsprechen. Aber war einem zarten Persönchen wie Davina überhaupt ein solch brutaler Mord zuzutrauen?

Vielleicht hatte sie in Mario ihre große Liebe gesehen. Und als sie herausfand, dass es neben ihr noch andere Freundinnen gab, hatte sie zugestochen. Immer wieder.

Weil sie nicht noch einmal den Verlust eines geliebten Menschen verkraftet hätte.

Mario war arglos, hatte Irene Seiler gesagt. Es gab kaum Abwehrspuren, er hatte nicht damit gerechnet, dass ihm jemand etwas antun will.

»Denkst du, was ich denke?«, fragte Oliver.

9

Es ist warm. Auf dem kleinen Teich hinterm Haus tanzen Sonnenkringel. Schilf wächst darin und eine Seerose, die ihre Blüte geöffnet hat. Unter der Wasseroberfläche schimmert es rotgolden, das kommt von den Goldfischen. Der Teich hat eine magische Anziehungskraft auf das Kind. Es setzt sich an den Rand und taucht einen nackten Zeh in das Wasser. Es beugt sich ein klein wenig nach vorn. Sein Spiegelbild lacht ihm entgegen, ein Kindergesicht mit dunklen Haaren, verzerrt durch kleine Wellen und flirrendes Licht. Es will das Gesicht streicheln und taucht die Hand ins Wasser. Die Wasserfläche teilt sich und zerstört das Gesicht, in Bruchstücken schwimmt es auf der welligen Fläche. Als das Kind die Hand wieder herauszieht, zittern Wasserperlen an seinen Fingerspitzen, und das Gesicht fügt sich langsam wieder zu einem Ganzen zusammen. Nun will es wissen, was sich unter der glitzernden Oberfläche befindet. Diese geheime Welt erkunden, die es noch nicht kennt. *Wasser weiß zu reden*, raunt eine warme, vertraute Stimme von irgendwoher. *Die Welle nimmt die Welle an der Hand.* Das Kind lässt seinen schmalen Körper in das Wasser gleiten, das sich warm und weich anfühlt wie sein Bettchen, wenn es am Morgen erwacht. Das Wasser erreicht den Bauch, die Schultern, den Hals. Wohlige Schauer lassen es zusammenzucken. Immer tiefer sinkt es hinein, die Augen weit geöffnet. Es fühlt sich schwerelos. Interessant ist es dort unten. Und schön. Leise. Da ist ein Flüstern und Summen. Die Bewegungen des Kindes sind fließend. Es fühlt sich geschützt. Es ist in vollkommener Harmonie mit dem Element. Ist eine Nixe. Ein Fisch.

Plötzlich spürt es einen harten Ruck. Es wird emporgezogen. Zurück in die laute Welt. Da ist ein Schreien und Rufen. Ein Stimmengewirr. Viel zu laut und ganz anders als dort unten unter dem Wasser, wo es so schön still war.

»Ein paar Minuten später, und sie wäre tot gewesen«, sagt eine Stimme, die abebbt und wiederkehrt. Wie eine Meereswelle.

10

»Ich will sofort das Ergebnis wissen«, sagte Franca.

»Kriegst du. Vorgestern, wie üblich.« Frankenstein grinste breit. Noch immer hatte sie sich nicht an sein neues, blendend weißes Gebiss gewöhnt.

Er hob den Asservatenbeutel mit der beidseitig geschliffenen Athame hoch und betrachtete ihn prüfend. »Schöner Dolch«, sagte er.

»Eine Athame«, erklärte sie. »Ein okkulter Gegenstand.«

»Francalein«, sagte er nachsichtig, »ich hatte schon öfter mit so was zu tun.«

»Echt?« Sie staunte. »Ich wusste nicht, wie man so was nennt. Oliver Reimers hat es mir erklärt.«

»Tja, man lernt eben nie aus«, meinte Frankenstein lakonisch.

Franca ging in ihr Büro. Sie dachte an das zurückliegende Gespräch mit Oliver. Er war davon überzeugt, dass Davina Kayner dieser Gruppe von Satanisten angehörte, die der Polizei schon länger das Leben schwer machte. Es musste einen Zusammenhang mit dem Mord an Mario Reschkamp geben. Dafür sprach auch das mattsilberne Amulett auf dem Altar in Davinas Zimmer, das offensichtlich ein sogenanntes Hexenauge war und gerne bei Geisterbeschwörungen und ähnlichen Zeremonien eingesetzt wurde.

»Sag mal, weißt du eigentlich mehr über Satanismus und solche Dinge?«, fragte sie Hinterhuber. Er sah hoch. Vor ihm lag ein aufgeklappter Schnellhefter. »Was meinst du mit ›solche Dinge‹?«

»Na ja, dass es diese schwarz gekleideten Typen aus der Gothic-Szene gibt, wissen wir ja. Die laufen einem ja öfter über den Weg. Aber haben die auch was mit Satanismus zu tun? Und was wollen die eigentlich? Ich meine, was ist deren Ziel? Das ist mir ziemlich schleierhaft.«

»Viel weiß ich da auch nicht drüber.« Er lehnte sich

zurück. »Ich meine, die Satanisten glauben, dass Satan eine größere Macht hat als Gott«, sagte er. »Deshalb muss man sich mit dem Teufel verbünden, um ihn wohlgesinnt zu halten.« Er spielte mit dem Stift in seiner Hand. »So genau blicke ich da auch nicht durch.«

»Ich glaube, ich sollte mich da mal etwas schlauer machen.« Kurz begutachtete sie die Papiere auf ihrem Schreibtisch, die immer mehr zu werden schienen.

»Pass bloß auf, dass du dich da nicht in was verrennst.« Hinterhubers Blick war durchdringend. »Es ist ziemlich offensichtlich, dass Oliver mit diesen Typen ein Problem hat.«

»Das weiß ich auch.« Sie seufzte. »Aber mein Bauch sagt mir, wir sollten da dranbleiben.«

»Dein Bauch. So. Ich dachte, du verlässt dich eher auf deinen Verstand.«

»Das muss sich ja nicht ausschließen.« Sie stemmte eine Hand in die Hüfte und sah ihn herausfordernd an. »Hast du nicht gesagt, weibliche Polizisten hätten die bessere Intuition?«

»Hab ich das? Kann ich mich nicht dran erinnern.« Hinterhuber klappte den Schnellhefter zu und legte ihn auf einen seiner ordentlichen Stapel. Er sah auf die Uhr und stand auf. »Ich habe gleich noch einen Gerichtstermin. Das kann dauern. Danach fahre ich sofort nach Hause.«

Franca lächelte. »Geht's denn wieder besser?«

Er hob die Schultern. »Ich tue, was ich kann.«

11

Sie lag im Bett. Fast so blass wie die weißen Laken. Das Gesicht zur Wand gedreht.

»Hallo, Davina«, sagte Franca, nahm einen Stuhl und setzte sich neben das Krankenhausbett.

Das Mädchen wandte sich langsam zu ihr um, sah sie an mit einem Blick, der kurz einzufrieren schien. Die irritierend blauen Augen weit offen, starr, ohne Mimik, schien sie durch Franca hindurchzusehen.

»Erkennst du mich?«, fragte Franca. »Wir haben vor einigen Tagen miteinander gesprochen.«

Die Mimik kehrte in Davinas Gesicht zurück. Sie begann zu blinzeln, es war, als ob man die Pausentaste eines Videogeräts gedrückt, den ablaufenden Film kurz angehalten und wieder in Gang gesetzt hätte.

Gleich beginnt sie zu weinen, dachte Franca und tastete nach ihrer Hand, die sich kalt anfühlte. Sie rechnete damit, dass Davina die Hand jeden Moment unter der ihren wegziehen würde, doch sie blieb bewegungslos liegen.

»Ich würde mich gern ein wenig mit dir unterhalten. Ist das okay?«

Die vollen Lippen des Mädchens zuckten. Schwarze Strähnen hingen ihr ins Gesicht. Unwillkürlich musste Franca an Schneewittchen denken. Weiß wie Schnee, schwarz wie Ebenholz.

Davina antwortete nicht. Sie sah Franca immer nur an mit diesem starren, irritierenden Blick. Plötzlich begann sie zu würgen. Franca griff nach der Nierenschale auf dem Nachttisch, in die Davina sich erbrach. Kraftlos ließ sie sich wieder zurückfallen. Schloss die Augen, unter denen tiefe Schatten lagen. Ihre Haut wirkte jetzt noch durchsichtiger.

Der Ärmel ihres Shirts rutschte ein wenig nach oben und legte ihren Unterarm frei. Sie zog den Ärmel sofort wieder darüber, doch Franca hatte die Narben schon gesehen. Manche waren verheilt, etliche noch frische Kratzer. Franca verspürte ein starkes Bedürfnis, Davina zu beschützen. Zugleich fühlte sie sich ein wenig schuldig, weil sie die offensichtliche Not dieses Mädchens bei der ersten Befragung nicht erkannt hatte.

»Willst du mit mir über deine Probleme reden?«

Davinas Blick flackerte. Ihr Mund öffnete sich ein wenig. Für einen kurzen Augenblick glaubte Franca, dass sie zu reden begänne. Doch Davina schloss die Lippen wieder und schwieg beharrlich.

»Du weißt, dass Trinken keine Lösung ist. Ebenso wenig wie Ritzen.« Franca sprach leise, eindringlich. Sie bemühte sich, jeglichen Vorwurf aus ihrer Stimme herauszuhalten. »Es gibt Fachleute, denen du dich anvertrauen kannst. Glaub mir, es gibt für alles eine Lösung.«

Das Mädchen zeigte keinerlei Reaktion.

Es gab so viel zu fragen. Doch zunächst galt es, überhaupt einen Zugang zu dem Mädchen zu finden. Eine gemeinsame Ebene herzustellen.

Sacht streichelte Franca Davinas Hand und sah sie voller Mitgefühl an. »Du hast Mario sehr geliebt, nicht wahr?«

»Was verstehen Sie denn schon?«, sagte Davina plötzlich mit kraftloser Stimme. »Ich will nicht darüber reden.«

»Und über deine Mutter? Willst du über sie sprechen?«

Augenblicklich ging mit dem Mädchen eine Veränderung vor sich. Sie drehte sich mit dem Gesicht zur Wand und zog die Decke über den Kopf. Nur noch schwarze, fransige Strähnen sahen unter der Bettdecke hervor.

»Ich war in deinem Zimmer, Davina. Ich habe den Altar gesehen, den du dort aufgebaut hast.«

Ein Zucken unter der Bettdecke. »Dazu haben Sie kein Recht«, kam es erstickt hervor. »Dazu hat niemand ein Recht.«

Franca strich ihr sanft über den Rücken und beugte sich ein wenig vor. »Ich will dir doch nur helfen, Davina«, sagte sie leise.

Eine ganze Weile saß sie da. Blickte auf das von heftigen Schluchzern geschüttelte Mädchen, das sich in die Bettdecke eingehüllt hatte wie in einen schützenden Kokon, und fühlte sich elend.

Sie war erleichtert, als sich die Tür öffnete und Marie Kirschbaum den Raum betrat. Sie nickte Franca zu. »Ich bleibe jetzt bei ihr.« Sie zog ihren Mantel aus und setzte sich neben das Bett. Davinas Schluchzen war in ein Wimmern übergegangen.

»Wir müssen ihr Zeit lassen«, flüsterte Marie.

12

»Sie schon wieder.« Frau Kayner stand in der geöffneten Tür und rückte ihre Brille zurecht. Es klang abweisend. »Ich kann Ihnen nicht mehr sagen als beim letzten Mal.«

Im Krankenhaus hatte sie erfahren, dass Helene Kayner bis jetzt noch nicht am Krankenbett ihrer Enkelin gewesen war.

»Davina geht es nicht gut«, sagte Franca.

»Ja, und?«, sagte sie kalt. »Ist das vielleicht meine Schuld, dass sie sich ins Koma säuft? Langsam überrascht mich bei der gar nichts mehr.« Sie sah an Franca vorbei.

Franca hätte sie gern geschüttelt und ihr ins Gesicht geschrien: »Davina hat große Probleme. Sie ist furchtbar unglücklich. Kümmert Sie das denn gar nicht? Sie ist doch Ihre Enkelin, Ihr Fleisch und Blut.« Doch sie schwieg. Emotionale Ausbrüche waren in solchen Situationen am allerwenigsten angebracht und nützten niemandem.

»Frau Kayner, ich wollte Sie bitten, ob ich mir nochmal Davinas Zimmer ansehen könnte«, sagte sie vorsichtig.

Die Frau hob den Kopf und zeigte mit der Hand zur Treppe. »Bitte. Sie wissen ja den Weg.«

»Danke.« Franca ging die Holztreppe hoch. Frau Kayner folgte ihr nicht. Oben in Davinas Zimmer öffnete sie Schränke und Schubladen. Sie bückte sich und sah unters Bett. Dort stand eine kleine Holzkiste. Sie zog sie hervor und hob den Deckel hoch. Es roch muffig. Einige Gegenstände lagen darin. Ein etwas fadenscheiniges, gebatiktes Haarband. Glasperlenschnüre in unterschiedlichen Größen. Fotos. Zettel. Briefe. Einige schmale Bücher. Staubflusen. Etwas bröseliges Blassgrünes. Die Briefe sah sie sich genauer an. Sie waren adressiert an Davina Kayner. Absender war Patricia Kayner. Adresse: Landesnervenklinik Andernach.

Es waren fünf oder sechs Briefe. Den obersten nahm sie aus dem Umschlag. Der Brief hatte Postkartenformat und war mit großer Schrift beschrieben.

Meine liebe kleine Zigeunerprinzessin – ich vermisse dich so sehr. Deiner Mama geht es momentan nicht so gut. Aber es dauert nicht mehr lange, bis ich wieder bei dir bin. Dann spiele ich dir auf dem Klavier vor, und wir gehen zusammen an den See. Hab noch ein wenig Geduld. Nur noch ein kleines Weilchen, ja?

Deine Mama, die dich sehr lieb hat.

Das Papier war abgegriffen. Oftmals aus dem Umschlag genommen und wiedergelesen. Wie die anderen Briefkarten, die genauso kurz und ähnlichen Inhalts waren. Liebevolle Worte. Von einer Mutter an ihre Tochter gerichtet.

Franca biss sich auf die Lippen. Als ihre Mutter in der Klinik lag, hatte sie sich nach Worten der Zuwendung gesehnt. Wie sehr hätte es sie gefreut, auch nur einen solchen Brief zu bekommen. Das hätte die Zeit nach dem plötzlichen Tod ihres Vaters erträglicher gemacht. Sie war damals ungefähr so alt gewesen wie Davina heute. Und dann war da eine Leere, ein Tabu, über das nie gesprochen worden war.

Sie steckte den Brief zurück in den Umschlag und besah sich den weiteren Inhalt der Kiste. Plötzlich stutzte sie. Unter den Briefen, Büchern, Zetteln und Fotos lag ein Ledergeldbeutel mit eingestanztem Lochmuster. Sie öffnete ihn. Es waren Geldstücke darin. Pfennige. Markstücke. Zehn- und Zwanzigmarkscheine. Ihr Herz klopfte heftig, als sie den Seitenfächern des Geldbeutels die Kreditkarte und den Ausweis von Patricia Kayner entnahm.

Sie schob die Kiste wieder unter Davinas Bett. Das Portemonnaie steckte sie ein.

Sie ging die Treppe hinunter. »Frau Kayner!«, rief sie. Doch es kam keine Antwort. Merkwürdig. Sie sah überall nach. Im Wohnzimmer. In der Küche. Doch Frau Kayner war nicht im Haus.

Vielleicht war sie nun doch endlich zu ihrer Enkelin ins Krankenhaus gegangen.

Franca ging zur Haustür hinaus. An das Haus war ein Schuppen angebaut. Sie ging um das Gebäude herum und lugte durch ein staubblindes Fenster. Dort drinnen schimmerte etwas Rotes. Nach zehn Jahren stand Patricia Kayners Auto noch immer an seinem Platz.

13

»Ich muss dich enttäuschen, Franca. An der Athame haben wir Blutspuren entdeckt. Aber nicht die von Mario Reschkamp. Die Länge und Beschaffenheit der Schneide könnten zwar in etwa hinkommen, aber dass er mit diesem Ding erstochen wurde, kannst du vergessen.«

Frankenstein war dafür bekannt, dass er sehr gewissenhaft arbeitete. Manchmal dauerte es seine Zeit, bis er ein Ergebnis herausgab, aber dann konnte man sich hundertprozentig darauf verlassen, dass es seine Richtigkeit damit hatte.

Das Merkwürdige war, dass Franca nicht sagen konnte, ob sie enttäuscht oder erleichtert war über sein Resultat.

»Ich glaube, das Blut ist ihr eigenes«, sagte sie nachdenklich. »Sie hat sich geritzt. Höchstwahrscheinlich mit dieser Athame.«

»Tja, wenn das so ist.« Er sah sie mit einem schrägen Seitenblick an, als ob er sagen wollte: »Und warum lässt du uns dann die ganze Arbeit tun?«

»Danke für das schnelle Ergebnis«, sagte sie.

Zurück im Büro griff sie nach dem Telefon. »Wie geht's Davina?«

»Nicht wirklich gut. Aber besser«, antwortete Marie Kirschbaum. »Ich glaube, sie kann heute noch entlassen werden.« Sie seufzte. »Ich fürchte allerdings, dass wir uns noch ein bisschen um sie kümmern müssen.«

»Das fürchte ich auch«, meinte Franca. »War ihre Großmutter inzwischen bei ihr?«

»Nein. Ich glaube auch nicht, dass Davina darauf Wert gelegt hätte. Sie hat mir einiges erzählt. Das Verhältnis zwischen Großmutter und Enkelin scheint katastrophal zu sein.«

Franca nickte. Sie holte tief Luft. »Ich habe in Davinas Zimmer etwas gefunden, das ich dir gern zeigen möchte. Am besten jetzt gleich.«

Franca spürte, wie Marie zögerte.

»Ich weiß, es ist schon spät. Aber es ist wirklich wichtig.«

»Dann komm zu mir nach Hause«, sagte sie. »Ich wohne direkt unten am Rhein.«

»Was hältst du davon?« Sie legte den Geldbeutel auf den Tisch, öffnete ihn und nahm die Kreditkarte und den Ausweis von Patricia Kayner heraus.

Marie sah Franca mit großen Augen an. »Wo hast du das her?«

»Das lag in einer Kiste unter Davinas Bett.«

»Das heißt, es ist immer wahrscheinlicher, dass sie nicht mehr lebt.« Marie schluckte.

»Sieht ganz danach aus.« Franca nickte. »Es sind nicht nur der Geldbeutel und die Papiere. Auch Patricias Auto wurde offenbar nach ihrem Verschwinden nicht mehr bewegt. Es steht nach wie vor an seinem Platz im Schuppen der Kayners.« Ihre Blicke trafen sich. »Ist das Kind damals befragt worden? Hat sie was mitbekommen in der Nacht, als ihre Mutter verschwand? In den Akten steht nichts davon. Zumindest habe ich nichts gesehen.«

Marie hob die Schultern und sagte lange Zeit nichts. Sie hielt den Kopf gesenkt und starrte vor sich hin, als ob sie nachdächte. Plötzlich sah sie auf. »Mann, bin ich unhöflich. Ich hab dir noch nicht mal was zu trinken angeboten. Wie wär's mit einem Gläschen Wein? Ich hab einen Leutesdorfer Riesling im Kühlschrank.« Ohne Francas Antwort abzuwarten, stand sie auf und ging in die angrenzende Küche.

Franca sah sich in dem kleinen Wohnzimmer um. Es war mit hellen Möbeln gemütlich eingerichtet. Auf dem karamellfarbenen Alpakasofa waren bunte Kissen verteilt. Die Wohnung lag im vierten Stock. Vom Fenster aus konnte man auf den nächtlichen Rhein blicken, in dem sich Lichter spiegelten.

Mit zwei Gläsern und der Flasche in der Hand kam Marie zurück. Sie schenkte ein, und die beiden Frauen prosteten sich zu.

»Vielleicht wollte Davina einfach nicht wahrhaben, was längst Tatsache ist. Diese Kiste unter ihrem Bett ist ein wahrer Reliquienschrein. Und auch der Altar mit dem Foto der Mutter. Man kriegt regelrecht Gänsehaut, wenn man das sieht.« Franca schluckte.

»Was muss das Mädchen durchgemacht haben? Und dann mit einer Großmutter, die ihr eigenes Kind totgeschwiegen hat. Zehn lange Jahre.« Marie setzte sich aufrecht hin. »Dass sie magische Rituale durchführt, hat sie mir erzählt.«

»Und, was hältst du davon?«

»Ich kann es nachvollziehen«, sagte Marie. »Sie suchte nach Erklärungen für Dinge, die sie nicht verstand. Diese Hinwendung zum Okkulten hat ihr einen gewissen Halt gegeben.«

Franca verzog das Gesicht. »Für so was fehlt mir völlig das Verständnis. Vielleicht bin ich aber auch viel zu sehr Realistin.«

»Das habe ich vermutet.« Marie lächelte. »Aber dein Horoskop liest du schon, oder?«

Franca trank einen Schluck Wein. »Der ist lecker«, sagte sie anerkennend. »Um auf das Horoskop zurückzukommen: Klar lese ich das ab und an. Wenn's gut ist, glaub ich daran, und wenn's schlecht ist, dann denke ich: So ein Quatsch.«

»Meinst du nicht auch, dass es einiges gibt, das sich mit unserem logischen Verstand nicht erklären lässt?«, fragte Marie. »Ich zum Beispiel lege regelmäßig Tarotkarten. Das hat mir schon oft geholfen, die Dinge besser zu verstehen.«

»Du legst Tarotkarten?«, rief Franca überrascht aus.

»Suchen wir nicht alle nach irgendeiner Wahrheit? Nach Antworten, die wir in der Realität nicht finden? Mir hilft dabei das Tarot. Aber um mich geht es hier ja nicht.« In Maries Stimme hatte sich eine dezente Härte eingeschlichen, als ob sie sich verteidigen wollte. »Davina ist eine Suchende. Seit ihrem siebten Lebensjahr ohne wirkliche emotionale Bindung. Die einzige Bindung, die für sie existent ist, ist die zu ihrer Mutter. Aber die ist nicht greifbar, also versucht sie mit allen Mitteln, Kontakt zu ihr herzustellen. Das kann man doch verstehen, oder?«

»Sicher kann man das, aber …«

»Dann hat sie Mario kennengelernt. Ein hübscher, junger Mann, in den sie sich verliebte. Aber nicht nur das. Er hat ihr erklärt, dass er Visionen und übersinnliche Fähigkeiten besitzt und dass er in der Lage ist, Kontakte zu Menschen aufzunehmen, auch wenn sie sich weit weg aufhalten.«

Franca runzelte die Stirn. »Aber das ist doch Humbug!«, rief sie voller Unmut.

»Und wenn? Um solche Gedanken nachvollziehen zu können, muss man sich auf diese Ebene begeben. Aber vor allem muss man die Einsamkeit dieses Mädchens begreifen.«

»Du meinst, sie gehörte keiner Gruppe an?«

Marie lachte leise. »Ich merke schon, du hast Olivers Theorie von den bösen Satanisten übernommen.«

»So kann man das nicht sagen. Ich mache mir durchaus meine eigenen Gedanken«, erwiderte Franca schärfer als beabsichtigt.

»Davina ist kein Gruppentyp. Wirklich nicht. Sie ist Einzelgängerin, das hat sie mir mit jeder ihrer Aussagen zu verstehen gegeben. Aber Oliver lässt sich nicht davon abbringen, ich weiß das. Seiner Meinung nach gehört jeder Jugendliche irgendeiner Peergroup an. Gleichwohl hat sie nach einem Halt gesucht. Nach jemandem, der ihr zuhört und sie versteht. Und den hat sie in einem Menschen gefunden, nämlich in Mario.«

Franca hörte ihr aufmerksam zu.

»Da war plötzlich ein Mensch, einfühlsam und verständnisvoll, und der versprach ihr, dass er Kontakt mit ihrer verschollenen Mutter aufnehmen kann. Er übermittelte ihr genau die Botschaften, nach denen sie sich ein Leben lang gesehnt hat. Und sie war nur allzu bereit, daran zu glauben.«

Franca sah Marie ein wenig ratlos an. »Was hat er ihr denn alles erzählt?«

»Die wichtigste Botschaft war wohl, dass ihre Mutter am Leben sei.«

»Aber das hat der sich doch aus den Fingern gesogen. Und das muss Davina irgendwie geahnt haben. Das Mädchen ist doch nicht dumm. Wo hat sie denn die Papiere ihrer Mutter her, und wieso bewahrt sie die auf? Tut mir leid, aber solch eine Denkweise ist mir völlig fremd.«

»Das geht nur, wenn man vieles, was einem logisch erscheint, ausblendet. Ich weiß.« Marie nickte.

»Was hast du eigentlich mit ihrer Athame gemacht?«, fragte sie nach einer Weile.

»Ich habe sie zur KTU gegeben. Frankenstein hat sie inzwischen untersucht. Er hat Blutspuren festgestellt, aber sie stammen nicht von Mario Reschkamp.«

Marie lachte leise. »Hast du gedacht, sie bringt ihren Retter um? Denjenigen, der ihr Zugang zur Welt ihrer Mutter verschafft hat?«

»Aber das ist doch …«, rief Franca aus. Dann brach sie ab und stützte ihren Kopf in die Hände. »Ich weiß überhaupt nicht mehr, was ich denken soll.«

»Das Mädchen ist todunglücklich.« Marie strich sich eine dunkle Strähne hinters Ohr. »Ich glaube, die würde eher sich selbst umbringen. Hast du die Narben an ihren Armen gesehen?«

Franca nickte.

»Ich sehe ziemlich oft solche Verletzungen. Und diejenigen, die sich so was antun, scheinen immer jünger zu werden.« Marie spielte mit ihren Händen, zeichnete Kreise auf das Tischtuch. »Ich glaube, dass die jungen Leute es heutzutage schwerer haben als die Generationen vor ihnen. Alles ist so unübersichtlich geworden. Nirgends gibt es Sicherheit oder Halt. Selbst wenn sie sich in der Schule anstrengen, kann ihnen niemand einen Ausbildungsplatz oder Job garantieren. Viele trinken oder nehmen Rauschgift. Früher waren das vorwiegend Jungs. Inzwischen haben die Mädchen mächtig aufgeholt. Nicht nur, was Drogen, sondern auch, was Gewalt und ihre Folgen angeht. Das erlebe ich andauernd bei meiner Arbeit.« Sie fuhr sich mit der Zunge über die trockenen Lippen. An ihrem Wein hatte sie bis jetzt nur einmal genippt. »Davina hatte niemanden, dem sie sich anvertrauen konnte, noch nicht mal eine richtige Freundin. Zu ihrem Opa hatte sie wohl ein ganz nettes Verhältnis, der ist aber schon vor einiger Zeit gestorben. Der einzige Mensch, den sie näher an sich herangelassen hat, war Mario. In den Gesprächen mit ihr ist mir so richtig bewusst geworden, wie einsam sich dieses Mädchen gefühlt haben muss.«

Franca holte tief Luft. »Und jetzt ist der einzige Mensch tot, zu dem sie Vertrauen hatte.«

»Sie hat sich verstärkt mit Selbstmordgedanken herumgequält. Wäre ich nicht mehr hier, hätte ich auch keine Schmerzen und Verletzungen mehr zu ertragen. Das ging ihr wohl ständig durch den Kopf.«

»Und das kannst du gut verstehen?«, fragte Franca leise.

Marie sah auf. Kurz verhakten sich ihre Blicke ineinander. Dann sah Marie wieder weg.

»Ich war als Jugendliche mal in der Psychiatrie. Als Patientin«, sagte Marie. Dann schwieg sie. Als ob sie schon zu viel gesagt hätte. Sie griff nach ihrem Glas und trank gierig ein paar große Schlucke.

Franca wartete. »Willst du mir davon erzählen?«, fragte sie nach einer Weile.

Marie hob die Schultern. »Was soll ich groß davon erzählen? Dort habe ich erfahren, dass es viele Menschen gibt, die aus der Bahn geworfen wurden und nicht wussten, wie sie damit fertig werden sollen. Aber ich habe auch gelernt, dass es viele Möglichkeiten gibt, den Schmerz in den Griff zu bekommen und unser seelisches Gleichgewicht wiederherzustellen. Ich jedenfalls hab meinen Weg gefunden.« Ihre Stimme klang fest. Fast meinte Franca, ein wenig Trotz herauszuhören. »Das versuche ich auch meinen Kids zu vermitteln. Dass es immer einen Weg gibt. Und dass alles *hier* anfängt«, sie tippte sich gegen die Stirn. »Vieles lässt sich von hier aus steuern, davon bin ich fest überzeugt. Aber es ist ein langer Weg. Verbunden mit vielen Rückschlägen. Und nicht jeder hat die Kraft, das durchzuhalten.«

Ihr Atem ging heftig.

»Davinas Mutter war auch Patientin in der Nervenklinik«, sagte Franca.

»Ich weiß.«

»Meine Mutter ebenfalls. Das ist allerdings schon

lange her.« Franca drehte den Stiel ihres Glases in der Hand. »Sie konnte es nicht verkraften, als mein Vater plötzlich starb.« Sie verzog den Mund zu einem schmerzlichen Lächeln. »Es kann jedes Lebensalter treffen. Dass man plötzlich nicht mehr klarkommt mit dem Leben und mit dem, was man so wegzustecken hat. Ich fürchte, es gibt dafür kein Patentrezept.«

»Hast du eigentlich Hunger?«, fragte Marie unvermittelt. »Mein Magen hat sich gerade gemeldet. Ich glaube, ich habe noch was in der Tiefkühltruhe. Soll ich uns schnell was aufbacken?«

»Wenn's nicht zu viele Umstände macht, gern.«

Marie erhob sich. »Dauert nicht lange«, sagte sie.

Franca hörte sie in der Küche rumoren. Hier in ihren eigenen vier Wänden hatte sie einen ganz anderen Eindruck von Marie als im Präsidium. Sie hatte einige neue Seiten ihrer Persönlichkeit kennengelernt. Und auch eine viel größere Verletzlichkeit.

Marie kam mit einem Teller zurück, auf dem kleine Gebäckstückchen lagen, die mit Tomaten, Schinken und Käse überbacken waren. »Piccolinis«, sagte sie. »Mein Lieblingssnack für den kleinen Hunger, wenn's schnell gehen soll.«

Franca probierte eines der Teile. »Schmeckt lecker.«

»Sag ich doch.« Marie lachte und nahm sich ebenfalls ein Stück. Im Nu war der Teller leer.

»Das war eine gute Idee«, sagte Franca und lehnte sich zurück. »Ich glaube, das Gespräch mit dir hat mir sehr geholfen. Es ist ganz merkwürdig. Aber da ist so ein Kribbeln in mir. Ich habe das Gefühl, als ob ich ganz nah davor wäre.«

»Ganz nah vor was?« Marie hob ihr Glas und spülte den letzten Bissen mit einen Schluck Wein hinunter.

»Tja, wenn ich das wüsste. Es ist, als ob ich vor einer Bühne stünde, und der Vorhang ist geschlossen. Ich brauche nur den Vorhang aufzuziehen, und schon liegt des Rätsels Lösung klar und deutlich vor mir.«

»Du meinst die Lösung im Fall Mario Reschkamp?«

Sie schüttelte den Kopf. »Nicht nur. Ich weiß nicht. Ich kann es nicht richtig erklären. Nenn es Intuition. Nenn es Bauchgefühl.«

»Das klingt ja schwer verdächtig.« Marie verzog den Mund. »Ich dachte, du glaubst nicht an solch einen übersinnlichen Blödsinn.«

»Ist Intuition übersinnlicher Blödsinn?« Sie grinste.

»Diese Erklärung überlasse ich gerne dir. Aber wenn du möchtest, lege ich dir die Karten. Vielleicht bringt das deinen Vorhang endgültig dazu, sich zu öffnen.«

»Lieber nicht.« Franca stand auf. »So, und jetzt gehe ich nach Hause. Ich hab schon viel zu viel gequatscht.«

14

»Was ist passiert in jener Nacht, als Ihre Tochter verschwand?«

Franca beugte sich über den Tisch. Bereits zum vierten Mal hatte sie diese Frage gestellt. Eine harte Anforderung an ihre Geduld.

Ihr gegenüber saß Helene Kayner. Vor ihr auf dem Tisch lag ihre Brille. Das Aufnahmegerät lief. Die Spulen drehten sich und nahmen Schweigen auf. Seit zehn Minuten nichts als Schweigen und lautlos geweinte Tränen.

»Frau Kayner. Bitte. Reden Sie mit uns.« Franca bemühte sich, ihre Ungeduld im Zaum zu halten.

Endlich sah die Frau hoch. Mit feuchten Augen sah sie Franca an. »Sie wissen nicht, wie sie war. Sie können sich das nicht vorstellen. Niemand, der so etwas nicht erlebt hat, kann das. Diese Egozentrik, diese Ich-Bezogenheit. Nie dachte sie an andere. Es hieß immer nur ich, ich, ich.« Mit einem Taschentuch fuhr sie sich über die Augen. »Wissen Sie, was mein Mann immer gesagt hat? ›Lieber kein Kind als so eins‹, hat er gesagt. Es ist schlimm, wenn man so was über seine eigene Tochter sagen muss. Aber er hatte recht. Lieber kein Kind als so eins.«

Franca tauschte Blicke mit Hinterhuber. Mit einer kleinen Kopfbewegung bedeutete sie ihm, zu übernehmen.

Hinterhuber stützte die Hände auf den Tisch und beugte sich ein wenig nach vorn. »Frau Kayner. Ich denke, wir können uns inzwischen ganz gut ein Bild von Patricia machen. Würden Sie uns bitte erzählen, was in jener Nacht geschah?«, fragte er eindringlich.

Sie putzte sich geräuschvoll die Nase. Ihre nackten, geröteten Augen huschten von Hinterhuber zu Franca. »Sie kam spät nachts nach Hause«, begann sie stockend zu erzählen. »Sie war wieder mal auf Kneipentour gewesen. Das war ich gewohnt. Auch, dass sie danach irgendeinen Kerl mit nach Hause brachte und ihn mit in ihr Schlafzimmer nahm.«

»Kannten Sie den Mann?«

Sie schüttelte den Kopf. »Irgend so ein Hallodri. Sie war nicht sehr wählerisch.«

»Ihre Tochter hatte also wechselnde Herrenbesuche. Ist das richtig?«

Franca bewunderte Hinterhuber. All die Nervosität und Ungeduld der letzten Tage und Wochen schienen von ihm abgefallen. Hier war er wieder ganz der Alte. Ein bedachtsamer Polizist, der die Dinge auf den Punkt brachte und den so schnell nichts aus der Ruhe bringen konnte.

»Es war so billig. Vor allem vor dem Kind.« Helene Kayners Stimme war voller Abscheu. »Sie hat überhaupt keine Rücksicht genommen. Auf mich nicht und auf das Kind schon gar nicht. Davina schlief direkt im Zimmer nebenan. Sie muss alles mitbekommen haben, so, wie die sich immer aufführte.«

»Patricia und dieser fremde Mann waren also zusammen im Schlafzimmer. Wie lange ist er geblieben?«

»Das weiß ich nicht mehr genau. Irgendwann sind die beiden im Haus herumgegeistert. Patricia hat laut gelacht, und der Mann hat sie ständig gemahnt, leise zu sein. Aber sie hat nicht darauf gehört. Dann ist die Tür ins Schloss gefallen, und sie hat sich ans Klavier gesetzt und gespielt.«

Franca suchte Hinterhubers Blick. »Der Mann ist also gegangen«, konstatierte sie. »Und Patricia hat mitten in der Nacht Klavier gespielt.«

»Ich sage Ihnen doch, dass die keinerlei Rücksicht

genommen hat.« Mit einem Mal wurde ihr Gesicht hart. »Als sie anfing zu spielen, hallte es durch das ganze Haus. Da ist mir der Kragen geplatzt. Ich bin aufgestanden und runtergegangen. Ich habe sie aufgefordert, sofort aufzuhören. Sie hat mich nur ausgelacht. Sie hatte getrunken. Und sie hat furchtbare Sachen zu mir gesagt. Es war so schrecklich … und sie hat einfach weitergespielt. Immer dieses eine Lied.« Ihre Brust hob und senkte sich. Sie atmete schwer.

»Was geschah dann?«

Ihr Gesicht verschloss sich. »Ich weiß es nicht mehr.«

»Frau Kayner.«

Man sah ihr ihren inneren Kampf an. Wie sie auf den Lippen kaute, ansetzte, etwas zu sagen, den Mund wieder schloss. Wie sie die Hände unruhig in ihrem Schoß bewegte.

»Haben Sie Ihre Tochter getötet?« Die Frage aus Hinterhubers Mund klang merkwürdig sachlich.

Sie begann mechanisch zu nicken. Ihr Kopf wackelte vor und zurück. »Ich war außer mir«, flüsterte sie schließlich. »Ich … nahm den Schürhaken. Vom Kaminbesteck.«

Sie senkte den Kopf. Das Kinn berührte die Brust. »Ich hab es nicht gewollt. Ich … ich wusste nicht, was ich tat. Immer dieses eine Lied … und so laut … das hat mich furchtbar aufgeregt.«

Der Vorhang in Francas Kopf schob sich mehr und mehr zur Seite und gab einen sich ständig vergrößernden Ausschnitt einer bizarren Szenerie frei.

»Frau Kayner, wo haben Sie Ihre Tochter danach hingebracht?«, fragte sie.

15

Der Garten sah verwüstet aus. Zahllose Stiefelpaare hatten ihre Eindrücke in feuchten Moospolstern hinterlassen, die den einstigen Rasen überwucherten. Die Erde vor einem ausladenden Haselnussstrauch war aufgeworfen und bildete kleine Hügel. Dort, wo sich ehemals der Fischteich befunden hatte, klaffte ein Loch.

Es nieselte. Der Himmel war eine vielschichtige Wattedecke aus endlosem Grau. Trotz des feuchtkalten Wetters drängten sich am Gartenzaun etliche Neugierige und beobachteten, wie Männer in mittlerweile verschmutzten weißen Schutzanzügen die Erde mit Schaufeln und Hacken bearbeiteten.

Franca stand frierend dabei. Noch war nichts gefunden worden, das die Aussage von Helene Kayner bestätigte.

Sie ließ den Blick über die Szenerie schweifen. Verdorrte Sträucher, hoch wuchernde Baumkronen, die längst zurückgeschnitten gehörten. Insgesamt machte der Garten den Eindruck, dass ihm schon lange niemand mehr besondere Beachtung geschenkt hatte. Ihr Blick wanderte die aus schwarzem Basaltgestein gemauerte Hauswand nach oben. Von der Rückseite wirkte das kleine Haus mit dem angebauten Schuppen düster und abweisend. Aber vielleicht rührte dieser Eindruck auch von der allgemeinen Stimmung her, die sie niederdrückte.

Hinter einem der Fenster bemerkte sie die schmale

Silhouette Davinas. Ein kaum wahrnehmbarer Schatten. Was mochte in dem Mädchen vorgehen, das dort oben stand und beobachtete, was sich in diesem Garten abspielte? Verteidigte sie doch nach wie vor vehement die Ansicht, ihre Mutter sei am Leben.

Frankenstein hob den Kopf und blickte suchend um sich. Als er Franca entdeckte, machte er mit der Hand ein Zeichen. Mit langsamen Schritten ging sie zu ihm, stets darauf bedacht, auf den glitschigen Moospolstern nicht auszurutschen. Aber auch, um das, was sie zu erwarten schien, noch ein wenig hinauszuzögern, wenn auch nur für Sekunden.

»Sieht ganz so aus, als ob wir fündig geworden sind«, sagte Frankenstein und deutete auf einen verrotteten Stofffetzen. Ein Stück Jute. Darunter kam etwas Bleiches zum Vorschein. Francas Körper spannte sich an. Sie spürte, wie ihr ein Frösteln die Wirbelsäule entlangkroch. Ihr Blick haftete auf Frankensteins Hand, die unablässig mit einem Pinsel feuchte Erde wegschob. Vorsichtig legte er etwas Rundes frei. Eine Schädeldecke. Einen Totenkopf.

Franca atmete tief durch und wandte sich ab. Was dort in dem ehemaligen Fischteich lag, war das, was von einem Menschen übrig geblieben war, der zehn Jahre in der Erde gelegen hatte. So lange schon war dies hier Patricia Kayners Grab.

Franca streifte ihre Schuhe an dem Fußabtreter ab und ging ins Haus. Trat auf die Treppe. Ging die knarzenden Stufen hoch. Ein Weg, den sie inzwischen gut kannte. Sie klopfte. Es kam keine Antwort. Sie trat trotzdem ein.

Davina stand reglos am Fenster. Sie trug fadenscheinige Jeans und ein schwarzes Shirt. Das dunkle Haar fiel strähnig auf ihre Schulter. Es wirkte, als ob sie es schon länger nicht mehr gewaschen hätte.

»Gehen Sie weg«, sagte sie tonlos, ohne sich umzuwenden.

Franca trat ein paar Schritte auf das Mädchen zu. »Davina, ich weiß, wie schwer das alles für dich ist.«

»Hauen Sie ab. Sie haben hier nichts zu suchen«, zischte sie. Als sie sich umdrehte, bemerkte Franca die Kalligraphie auf ihrem Shirt. Die chinesischen Zeichen für Leben und Tod. Ein Shirt, wie es auch der tote Mario getragen hatte. Das Symbol für den Tod war wesentlich größer.

Das blasse Gesicht des Mädchens war wutverzerrt. Die schwarz geschminkten Lippen nahmen sich seltsam darin aus. »Wieso müssen die da unten alles aufwühlen? Warum können Sie uns nicht einfach in Ruhe lassen?« Sie fixierte Franca mit ihren schwarz umrandeten Augen, die wie dunkle Höhlen wirkten. »Sie denken wohl, das ist meine Mutter, ja? Auf den Gedanken, dass da jemand ganz anderes begraben sein könnte, kommen Sie nicht? Weil Sie so fixiert sind auf das, was Sie glauben wollen.« Sie hatte die Oberlippe hochgezogen wie ein kampfbereites Tier. Feine Spucketröpfchen begleiteten ihre Worte.

Franca stutzte einen Moment. »Was glaubst du denn, wer da unten liegt?«, fragte sie leise.

»Meine Mutter jedenfalls nicht.« Davina holte keuchend Luft. »Ich weiß genau, dass sie lebt. Sie hatte ihre Gründe, weshalb sie so lange weg war. Aber sie hat sich auf den Weg gemacht und kommt bald zu mir.«

Für einen Moment huschte ein kleines Lächeln über ihr Gesicht. »Da können Sie noch so viele Lügen verbreiten. Sie werden es schon sehen. Und jetzt will ich allein sein.« Ihr Gesicht war wieder zur Maske erstarrt.

»Es gibt einiges, worüber wir uns unterhalten müssen«, sagte Franca.

»Und wenn ich nicht will?« Nun war ihr Ton spöttisch. »Wollen Sie dann alles aus mir herausprügeln, ja?«

Franca versuchte, ruhig zu bleiben. »Willst du denn nicht auch verstehen, was damals passiert ist?«, fragte sie leise. »Damals, als du alles verloren hast, was dir wichtig war.«

Das Mädchen hob die Lider ein wenig an und durchstach Franca mit ihrem Blick. Dieser Blick enthielt so viel. Angst. Trauer. Verlassenheit. Aber auch Trotz. Und Aggressivität. Schließlich schlug Davina die Augen nieder, als ob sie ihren verräterischen Blick verhüllen wollte.

»Warum gehen Sie nicht weg?«, stieß sie hervor und krampfte ihre Hände ineinander. »Warum lassen Sie mich nicht einfach in Ruhe?«

16

Das Faxgerät ratterte. Hinterhuber stand auf und nahm die Blätter heraus. Studierte sie eingehend.

»Es gibt keinen Zweifel«, sagte er. »Die Leiche ist eindeutig die von Patricia Kayner. Der Tod ist vor circa zehn Jahren eingetreten. Es wurden Verletzungen am Schädel mit einem harten, spitzen Gegenstand festgestellt.«

»Der Schürhaken.« Franca nickte. »Es ist genau so, wie Frau Kayner sagte. Ein Familiendrama.«

Marie Kirschbaum betrat das Büro. Sie sah blass aus und wirkte müde. Und dennoch auf gewisse Weise lebhaft. Franca war dieser scheinbare Widerspruch schon öfter aufgefallen. Vielleicht lag es daran, wie sie sich bewegte und sich stets mit einer fast koketten Geste eine dunkle Strähne hinters Ohr schob, die dort partout nicht bleiben wollte.

Franca sah Marie erwartungsvoll an. Diese hatte Davinas Befragung übernommen, nachdem das Mädchen sich standhaft geweigert hatte, mit Franca oder Hinterhuber zu sprechen.

»Und? Gibt's was Neues?«

»Hast du einen Kaffee für mich?«, fragte Marie. »Extra stark, wenn's geht.«

»Sicher.« Franca stand auf und setzte die Espressomaschine in Gang, die sogleich ein angenehmes Aroma verströmte. Eine der beiden gefüllten Tassen reichte sie Marie. »Nun schieß mal los.«

Marie holte tief Luft. »Wir mussten Davina in die Psychiatrie bringen«, sagte sie, während sie Zucker in ihre Tasse rührte. »Sie ist durchgedreht. Irgendwo beim Versuch, die Zeit zurückzuholen, ist sie stecken geblieben. Sie will einfach nicht wahrhaben, dass ihre Mutter tot ist. Sie ist der festen Meinung, sie habe vor Kurzem noch mit ihr gesprochen.«

»Patricia Kayner liegt seit zehn Jahren unter der Erde. Da gibt's gar kein Vertun. Gerade haben wir die Bestätigung von der Rechtsmedizin bekommen«, sagte Franca.

»Als ob ich das nicht wüsste.« Marie schluckte. »Ich

habe fast die ganze Nacht mit ihr geredet. Und da ist mir einiges klar geworden. Obwohl …«

»Du hast die ganze Nacht mit ihr gesprochen? Alle Achtung. Die muss dir ja sehr viel Vertrauen entgegengebracht haben. Wie hast du das denn hingekriegt?«

»Ich bin nicht umsonst Jugendsachbearbeiterin«, sagte Marie mit etwas schärferer Stimme. Dann sah sie von Franca zu Hinterhuber und wieder zurück. »Ich kann mir jetzt auch vorstellen, wer Mario Reschkamp umgebracht hat«, sagte sie.

»Was?«, riefen Franca und Hinterhuber unisono. »Wer?«

»Ich bin mir nicht hundertprozentig sicher, aber … Also, sicher ist, dass Davina mit Mario zusammen an diesem Nachmittag im Schlossgarten war. Was dort genau passiert ist, daran kann sie sich angeblich nicht mehr erinnern.« Marie hob ihre Tasse und trank einen Schluck.

»Du meinst, sie war es?« Franca runzelte die Stirn. »Davina hat Mario erstochen?« Wie in aneinandergereihten Filmsequenzen sah sie Marios Leichnam mit den zahlreichen Einstichen vor sich. Erst im Schlossgarten, dann auf dem Seziertisch. Dann sah sie das Mädchen. Schmal, blass, mit irritierend hellen Augen und dem schwarzen, fransig ins Gesicht fallenden Haar. Sie versuchte, sich in die seelische Verfassung von Davina hineinzudenken.

»War es also doch ein Eifersuchtsdrama, wie wir von Anfang an vermutet hatten?«, fragte Hinterhuber.

»Nein, das war es ganz sicher nicht.« Marie schob die leere Kaffeetasse zur Tischmitte. »Es ist viel komplizierter.«

»Hat er sie zu vergewaltigen versucht?«, fragte Franca. Das erschien ihr als eine plausible Erklärung.

Wieder schüttelte Marie den Kopf. »Davina hat sich regelmäßig mit Mario unter der Brücke im Schlossgarten getroffen. Das sei eine besonders gute Stelle, um Kontakt zu ihrer Mutter aufzunehmen, hatte er ihr gesagt. Dort haben sie dann ihre magischen Rituale vollzogen. Mario trug stets eine Athame bei sich, mit der er die magischen Kreise zeichnete. Und Mario hat ihr erzählt, dass er die Stimme ihrer Mutter deutlich hören könne. Sie sei am Leben, und es ginge ihr gut. Er hat ihr alle möglichen Geschichten erzählt, wusste, wo sich Patricia angeblich aufhielt, dass sie dauernd an Davina denke. All solche Sachen, an die das Mädchen unbedingt glauben wollte.«

Hinterhuber und Franca tauschten Blicke. Aber keiner von beiden wagte, Marie jetzt zu unterbrechen.

»Das passt alles ins Bild. Zuvor war es immer ihre Mutter gewesen, die ihr das Gefühl gegeben hat, etwas Besonderes zu sein. Jetzt war es Mario. Die beiden schotteten sich von anderen ab, um ihre Rituale zu pflegen.«

»Aber dieser Mario hatte doch so viele andere Freundinnen«, wandte Hinterhuber ein.

»Das hat sie nicht wahrhaben wollen, wie so vieles. Mit ihm tat sich für sie eine ganz neue Welt auf. Ihre Mutter fehlte ihr so sehr, dass sie sich regelrecht an diese Illusion geklammert hat. Sie war verblendet. Da nützt alles rationale Erklären nichts. Sie ist ein vereinsamtes Mädchen, das sich nichts sehnlicher wünscht als ihre Mutter zurück.«

Franca hing an Maries Lippen. Sie versuchte, das Ausmaß dessen zu begreifen, was Marie da erzählte. Ein junges Mädchen und ein junger Mann. Sie verliebt sich in ihn. Sie vertraut ihm. Vielleicht gab es auch zarte sexuelle Annäherungen. Eine Geschichte, wie sie millionenfach auf diesem Erdball passierte. Aber dann kam der Tod. Und zwar mit einer unvorstellbaren Wucht.

»Ich verstehe immer noch nicht. Wieso hat sie ihn getötet, wenn er doch genau das sagte, was sie hören wollte?«, wandte sie ein.

»Das ist es ja. Bei ihren vorherigen Treffen hat Mario immer genau das erzählt, was Davina sich wünschte. Dass er die Stimme ihrer Mutter deutlich hören könne. Dass sie ihr ausrichten lasse, sie mache sich Sorgen um Davina. Und dass sie sich bald wiedersehen werden. Er war wohl nicht nur sehr phantasievoll, sondern auch sehr überzeugend. Vielleicht war er dieses Spiels überdrüssig geworden. Jedenfalls hat er ihre Illusion zerstört. Bei ihrem letzten Treffen an diesem Montag hat er ihr gesagt, dass er alles nur erfunden hat. Dass er in Wirklichkeit überhaupt nicht über mediale Fähigkeiten verfügt. Dass alles nur ein Spaß war, um sie zu beeindrucken. In ihren Augen ein grausamer Spaß, den sie nicht verzeihen konnte.«

»Sie hat mit Marios Athame auf ihn eingestochen, ja?«

»Ich denke, ja.« Marie nickte. »Aber sie kann sich an die Tat nicht erinnern.«

»Was ich nicht verstehe, ist diese Wucht. Und der Genitalbereich, warum sticht sie ausgerechnet dorthin?«

Marie hob die Schultern. »Lass dir das von den Psychologen erklären. Vielleicht hatte sie eine allgemeine Wut auf

Männer. Vielleicht wollte Mario mehr von ihr. Keine Ahnung.« Marie wirkte erschöpft. »Ich hätte mir ein anderes Ergebnis gewünscht. Das könnt ihr mir glauben.«

17

Sie rutscht. Mit den Armen rudernd schlingert sie. Sie ruft etwas. Verzerrte Klänge prallen an den Wänden ab. Das Echo klingt verhallend in ihren Ohren. Oder ist es ihr Blut?

Sie blinzelt. Versucht, die Dunkelheit um sich herum zu durchdringen. Je angestrengter sie schaut, umso besser kann sie innerhalb der Schattierungen von Schwarz und Grau Umrisse ausmachen.

Ein fremder Geruch nach Waschpulver und Desinfektionsmittel streift ihre Nase. Das Bett, in dem sie liegt, ist nicht ihr Bett. Ihre Finger gleiten tastend über die Bettwäsche. Glatt fühlt sich das an. Steif und kühl.

Regen klopft an die Fensterscheiben, malt leise, gleichmäßige Lautmuster. Vom Geräusch der fallenden Regentropfen geht etwas Beruhigendes aus. Sie muss keine Angst haben.

Neben ihrem Bett steht noch ein Bett. Darin liegt eine Person. Es ist kaum etwas zu erkennen, nur ein Kopf mit langem, dunklem Wuschelhaar.

»Mama?«, flüstert Davina. Ihr Herz macht einen Freudensprung. »Endlich bist du gekommen.« Sie hält den Atem an. Die Umrisse eines vertrauten Gesichtes schweben in ihr Blickfeld.

»Hallo, meine kleine Zigeunerprinzessin«, flüstert Patricia zurück. »Ja, ich bin da. Ich bin hier, bei dir.«

»Spielst du mir das Lied? Dein Lied, das du immer am Klavier gesungen hast?«

Aber das Lied ist schon da. Die Melodie und Mamas Stimme vermischen sich mit dem Geräusch des fallenden Regens. Deutlich kann sie die Worte hören, von Mama gesungen. Auf Davinas Gesicht erscheint ein Lächeln. Sie fällt in Patricias Gesang ein.

»*... I don't care if it's right or wrong, I don't try to understand. Let the devil take tomorrow. 'Cause tonight I need a friend.*«

Patricia schlägt die Bettdecke zurück und steht auf. Sie trägt kein Nachthemd, sondern das weiße, fast durchsichtige Kleid. Als sie die Hand hebt, klirren leise die Glasperlenschnüre, die sie um die Arme gewickelt trägt. Die Luft um sie herum ist weich und flirrend. Ihr Singen geht in ein Flüstern über.

»*I don't want to be alone. Help me make it through the night.*«

»Mama«, sagt Davina leise und lächelt. Mit einer zärtlichen Geste streicht Patricia ihrer Tochter das Haar aus dem Gesicht. Das Zimmer ist ein Kokon, der die Welt draußen lässt. Nichts zählt mehr. Da sind nur noch Tochter und Mutter. Eine das Spiegelbild der anderen.

»Komm, wir tanzen einen Reigen«, fordert Patricia sie auf. Sie fassen sich bei den Händen und drehen sich im Kreis. Davina wird schwindelig. Doch es ist schön. So schön. Sie ist eins mit den Bildern in ihrem Kopf, die nie mehr ausgelöscht werden können.

»Nichts kann uns mehr trennen. Wir werden immer zusammenbleiben«, flüstert Patricia. »Hab ich's dir nicht gesagt, dass man ganz fest an etwas glauben muss, und dann wird es wahr?«

Einen winzigen Moment lang schießt Davina durch den Kopf, dass dies jemand anderes zu ihr gesagt hat. Nicht Mama. Doch es spielt keine Rolle. Es ist eine Gewissheit, die fest in ihrem Kopf verankert ist.

»Ich bin glücklich«, formen ihre Lippen. »Wahnsinnig glücklich.«

18

»Hallo, Franca.« Fredy Geisen stand in der Tür. »Hast du einen Moment Zeit?«

Franca sah hoch in sein vertrautes und doch irgendwie fremdes Gesicht, in das sich eine gewisse Härte eingeschlichen hatte. Vielleicht hatte sie diese Härte früher nicht wahrgenommen. Vielleicht hatte sie überhaupt Fredy als einen anderen wahrgenommen, als er war.

»Was gibt's?«, fragte sie und wies auf den Besucherstuhl. »Kaffee?«

»Nein, danke.« Er setzte sich.

»Ich wollte dir nur sagen, wie weit wir im Fall Lilly Prekow gekommen sind.«

»So feierlich«, sagte Franca mit Sarkasmus in der Stimme. »Sie war doch nur eine Drogentote.«

»Ich weiß, dass du mich für gefühlskalt hältst«, sagte er und sah auf seine Finger. Es waren schöne, gepflegte

Hände, mit denen er einst auf ganz besondere Weise ihren Körper berührt hatte.

»So würde ich es nicht unbedingt ausdrücken«, meinte sie. »Ich würde es eher so sehen: Für dich gibt es nur einen Menschen, der wirklich zählt. Und das bist du.«

Er ging nicht auf die Provokation ein. »Es spricht einiges dafür, dass Lilly kurz vor ihrem Tod vergewaltigt wurde. Der Täter hat ein Kondom benutzt, sodass wir keine Spermaspuren sichern konnten. Aber ich werde alles tun, um herauszufinden, was da passiert ist.«

»So viel Mühe machst du dir?«

»Franca, würdest du bitte mit diesem Sarkasmus aufhören? Du weißt genau, dass ich meine Arbeit ordentlich und gewissenhaft erledige. Dass ich die Dinge nicht so nah an mich herankommen lasse, ist lediglich Selbstschutz. Sonst könnte ich diese Arbeit nicht mehr lange ausüben.« Sein Blick ruhte fest auf ihr. Es war ein offener, ehrlicher Blick. Im Grunde genommen wusste sie, dass er recht hatte.

»Entschuldige«, sagte sie leise.

»Wir halten es für möglich, dass sie sich den goldenen Schuss nicht selbst verpasst hat«, fuhr er fort.

»Du meinst, sie ist ermordet worden?«

»Vielleicht.« Er hob die Schultern. »Wir bleiben jedenfalls am Ball.« Er stand auf. »Ja, das war's eigentlich, was ich dir sagen wollte.« In der Tür drehte er sich nochmal um. »Hättest du Lust, mal wieder mit mir essen zu gehen?«

Epilog

Die Temperaturen waren gesunken. Der Geruch von Schnee lag in der Luft, und die Sonne schien von einem strahlend blauen Himmel. Nach etlichen trüben Tagen mit Schmuddelwetter begann sich der Winter endlich von seiner angenehmen Seite zu zeigen.

Maries Auto stand bereits auf dem Parkplatz oberhalb des Laacher Sees. Die beiden Frauen hatten sich an diesem Sonntagvormittag zum Walken verabredet. Als Marie Franca kommen sah, stieg sie aus und winkte ihr zu.

»Wartest du schon lange?« Franca schloss die Tür ihres Alfas. Die Kälte ließ sie frösteln. Gut, dass sie die warme Fleecejacke mit der Kapuze angezogen hatte.

»Ich bin auch gerade erst angekommen.« Marie trug eine weiße Steppjacke und eine blaue Mütze, unter der ein paar schwarze Haarsträhnen hervorlugten. Ihre Wangen waren gerötet.

Marie inspizierte anerkennend den roten Alfa. »Schickes Auto fährst du.«

»Schick und ein wenig kränkelnd, mein Romeo«, meinte Franca, während sie die Carbonstöcke vom Rücksitz nahm. »Manchmal braucht er eine Weile, bis er in die Gänge kommt. Aber das ist ja nicht ungewöhnlich für Herren im fortgeschrittenen Alter.« Sie zog Handschuhe an und schloss die Klettverschlüsse der Schlaufen an den Stöcken. »So, wir können.«

Beide Frauen setzten sich in Bewegung. Die Stöcke klapperten auf der harten Erde. Ihre gleichmäßigen Bewegungen gewannen einen gewissen Automatismus und ließen den Gedanken freien Lauf. Franca ging einiges durch den Kopf. Die letzten Wochen waren nicht einfach gewesen. Doch damit wollte sie sich jetzt nicht beschäftigen. Schließlich war Sonntag, und eine Runde um den Laacher See war eine wunderbare Möglichkeit, den Kopf frei zu bekommen.

Ein schnaufender Jogger kam ihnen entgegen. Mittleres Alter, graue, kurzgeschorene Haare. Er trug ein eng anliegendes Sportdress, unter dem sich seine Körperformen deutlich abzeichneten. Auf seiner Stirn stand der Schweiß. Grußlos und ohne die beiden Frauen eines Blickes zu würdigen, keuchte er an ihnen vorbei.

»Auch einer von denen, die versuchen, ihrer Midlife-Crisis davonzulaufen«, meinte Franca mit Blick auf seinen Rücken.

Die kalte Luft nagte an ihren Wangen. Vor ihnen, zwischen kahlen, hohen Baumreihen, schimmerte der See in unterschiedlichen Blauschattierungen. Auf der linken Seite in einer Talsohle reihten sich Apfelplantagen aneinander, die von den Mönchen des Benediktinerklosters Maria Laach bewirtschaftet wurden.

Inzwischen hatten sie den asphaltierten Teil des Uferrundwegs erreicht. Beide Frauen blieben kurz stehen, um die Gummipfropfen auf ihre Stockspitzen zu stöpseln.

»Ich war schon lange nicht mehr hier«, sagte Franca und ließ ihren Blick schweifen. Während des Sprechens strömten weiße Atemwölkchen aus ihrem Mund. »Der See ist so schön, und er liegt so nah. Man sollte viel öfter herkommen. Hier fühlt man sich immer wie im Urlaub. Egal, welche Jahreszeit ist.«

Marie nickte lächelnd. »Das letzte Mal war ich mit Oliver hier. Das war im Sommer.«

Franca musterte sie. »Ihr hattet was miteinander, nicht wahr?«

»Merkt man das so deutlich?« Für einen Moment wich Marie Francas forschendem Blick aus.

»Warum ist es denn auseinandergegangen?«, wollte Franca wissen. »Er ist doch ein ziemlich attraktiver Mann.«

»Ja, attraktiv ist er schon. Und er hat zweifellos seine Vorzüge.« Marie zog ein Papiertaschentuch aus ihrer Jackentasche und putzte sich die Nase. »Ich war ziemlich verliebt in ihn. Aber irgendwann hab ich gemerkt, dass es nicht so ist, wie es sein sollte. Ich war es leid, den ständigen Frust hinunterzuschlucken und habe die Konsequenzen gezogen.«

»Ihr hattet nicht den gleichen Horizont. Das war nicht zu übersehen.« Franca nickte. »Hast du ihn verlassen?«

»Ja.« Marie seufzte. »Und das hat er nicht verwunden. Er war es gewohnt, derjenige zu sein, der bestimmt, wie lange eine Affäre dauert und wann sie zu Ende ist. Dass ich den ersten Schritt tat, wollte er lange nicht wahrhaben. In dieser Zeit hat er sich oft unmöglich benommen. Inzwischen ist es aber wieder besser geworden, und wir können ganz gut miteinander, sofern wir bestimmte Themen meiden.«

»Ich kenne ein ähnliches Kaliber«, sagte Franca und dachte an Fredy Geisen. »In meinem Fall war er es, der den Rückzieher gemacht hat. Und zwar direkt nach einem tollen Urlaub, den wir beide in Venedig verbracht haben. So ganz habe ich nie verstanden, weshalb. Er sei nicht bindungsfähig, meinte er nur lapidar. Merkwürdigerweise versucht er in letzter Zeit, sich wieder anzuschleichen. Das verstehe, wer will.«

»Ich glaube, es ist dieses Paradoxon: Sie bewundern starke Frauen, und gleichzeitig haben sie Angst vor ihnen. Aber zugeben würden sie das ums Verrecken nicht. Man könnte die taffen Cops ja für Weicheier halten.«

Franca grinste. »Da hat sich seit der Steinzeit offenbar wenig verändert. Dabei sind wir doch gar nicht so stark, wie die glauben.«

»Ja, aber wir geben es zu – und sie befürchten ihren Imageverlust. Wobei ich, nebenbei bemerkt, Männer viel interessanter finde, die auch mal eine Schwäche zugeben können.«

»Du sagst es.«

Sie waren wieder ein Stück weitergegangen. An dieser Stelle war der Uferrundweg umsäumt von einer Baumgruppe, die sich im Wasser spiegelte.

»Ist dir schon mal aufgefallen, dass der See überall andere Farben hat?«, fragte Franca. »Hier überwiegen die Grünschattierungen. Und dort um die Schilfhalme herum schimmert das Wasser sandfarben bis golden.«

Mit einem Mal blieb Marie stehen. »Olga hängt ja immer noch da!«, rief sie aus und stach mit ihrem Stock in die Luft.

»Olga?« Franca sah nach oben, konnte aber außer hohen, kahlen Baumwipfeln und dem dahinterliegenden Himmelsblau nichts erkennen.

»Oliver hat sie so genannt.« Marie kicherte. Ihre Augen blitzten schelmisch. »Im Sommer war sie eine dralle Dame mit üppigen Formen, jetzt ist die Luft ganz raus.«

»Bitte? Wovon sprichst du?«

»Von einer dieser aufblasbaren Sexpuppen. Damals konnte man noch ihre ganze Pracht bewundern. Sie war an rote Luftballons gebunden. Hier in dieser Erle ist sie hängen geblieben. Wahrscheinlich ein Junggesellenscherz.«

Franca schaute angestrengt. Ganz oben im Wipfel erkannte sie eine schlaffe, fleischfarbene Hülle. »Ach ja, jetzt sehe ich was.«

»Dann hat die den ganzen Sommer und Herbst über hier gehangen. Und dort in Sichtweite liegt ein Kloster, in dem Mönche im Zölibat leben. Ist das nicht paradox?«

»Was ist schon paradox?«, meinte Franca. Männer und Frauen und ihre verschiedenen Spielarten des Umgangs miteinander, das war ein weites Feld. Dass die einen weibliche Nachbildungen bevorzugten, die keine Widerworte gaben, und die anderen den Frauenkörper an sich mieden, waren lediglich zwei Varianten eines unerschöpflichen Themas.

Sie gingen noch ein kleines Stück weiter bis zu der kleinen Bucht und setzten sich auf eine der Bänke.

Wellen schwappten leise gegen die Steine, die das Ufer befestigten. Franca beobachtete eine junge Frau mit einem Kind. Das Kind löste sich von der Hand seiner Mutter, um die Enten zu füttern, die sich ein Schnatterkonzert lieferten.

»War hier nicht eine Bootsanlegestelle?«, fragte Franca.

»Und ein Anglersteg.« Marie nickte. »Beides wurde verlegt. Weil man hier an dieser Stelle ein Flugzeugwrack aus dem Zweiten Weltkrieg vermutet. Ein britischer Bomber, der im Krieg abgestürzt ist.«

»Und der Bomber liegt immer noch da drin? Ist das nicht gefährlich?«

»Man hat schon öfter danach getaucht und ist sich wohl nicht ganz einig darüber, ob von diesem Wrack wirklich eine Gefahr ausgeht. Eine Bergung ist schwierig, da das Flugzeug auseinandergebrochen ist und die einzelnen Teile in den Schlick eingesunken sind. So bleibt eben nichts anderes übrig als abzuwarten und zu hoffen, dass nichts passiert. Das hat immerhin schon sechzig Jahre lang funktioniert.«

Die Sonne bildete goldene Reflexe auf dem Wasser. Eine auf den ersten Blick intakte kleine und stille Welt, in der Mütter ihre Kinder spazieren führten und die Kinder Enten fütterten. Der See, der einst vor vielen Tausend Jahren entstanden war, war ein Eifelmaar, das sich aus dem Explosionskrater eines Vulkans gebildet hatte. Richtig friedlich hatten es sich weder die Natur noch der Mensch in diesem Gebiet je eingerichtet.

»Wenn man es recht bedenkt, sitzen wir hier also auf einem Pulverfass.«

Marie wandte den Kopf. Sie kniff die Augen vor der blendenden Sonne zusammen. »Ist das nicht immer der Fall?«

Franca lehnte sich nach hinten und schloss die Augen. Die Sonne schien ihr warm ins Gesicht. »Und doch tun wir so, als ob uns das alles nichts anginge, und leben fröhlich dahin. In der Hoffnung, dass uns schon nichts passieren wird«, murmelte sie.

»Eine Schneeflocke!«, rief Marie plötzlich. »Ich habe eine Schneeflocke gespürt.«

Franca öffnete die Augen. Tatsächlich, da schwebten winzige weiße Flöckchen im blauen Himmel. Sie streckte die Zunge heraus und fing eine Schneeflocke auf, die sofort schmolz. Sie dachte daran, dass jede dieser Schneeflocken nach einem anderen Muster geformt und keine mit einer anderen identisch war. So wie kein Mensch einem anderen haargenau glich.

Marie erhob sich und griff nach ihren Stöcken. »Wollen wir wieder? Wir haben noch nicht mal die Hälfte der Strecke hinter uns.«

Franca nickte, stand ebenfalls auf, und sie setzten sich in Bewegung.

ENDE

Nachbemerkung und Dank

Manchmal hat man eine Melodie im Kopf, die man nicht mehr loswird. So ging es mir mit »Help me make it through the night«, gesungen und gespielt von Joan Baez. Das Lied verlangte förmlich nach einer Geschichte, die sich um es herum rankte.

Nicht zuletzt ist dieser Roman auch eine Hommage an die Stadt Andernach, in der ich seit zehn Jahren sehr gerne lebe. Die handelnden Personen sind, wie immer in meinen Romanen, frei erfunden.

Ich danke meinen Freundinnen Beate, Jutta und Marion für viele Anregungen und besonders fürs Mutmachen. Es ist schön, zu wissen, dass ihr da seid.

Meinen Kollegen Anja Balschun und Marcel Diel gebührt großer Dank für ihre Anmerkungen zum Manuskript, die mir weitergeholfen haben.

Des Weiteren danke ich meinem Kollegen, dem ehemaligen Drogenfahnder Jörg Schmitt-Kilian, für seine mannigfache Hilfe und für die Beantwortung zahlreicher Fragen, die Polizeiarbeit und das Drogenmilieu betreffend. Den beiden Jugendsachbearbeitern Oberkommissar Manfred Mäder und Kommissarin Gabriela Monteleone von der Polizeiinspektion Andernach danke ich, dass sie sich Zeit für ein ausführliches Gespräch genommen haben.

Dr. Klaus Schäfer, der Leiter des Andernacher Stadtmuseums, öffnete mir sein Archiv. Ihm verdanke ich wertvolle Hinweise, was die Geschichte Andernachs angeht.

Ganz besonders möchte ich mich bei meiner Agentin Eva Pfitzner für die wunderbare Zusammenarbeit bedanken.

Andernach, im Februar 2008
Gabriele Keiser

Weitere Krimis finden Sie auf den folgenden Seiten und im Internet: www.gmeiner-verlag.de

Gabriele Keiser
Apollofalter

276 Seiten, 11 x 18 cm, Paperback.
ISBN 978-3-89977-687-4. € 9,90.

Kriminalkommissarin Franca Mazzari findet beim Walken in den Weinbergen zwischen Rhein und Mosel die Leiche der vierzehnjährigen Hannah. Ihr Schädel ist zertrümmert und alles deutet auf einen Unfalltod hin. Das Obduktionsergebnis spricht jedoch eine andere Sprache: Hannah wurde ermordet. In den Mittelpunkt der Ermittlungen rückt Andreas Kilian. Er ist seit einigen Wochen zu Gast auf dem Weingut von Hannahs Familie und hat eine Vorliebe für junge Mädchen ...

G.Keiser/W.Polifka
Puppenjäger

374 Seiten, 11 x 18 cm, Paperback.
ISBN 978-3-89977-662-1. € 9,90.

Als die angehende Journalistin Aisha Khan nach einem Neujahrsempfang im Frankfurter Römer am Schauplatz eines Verbrechens vorbeikommt, ahnt sie nicht, dass das brutal ermordete Mädchen mit den abgehackten Händen zu einer spektakulären Serie von Vermissten gehört. Erst als Aisha die Meldung mehrer anderer, in Europa vermisster Mädchen in die Hände fällt, die auf mysteriöse Weise verschwunden sind, vermutet sie einen Zusammenhang. Sie beschließt, auf eigene Faust zu recherchieren. Was sie schließlich aufdeckt, hätte sie in ihren schlimmsten Träumen nicht für möglich gehalten ...

KRIMI IM GMEINER-VERLAG

Wir machen's spannend

Alle Gmeiner-Autoren und ihre Krimis auf einen Blick

Anthologien: Mords-Sachsen 2 (2008) • Tod am Bodensee • Mords-Sachsen (2007) • Grenzfälle (2005) • Spekulatius (2003) **Artmeier, Hildegund:** Feuerross (2006) • Katzenhöhle (2005) • Schlangentanz • Drachenfrau (2004) **Bauer, Hermann:** Fernwehträume (2008) **Baum, Beate:** Häuserkampf (2008) **Beck, Sinje:** Totenklang (2008) • Duftspur (2006) • Einzelkämpfer (2005) **Blatter, Ulrike:** Vogelfrau (2008) **Bode-Hoffmann, Grit/Hoffmann, Matthias:** Infantizid (2007) **Bomm, Manfred:** Notbremse (2008) • Schattennetz • Beweislast (2007) • Schusslinie (2006) • Mordloch • Trugschluss (2005) • Irrflug • Himmelsfelsen (2004) **Bonn, Susanne:** Der Jahrmarkt zu Jakobi (2008) **Bosch van den, Jann:** Wintertod (2005) **Buttler, Monika:** Dunkelzeit (2006) • Abendfrieden (2005) • Herzraub (2004) **Clausen, Anke:** Ostseegrab (2007) **Danz, Ella:** Nebelschleier (2008) • Steilufer (2007) • Osterfeuer (2006) **Detering, Monika:** Puppenmann • Herzfrauen (2007) **Dünschede, Sandra:** Solomord (2008) • Nordmord (2007) • Deichgrab (2006) **Emme, Pierre:** Florentinerpakt • Ballsaison (2008) • Tortenkomplott • Killerspiele (2007) • Würstelmassaker • Heurigenpassion (2006) • Schnitzelfarce • Pastetenlust (2005) **Enderle, Manfred:** Nachtwanderer (2006) **Erfmeyer, Klaus:** Geldmarie (2008) • Todeserklärung (2007) • Karrieresprung (2006) **Erwin, Birgit/Buchhorn, Ulrich:** Die Herren von Buchhorn (2008) **Franzinger, Bernd:** Kindspech (2008) • Jammerhalde (2007) • Bombenstimmung (2006) • Wolfsfalle • Dinotod (2005) • Ohnmacht • Goldrausch (2004) • Pilzsaison (2003) **Gardein, Uwe:** Die letzte Hexe – Maria Anna Schwegelin (2008) **Gardener, Eva B.:** Lebenshunger (2005) **Gibert, Matthias P.:** Kammerflimmern (2008) • Nervenflattern (2007) **Graf, Edi:** Leopardenjagd (2008) • Elefantengold (2006) • Löwenriss • Nashornfieber (2005) **Gude, Christian:** Binärcode (2008) • Mosquito (2007) **Haug, Gunter:** Gössenjagd (2004) • Hüttenzauber (2003) • Tauberschwarz • Riffhaie • Tiefenrausch (2002) • Höllenfahrt (2001) • Sturmwarnung (2000) **Heim, Uta-Maria:** Das Rattenprinzip (2008) • Totschweigen (2007) • Dreckskind (2006) **Hunold-Reime, Sigrid:** Frühstückspension (2008) **Imbsweiler, Marcus:** Schlussakt (2008) • Bergfriedhof (2007) **Karnani, Fritjof:** Notlandung (2008) • Turnaround (2007) • Takeover (2006) **Keiser, Gabriele:** Gartenschläfer (2008) • Apollofalter (2006) **Keiser, Gabriele/Polifka, Wolfgang:** Puppenjäger (2006) **Klausner, Uwe:** Die

Alle Gmeiner-Autoren und ihre Krimis auf einen Blick

Kiliansverschwörung (2008) • Die Pforten der Hölle (2007) **Klewe, Sabine:** Blutsonne (2008) • Wintermärchen (2007) • Kinderspiel (2005) • Schattenriss (2004) **Klingler, Eva:** Königsdrama (2006) **Klösel, Matthias:** Tourneekoller (2008) **Klugmann, Norbert:** Die Nacht des Narren (2008) • Die Tochter des Salzhändlers (2007) • Kabinettstück (2006) • Schlüsselgewalt (2004) • Rebenblut (2003) **Kohl, Erwin:** Willenlos (2008) • Flatline (2007) • Grabtanz • Zugzwang (2006) **Köhler, Manfred:** Tiefpunkt • Schreckensgletscher (2007) **Koppitz, Rainer C.:** Machtrausch (2005) **Kramer, Veronika:** Todesgeheimnis (2006) • Rachesommer (2005) **Kronenberg, Susanne:** Weinrache (2007) • Kultopfer (2006) • Flammenpferd • Pferdemörder (2005) **Kurella, Frank:** Das Pergament des Todes (2007) **Lascaux, Paul:** Wursthimmel • Salztränen (2008) **Lebek, Hans:** Karteileichen (2006) • Todesschläger (2005) **Lemkuhl, Kurt:** Raffgier (2008) **Leix, Bernd:** Waldstadt (2007) • Hackschnitzel (2006) • Zuckerblut • Bucheckern (2005) **Mader, Raimund A.:** Glasberg (2008) **Mainka, Martina:** Satanszeichen (2005) **Misko, Mona:** Winzertochter • Kindsblut (2005) **Ott, Paul:** Bodensee-Blues (2007) **Puhlfürst, Claudia:** Rachegöttin (2007) • Dunkelhaft (2006) • Eiseskälte • Leichenstarre (2005) **Pundt, Hardy:** Deichbruch (2008) **Senf, Jochen:** Knochenspiel (2008) • Nichtwisser (2007) **Seyerle, Guido:** Schweinekrieg (2007) **Schmitz, Ingrid:** Mordsdeal (2007) • Sündenfälle (2006) **Schmöe, Friederike:** Spinnefeind • Pfeilgift (2008) • Januskopf • Schockstarre (2007) • Käfersterben • Fratzenmond (2006) • Kirchweihmord • Maskenspiel (2005) **Schröder, Angelika:** Mordsgier (2006) • Mordswut (2005) • Mordsliebe (2004) **Schuker, Klaus:** Brudernacht (2007) • Wasserpilz (2006) **Schneider, Harald:** Ernteopfer (2008) **Schulze, Gina:** Sintflut (2007) **Schwab, Elke:** Angstfalle (2006) • Großeinsatz (2005) **Schwarz, Maren:** Zwiespalt (2007) • Maienfrost • Dämonenspiel (2005) • Grabeskälte (2004) **Steinhauer, Franziska:** Menschenfänger (2008) • Narrenspiel (2007) • Seelenqual • Racheakt (2006) **Thömmes, Günther:** Der Bierzauberer (2008) **Thadewaldt, Astrid/Bauer, Carsten:** Blutblume (2007) • Kreuzkönig (2006) **Valdorf, Leo:** Großstadtsumpf (2006) **Vertacnik, Hans-Peter:** Ultimo (2008) • Abfangjäger (2007) **Wark, Peter:** Epizentrum (2006) • Ballonglühen (2003) • Albtraum (2001) **Wilkenloh, Wimmer:** Feuermal (2006) • Hätschelkind (2005) **Wyss, Verena:** Todesformel (2008) **Zander, Wolfgang:** Hundeleben (2008)

KRIMI IM GMEINER-VERLAG

Wir machen's spannend